THE QUEEN OF CRIME
繁體中文版
20 週年
紀念珍藏

破鏡謀殺案

阿嘉莎・克莉絲蒂——著
吳宇宏——譯

The Mirror Crack'd from Side to Side

策畫者的話

通俗是一種功力

吳念真（導演、作家）

通俗是一種功力。絕對自覺的通俗更是一種絕對的功力。

這樣的話從我這種俗氣的人的嘴巴說出來，大概很多人要笑破褲底了。不過，笑完之後請容我稍稍申訴。這申訴說得或許會比較長一點，以及，通俗一點。

小時候身材很爛，各種遊戲競爭完全任人宰割，唯一隱遁逃避的方法是躲起來看書或聽大人瞎掰。那年頭窮鄉僻壤的小孩能看的書不多，小學二年級時最喜歡的是超大本的《文壇》，老師借的。看著看著，某天老師發現我的造句竟出現：「捧著：朝陽捧著一臉笑顏為群山剪綵」這樣亂七八糟的文字，就拒絕再讓我看那些超齡的東西了。

老師的書不給看，我開始抓大人的書看。一種是厚得跟磚塊一樣的日文書，對我來說那完全是天書，但插圖好看，經常有限制級的素描。另一種書是比較薄的，通常藏得很嚴密，只是裡面有太多專有名詞、重複的單字和毫無限制的標點，比如「啊啊啊」、「……！！！」

老讓我百思不解。有一天，充滿求知欲地詢問大人竟然換來一巴掌後，那種閱讀的機會和樂趣也隨著消失了。

所幸這些閱讀的失落感，很快從大人的龍門陣中重新得到養分。講到這裡，我似乎先得跟一個村中長輩游條春先生致敬，並願他在天之靈安息。

我所成長的礦區，幾乎全是為著黃金而從四面八方擁至的冒險型人物，每人幾乎都有一段異於常人的傳奇故事。這些故事當事人說來未必精采，但一透過游條春先生的嘴巴重現，有時連當事人都聽得忘我，甚至涕泗縱橫，彷彿聽的是別人的故事。

條春伯沒當過日本兵，可是他可以綜合一堆台籍日本兵的遭遇，一如連續劇般從入伍、受訓、逃亡荒島，面對同鄉同袍的死亡，並取下他們的骨骸寄望帶回故鄉，乃至骨骸過多搞不清哪是誰的等等，讓聽的人完全隨他的敘述或悲或笑，彷彿跟他一起打了一場太平洋戰爭。此外他也可以把新聞事件說得讓一個三、四年級的小孩，到現在仍記得當時腦中被觸動的畫面。例如當年瑠公圳分屍案的凶手做案之後帶著小孩到安東街吃麵（這讓我一直以為台北的安東街是條專門賣麵的街道），還有甘迺迪總統被暗殺、賈桂琳抱住她先生、安全人員跳上飛快的車子保護賈桂琳……當然，這記憶全來自條春伯的嘴巴而不是報紙。我的記憶全是畫面，有畫面，是因為條春伯說得精采，說得有如親臨他至死都還搞不清地理位置的達拉斯命案現場。

於是這小孩長大後無條件地相信：通俗是一種功力，絕對自覺的通俗更是一種絕對的功力。透過那樣自覺的通俗傳播，即使連大字都不識一個的人，都能得到和高階閱讀者一樣的感動、快樂、共鳴，和所謂的知識、文化自然順暢的接軌。也許就是因為這些活生生的例子，俗氣的自己始終相信：講理念容易講故事難，講人人皆懂、皆能入迷的故事更難，而能隨時把這樣的故事講個不停的人，絕對值得立碑立傳。

條春伯嚴格地說是有自覺的轉述者，至於創作者，我的心日中有兩個。一個是日本導演山田洋次，一個是推理小說家阿嘉莎．克莉絲蒂。

山田洋次創造了寅次郎這個集合所有男人優點跟缺點的角色，在以《男人真命苦》為名的系列下，總共完成百部左右的電影。它們的敘述風格、開頭、結尾的方法不變，唯一改變的是故事，是時代，是遍歷日本小鄉小鎮的場景。數十年來，看《男人真命苦》幾已成為日本人每年的一種儀式，一如新春的神社參拜。

數十年前訪問過山田導演，他說，當他發現電影已然有它被期待的性格時，電影已經不是導演自己的。他說：當所有人都感動於美人魚的歌聲時，你願意為了讓她擁有跟你一樣的腳，而讓她失去人間少有的嗓音嗎？

人間少有的嗓音與動人的歌聲，都來自山田導演絕對自覺的通俗創造。

再如阿嘉莎．克莉絲蒂，如果我們光拿出她說過的故事和聽過她故事的人口數字，就足以嚇死你。五十多年的寫作生涯，她總共寫出六十六本長篇推理小說，外加一百多篇短篇小說和劇本。其中有二十六本推理小說被改編，拍了四十多部電影和電視劇集。作品被翻譯成一百零三種文字的版本，銷量超過二十億本。夠了。你還想知道什麼？知道二十億本的意義是什麼嗎？二十億本的意義是全世界平均三個人就有一個人讀過她的書，聽過她說的故事。

說來巧合，她和山田洋次一樣，創造出個性鮮明的固定主角（當然，前前後後她弄出來好幾個），然後由他（或是她）帶引我們走進一個犯罪現場，追尋真正的罪犯。

故事就這樣？沒錯，應該說這是通常的架構。那你要我看什麼？不急，真的不急，克莉絲蒂會慢慢冒出一堆足夠讓你疑惑、驚嚇、意外，甚至滿足你的想像力、考驗你的耐心和智商的事件來。

推理小說不都是這樣嗎？你說得沒錯，大部分是這樣，不一樣的是……對了，她像條春伯，像山田洋次，她真會說，而且她用文字說。

文字的敘述可以讓全世界幾代的人「聽」得過癮、「聽」個不停，除了聖經，也許就是克莉絲蒂。她不是神，但她真的夠神。

數十年前，台灣剛剛出現她的推理系列中譯本，那時是我結婚前，常有同齡的文藝青年來我租住的地方借宿，瞄到我在看克莉絲蒂，表情詭異地說：「啊？你在看三毛促銷的這個喔？」

我只記得他抓了一本進廁所，清晨四點多，他敲開我的房門說：「幹，我實在很討厭那個白羅……再拿一本來看看，我跟你說真的，要不是你的書，我真的很想把那個矮儸壓到馬桶吃屎！」

我知道他毀了，愛吃又假客氣，撐著尊嚴騙自己。克莉絲蒂再度優雅地撕破一個高貴的知識份子的假面具，她的手法簡單，那手法叫通俗，絕對自覺的通俗，無與倫比、無法招架的功力。

昔日的文藝青年如今跟我一樣，已然老去，但不時還會看到他寫一些充滿理念和使命感極重的文章，在報紙和雜誌上出現。我知道他要說什麼，只是常常疑惑他想跟誰說；同樣，我記得他說過什麼，但轉眼間忘記他說了什麼。但請原諒我，幾十年前那個晚上，他在我家看完的那兩本克莉絲蒂的小說內容，我可還記得清清楚楚。

也許有一天再遇到他的時候，我會問他之後是否還看過克莉絲蒂其他的書，如果沒有，我會跟他說，想讀要趁早，因為你會老、會來不及。至於白羅那個矮儸，大概永遠不會消失。哦，對了，還有一個叫瑪波，你說不定會來不及認識……

瑪波小姐——洞明世事，仍不失對人情的寬諒

吳曉樂（作家）

瑪波小姐是阿嘉莎・克莉絲蒂筆下的兩名神探之一，名氣不若白羅響亮，支持者倒是挺死忠專情。她也是推理小說界「女偵探」的第一把交椅，至今仍無人能動搖其地位。瑪波小姐系列合計有十二本長篇、兩本短篇小說集。以及一篇收錄於《哪個聖誕布丁？》的小說〈葛林蕭的笑話〉。常有讀者受「小姐」二字所誘，誤信瑪波小姐是妙齡少女，但英文中，未婚女性一律以Miss稱之，實際上，瑪波小姐已六十好幾。按照蓋達克警官的形容，「她的模樣非常蒼老，頭髮雪白，粉紅的臉上布滿皺紋，一對藍色眸子柔和且真摯無邪」。

瑪波小姐亦是知名的「安樂椅神探」，她的歲數與支氣管炎等痼疾限縮了她奔走的範疇。大部分時間，瑪波小姐僅在英國村鎮裡穿梭，一邊喝茶，一邊傾聽案件相關的陳述。克莉絲蒂刻意將筆下兩位神探做出區隔，白羅是比利時難民，案件時常顯現壯闊的異國情調，瑪波小姐系列則洋溢著恬謐、悠哉的英國小鎮氛圍。瑪波小姐經手的案件，多半以某座莊

園、公館為中心，在傭人、園丁、廚師、仕紳與貴婦人等交織而成的人際網絡裡，一樁樁謀殺案就此鋪展。

瑪波小姐的經歷有些神祕，讀者只能從她談及自己的稀少橋段，拼湊出模糊的過往：她接受良好教育，曾待過佛羅倫斯的寄宿學校，一度從事過護理工作。再從瑪波小姐坐擁房產、生活講究等細節，我們不難勾勒她中產階級的出身。上述資訊，幾乎是我們能得知的全部了。

至於瑪波小姐的個性，我想徵用瑪波小姐首次登場《牧師公館謀殺案》的語句：「她是村子裡最壞的女人，總是知道每一件事，並且做出最悲觀的推斷。」「在英格蘭，任何偵探也比不上一個上了年紀又有很多閒暇的老處女。」「拿望遠鏡賞鳥的習慣也總是讓她別有收穫。」從這些褒貶相依的評價，我們首先歸納出一些結論：瑪波小姐有些好管閒事，城府也深，偏偏她的判斷比誰都趨近真相。

更細緻地分析，瑪波小姐「溫和無害，乍看糊塗」的表象，是最天然的保護色。與她搭話的人物，屢屢在輕敵的狀態下鬆懈心防，下意識就吐露原先拚命掩藏的犯案痕跡。其次，瑪波小姐認為人性並不複雜，若我們悉心諦視，必能察覺其中的「共性」。她的外甥雷蒙・衛司曾將聖瑪莉米德村喻為「一潭死水」，瑪波小姐則認定死水若放在顯微鏡底下，「其實生機盎然」，而她所謂的顯微鏡，或許指涉了鄉村背景。鄉村生活人情緊密，有助瑪波小姐近距離蒐集人性的不同臉譜。我個人認為，瑪波小姐最專長的辦案手法是「數據分析」，她常將案發現場的樣本扔入聖瑪莉米德村——她的「人性資料庫」，進行搜尋和比對，一旦辨識出相似的行為態樣，接下來她將安坐椅上，預估其發展。是以瑪波小姐一再「後發先至」，她抵達現場的時間總是不無「遲到」的味道，不過待她釐清人物之間的譜系和利害關係，旋即能夠盤整出一些關鍵，為案件帶來重大突破。

瑪波小姐以閒談獲取的情報，都顯得那麼普通、不起眼，她卻能如同手上的編織活，這一針那一線巧妙地穿引，後續再輕輕一扯，將線索行雲流水地組織起來。瑪波小姐深諳自往昔的歲月萃取珍貴的經驗，舉例來說，有一回，她以「聖靈降臨節過後的週一，園丁必不上班」為由，輕易識破一則謊言；也有一回，她從「發音方式」捕捉到講述者的故弄玄虛。

初識瑪波的讀者，我建議以短篇小說《十三個難題》為前菜，篇幅短小，清爽不占空間，品嘗的餘韻足夠引發興致。至於長篇，我心儀《殺人一瞬間》，此作推理成分相對清淡，架構上更接近「豪門恩怨肥皂劇」，序幕即嵌入一場駭人的畫面，將讀者牢牢地鉤入劇情。辦案過程中，瑪波小姐另聘慧黠迷人的露希小姐，潛入疑雲重重的鹿瑟福。兩位小姐的視角頻仍轉換，前場後場的調度十分緊湊，讓讀者捨不得輕易暫停。克莉絲蒂向來很節制「愛情」的著墨，但在此作，她給露希小姐點綴了幾許風花雪月，時至今日，露希小姐情歸何處，是海內外讀者樂此不疲的謎題。而在《死亡不長眠》中，步履蹣跚的瑪波小姐擔憂一對年輕夫婦，不惜啟程遠行，讓我們見到她慈幼的一面。《加勒比海疑雲》也帶給我相當的樂趣，見瑪波小姐與毒舌老富翁拉斐爾搭檔，完成第一次在國外大展長才的紀錄，很是過癮。續作《復仇女神》，拉斐爾已逝，留下一封報酬頗豐的委託，瑪波小姐積極走入謎團，讀者可以看清她心中晃蕩不止的漣漪。瑪波小姐追憶拉斐爾的絮語，我認為是全系列裡罕有的「情愫」展現。

瑪波小姐還有項令人歆羨的本事：她的才華普遍獲得男性同儕的認同。亨利爵士稱她「本人絕無僅有，四星級睿智的紅粉知己，老太婆中的超級老太婆」。尼勒警官如此形容她：「為人正直，具有無可指摘的正義感。」時間跨幅長久的薔達克警官更是五顆星好評：「瑪波小姐能夠用最大限度的鎮靜來思考謀殺、猝死，以及各種真實罪案。」

按照出版年代，《瑪波小姐的完結篇》是瑪波小姐最後一次現身。若以氛圍而言，我認為《破鏡謀殺案》裡瑪波小姐的自述，更適切地傳達出這位天才神探正緩緩邁向遲暮，「人必須面對現實：聖瑪莉米德昔日風貌不再。當然，從某種意義上說，沒有一樣東西能一如往昔。你可以怪罪戰爭（兩次世界大戰），怪罪年輕這一代，或者出去工作的女人，或者原子彈，或者政府，但其實你真正不滿的只是一個簡單的事實：你正在變老」。瑪波小姐信任的傭人凋零，外甥為她聘請的女傭竟把她視為昏聵無知、需要悉心呵護的老人家。萬幸的是，摯友荷大克醫師捎來了慰藉，他認為瑪波小姐最合適的藥方就是：一場謀殺案。這舉止點醒了讀者，縱使低調不鋪張，瑪波小姐依然、無庸置疑地對辦案懷有莫大熱情。

文章的尾聲，我要再次回到瑪波小姐的人性觀，她雖堅稱「最無情的猜測往往都會被證實為真」，倒也不吝坦承「我總是對人性抱著希望」。這位英國小姐的魅力自然流淌，她洞明世事，仍不失對人情的寬諒。

獻詞

阿嘉莎．克莉絲蒂是世界讀者最眾，也最廣受喜愛的女作家。
身為克莉絲蒂的孫兒，我相信奶奶會非常樂見這次出版，
因為她極以自己作品中的趣味與娛樂為豪。
歡迎所有喜歡本系列的台灣新讀者參與這場饗宴！

——馬修．培察（Mathew Prichard）

網子飛了出去，四處飄蕩；
鏡子崩裂，
夏綠蒂小姐發出驚叫：
「詛咒降臨到了我頭上。」

／01

珍・瑪波小姐臨窗而坐。窗子正對著她的花園，這個花園曾經是她的驕傲，但那已經是過去的事了。如今，她一向窗外望，便感到難過。她被禁止做繁重的園藝工作已經有一段時間了。不能彎腰，不能挖土，不能種植，最多只能做一點輕鬆的修剪工作。毫無疑問，一星期來幹三次活的老雷寇克盡了全力。但他的盡力（不怎麼多）只是根據他的標準，而不是根據他雇主的標準。她想做什麼，以及這工作什麼時候要完成，瑪波小姐都一清二楚，並且及時地指示他去做。老雷寇克接著就施展出他的特殊天賦：熱情爽快地點頭稱是，接下來動也不動。

「沒錯，夫人。我們就把罌粟花種在那兒，風鈴草沿著牆種，而且照您說的，我們下星期該先做這事。」

雷寇克的藉口總是振振有詞，非常像《當我們同在一條船》[1]中喬治船長逃避出海的託辭。對那位船長來說，風總是吹得不對勁，不是離岸吹就是向岸吹，或者從西面吹來，靠不住；或者吹的是東風，更危險。雷寇克的藉口是天氣。太乾，太溼，滿地泥濘，有一點霜氣。不然的話，就是有極為重要的事必須先做（通常是整理那些他肆意種植的捲心菜或芽甘藍）。雷寇克本人的園藝原則非常簡單，而且沒有一個雇主——無論多麼博學——能夠讓他捨棄這些原則。

這些原則即是：喝好多杯又甜又濃的茶，以獎勵自己工作賣力。秋天時大量清掃樹葉，夏天時種一些他本人最喜歡的植物，主要是紫菀和鼠尾草……用他自己的話來說，是為了「賞心悅目」。他相當贊成噴殺玫瑰花上的綠蚜蟲，但遲遲不動手，而且要求他給香豌豆挖條深渠，他通常會回話說，你應該去看看他自己的香豌豆！去年他栽種得好，事前也沒做什麼花稍的步驟。

說句公道話，雷寇克對他的雇主還是有感情的，會迎合他們對園藝的喜好（在不涉及實際動手的狀況下），但是他認為蔬菜才實在，種一顆漂亮的捲心菜，或者一點甘藍菜都好。而花啊草啊是女士們閒來無事才會熱中的花稍玩意兒。他會將前面提過的紫菀、鼠尾草、半邊蓮和夏菊當成禮物送給雇主，以表示他的感情。

「我最近在新社區那邊的新房子工作。那些人想把他們的花園布置得漂亮些。他們不需要這麼多的花，所以我就帶了一些過來，並且把它們和那些過了氣、不怎麼好看的玫瑰花種在一起。」

想著這些事，瑪波小姐的視線離開了花園，並拿起她的毛線團。

人必須面對現實：聖瑪莉米德昔日風貌不再。當然，從某種意義上說，沒有一樣東西能一如往昔。你可以怪罪戰爭（兩次世界大戰），怪罪年輕這一代，或者出去工作的女人，或者原子彈，或者政府，但其實你真正不滿的只是一個簡單的事實：你正在變老。生性十分敏感的瑪波小姐對這點非常清楚。只不過，不知為何，她在聖瑪莉米德此地感觸更深，因為她在這兒住了很久。

聖瑪莉米德村，這代表舊日世界的中堅傳統依然存在。「藍野豬」坐落其中，教堂、牧師公館，還有安妮女王和喬治王朝時期的小房屋——她的房子——俱存。哈娜小姐的房子還在，她也繼續掙扎要撐到最後一口氣。衛瑟碧小姐離開了人世，她的房子現在由銀行經理一家人住著，那房子的門窗被塗成深藍色而煥然一新。其他的老房子大部分也住進了新的人家，但這些房子在外觀上並沒有什麼變化，因為買主們喜歡房屋仲介商所謂的「古色古香」，因而維持房屋原貌。他們只是添一間浴室，花一大筆錢裝水管、電爐和洗碗機什麼的。

雖然房子外觀與過去相差不大，但鄉村的街道變化甚多。每每商店易主時，店家立即積極著手大肆進行現代化。魚店加裝了新的高級櫥窗，冰凍過的魚在裡面閃閃發光，讓人再

1 《當我們同在一條船》（*Three Men in a Boat*）是英國作家傑羅姆（Jerome K. Jerome, 1859-1927）一八八九年的作品。

也認不出小店原貌。肉鋪仍然保守……上等肉就是上等肉，如果你付得起儘管買；如果付不起，那你就選便宜或帶骨頭的硬肉好好享受吧！雜貨商巴恩斯依然在，沒有變化——哈娜小姐和瑪波小姐等人因此每天感謝上帝——櫃檯旁有很貼心舒適的椅子可坐，還能溫馨地討論培根切塊和各種不同的乳酪！但是在街尾，湯姆先生的便利商店舊址上，新矗立起一個光亮耀眼的超級市場，讓聖瑪莉米德的老太太們恨得咬牙切齒。

「一包一包根本聽都沒聽過的東西，」哈娜小姐感嘆道，「這些一包包的早餐麥片讓人不再替孩子們準備像樣的培根蛋早餐。而且你還要自己提籃子轉來轉去找東西，有時候要花上一刻鐘才能找到想要的東西，它們的包裝通常不太方便，不是太多就是太少。然後呢，離開時還得排長隊等著付錢。累死人啦！當然，對那些住在新社區的，這一切非常好……」

說到這兒，她住了口。

因為，如今通常句子到那兒就結束了。「新社區」[2]、「當代」[3]都有其現代的意涵。它們有一個獨立的新意，而且以大寫字母開頭。

§

瑪波小姐懊惱地叫了一聲。毛衣又掉了一針。更氣人的是，這一針她一定掉了好一陣子。直到她要織領口而不得不收針來數一數時，才發現這個問題。她找來一枚備用別針，把毛衣拿到一旁，對著亮光，瞇起眼使勁地瞧著。看來連她新配的眼鏡也不管用了。關於這點，她想，顯然是因為到了她這把年紀，眼科醫生除了能給你豪華的候診室、先進的儀器，及射到你眼裡的明亮光線和收取昂貴的費用外，對你幾乎已經無能為力。瑪波小姐懷念起幾年前（唉，或許不只幾年前）她視力正常的日子。從她花園那個絕佳的角度可以看到聖瑪莉米德發生的所有事情，幾乎沒有什麼能逃得過她銳利的眼睛！還有借助她用來觀察鳥類的望遠鏡（對鳥兒感興趣真是好處多多啊），她看見……想到這兒她突然停住，思緒飄回到過去。安·普瑟洛穿著夏日洋裝向牧師家的花園走去。還有普瑟洛上校，可憐的人，雖說他的確討人厭、惹人煩，但居然那樣被謀殺了，她搖了搖頭，又想到了格賽達，牧師那年輕漂亮的太太。貼心的格賽達，真是個忠誠的朋友，每年都寄聖誕卡來。她那逗人喜愛的小嬰兒現在已經是個高大魁梧的年輕人了，有一份很好的工作。是工程師嗎？以前他總是喜歡把他的機械小火車拆得東一塊西一塊。牧師公館後面，有台階和出問小道，農民吉爾斯的牛群在草地上漫步，那兒現在，現在……

是新社區。

2　新社區（Development），原意為「發展」。

3　當代（Period），原意為「期間」。

有何不可呢？瑪波小姐嚴厲地問自己。時勢所趨，住宅勢不可缺，而且這些房子蓋得很好……她聽說是這樣。他們稱之為「有規畫性」或諸如此類的名詞。儘管她難以想像為什麼無論哪兒都得叫成「巷」。奧布里巷、龍伍德巷、格蘭迪巷以及其他的某某巷。這些根本不是什麼真正的巷子。瑪波小姐非常清楚巷子是什麼樣子。她叔叔過去是奇徹斯特大教堂的教士，她小時候曾經跟他在巷子裡住過。

就像雀莉・柏克總是把瑪波小姐那古典擁擠的客廳叫作「交誼廳」。瑪波小姐溫柔地糾正她說：「雀莉，這叫客廳。」雀莉呢，因為年紀輕，心地又好，便努力去記這個名詞，儘管對她來說，「客廳」叫來非常滑稽，而「交誼廳」也總是脫口而出。然而最近她妥協了，開始改口說「客廳」。瑪波小姐非常喜歡雀莉。她冠夫姓，住在新社區。她也是屬於在超級市場買東西、推著四輪嬰兒車在聖瑪莉米德安靜街道上漫步的少婦階層。她們都很時髦，打扮得很漂亮，個個一頭鬈髮。她們談笑風生，彼此串門子，像一群快樂的小鳥。雖然她們的丈夫都收入可觀，但因為分期付款隱伏著壓力，她們常需要現金，所以她們替人幫傭或做飯。雀莉是個手腳俐落、效率頗高的廚師，又是個聰明的女孩子，接電話應對得宜，並能很快指出送貨員記錄本上的錯誤。但瑪波小姐不怎麼讓她翻床墊，而且每次她洗餐具時，經過餐具室的瑪波小姐總是把頭扭開裝作沒看見。雀莉洗碗盤的方法是把什麼都一股腦丟進水槽，然後擠上一大堆洗潔劑，產生大風雪般的泡沫。瑪波小姐已經悄悄把那套烏斯特茶具收在角落的櫃子裡，平常不用，只在特殊場合才拿出來。她另外買了一套白底淺灰、款式現代的茶具取而代之，這套茶具並未鍍金，因而放在水槽裡怎麼洗也不怕。

過去是多麼的不同啊！例如，忠誠的芙倫絲、身材魁梧的客廳女傭，還有艾蜜、克拉拉和艾莉絲，那些「可愛的小女傭」，從聖信孤兒院出來，到這兒來「受訓」，然後去別的地方領更高的薪水。她們大致都相當單純，通常患有腺狀腫，而艾蜜很明顯有些蠢笨。她們和村裡的女傭談天、閒扯，和魚販的助手或者和宅院的助理園丁，或者和雜貨商巴恩斯先生的某個助手出去散步。瑪波小姐想起她為她們即將誕生的嬰兒所織的小毛外套，不覺懷念起她們來。她們不擅長電話上的應對，算術一竅不通。但另一方面，她們懂得如何洗餐具，整理床鋪也有一套。她們沒受過教育但是有技能。現在，奇怪的是，幫傭的竟多半是受過教育的女孩。從國外來的學生、協助家務來換取膳宿的女孩、度假的大學生，還有像雀莉．柏克那樣住在不是真「巷子」的新社區少婦。

當然，還有像奈特小姐這樣的人。頭頂上方奈特小姐的腳步聲，又弄得壁爐台上枝形吊燈的玻璃垂飾發出叮叮噹噹的警告，瑪波小姐突然想起了她。顯然，奈特小姐已經睡過午覺，現在正準備出門散步。待會兒她會進來問瑪波小姐是否要她在鎮上買點什麼。想到奈特小姐，瑪波小姐腦子裡就有這樣的反應。當然，貼心的雷蒙（她的外甥）非常慷慨大方，奈特小姐也再善良不過，而且，當然啦，支氣管炎使她的身體非常虛弱，荷大克醫生也非常堅決地交代過，說她絕對不能獨自在只是白天有傭人來的家裡睡覺，但是……她想到那兒便不再想下去。因為老想著「只要不是奈特小姐誰都可以」根本徒勞無益，如今，年邁的女士並無多少選擇。盡心盡力的女傭已經不再吃香。如果真的生了病，你可以花很多錢、費很大勁找到一位合適的醫院護士，或是去醫院。但是當疾病危險期過後，你還是得落到奈特小姐的手掌心裡。

瑪波小姐想，奈特小姐這類人其實除了挺惹人煩以外，沒什麼不好。她們充滿愛心，同情她們照料的人，盡力迎合她們，與她們愉快相處，而且像對待輕微智障的孩子般呵護。

「我或許是老了，但並不是個智障小孩。」瑪波小姐自言自語地說。

這時，奈特小姐和往常一樣喘著粗氣，蹦蹦跳跳地進屋子來，神情愉快。她五十六歲，身材肥碩，微黃的灰髮梳理得整整齊齊，戴副眼鏡，鼻子瘦而長，底下的嘴形透露出她的好脾氣，下巴線條柔和。

「我來了！」她活力充沛地大聲叫道，刻意逗悲傷的老年人開心，讓他們振作精神。「希望我們都睡過午覺了喲？」

「我一直在打毛衣。」瑪波小姐回答道，特別強調「我」這個字。「而且啊，」她有點厭惡又不好意思地坦承自己的弱點。「還掉了一針。」

「噢，哎呀，哎呀，」奈特小姐說，「嗯，我們很快就會把它弄對，不是嗎？」

「你可以的。」瑪波小姐說，「我呢，唉，可就沒辦法了喔。」

她語調中一絲輕微的刻薄溜了過去，沒被察覺。奈特小姐一如往常，很熱心地幫她。

「好了，」過了一會兒她說，「好了，親愛的，現在沒問題了。」

雖然瑪波小姐非常樂意讓蔬果店的那個女人或書報攤的那個女孩叫她「親愛的」（甚至「寶貝」），但是被奈特小姐叫作「親愛的」讓她十分惱火。這也是老小姐們不得不忍受的一件事。她禮貌地向奈特小姐道謝。

「那麼現在我要出門走走了喔，」奈特小姐幽默地說，「我去一下就回來。」

「請別急著趕回來。」瑪波小姐禮貌而誠懇地說。

「噢，親愛的，我可不想留下你一個人獨處太久，免得你悶悶不樂。」

「你放心，我快樂得很。」瑪波小姐說，「我可能會（她閉上了眼睛）『小睡一會兒』。」

「好的，親愛的。要我給你帶回什麼嗎？」

瑪波小姐睜開眼睛，思索了一下。

「你可以去郎登家的店看看窗簾是不是準備好了。可能的話，再去衛斯理太太那兒買一束藍色毛線，接著去藥店買一盒黑醋栗糖片，然後去圖書館換一本書，但別讓他們拿那些我單子上沒有的書給你。上次借的那本真是糟透了，我讀不下去。」

她拿出那本《春天的覺醒》。

「噢，哎呀呀，你不喜歡嗎？我還以為你喜歡呢。多麼動人的故事啊。」

「還有，如果對你來說不是太遠，也許你不介意去哈利特那裡，看看他們有沒有一種上下晃動的打蛋器，不是搖手柄的那種。」

（她非常清楚他們沒有這種打蛋器，但哈利特是可以走最遠的一家商店了。）

「如果這些不是太多的話……」她低聲補充道。

但是奈特小姐顯然很真誠地回答道：「一點兒也不多。我很樂意。」奈特小姐喜愛逛街，對她來說這跟呼吸一樣重要。逛街能遇見熟人，有機會聊天，可以和店裡的助手嚼嚼舌根，還有機會在不同商店巡視各式各樣的商品。而且可以花很長時間來做這些愉快的工作，不用懷著歉疚的心情想著應該快點回去。

於是，奈特小姐朝那個安然坐在窗旁休息的羸弱老嫗看了最後一眼，就愉快地出發了。

為了預防奈特小姐又折回來拿購物袋、錢包或手帕什麼的（她老是忘東忘西，常常要折回來），也為了讓想了那麼多沒必要的東西給奈特小姐去買而有點累的腦子消除疲勞，瑪波小姐等了幾分鐘。之後，她敏捷地站起身，把正在織的毛衣扔在一邊，步履堅定地穿過房間，走進玄關。她從掛衣鉤上取下她的夏季外套，從衣帽架上拿下拐杖，脫下臥室用拖鞋，穿上一雙耐穿的步行鞋，然後從側門走了出去。

「那要花掉她至少一個半鐘頭。」瑪波小姐暗自估算著。「差不多，新社區的人這時候都在購物。」

瑪波小姐預見奈特小姐在朗登那裡詢問窗簾將不得其果。她的推測異常地準確。此刻，奈特小姐正嚷道：「當然啦，我很篤定它們一定還沒準備好。可是那老小姐吩咐我的時候，我當然說我會過來看看。可憐的老傢伙，她們已經沒什麼可盼望的了，我得遷就她們。況且她是個可愛的老小姐。現在她正逐漸衰老，心智衰退是早晚的事。噢，那塊布料挺漂亮的，有其他顏色嗎？」

二十分鐘愉快地過去了。奈特小姐終於離開，那位資深的店員哼了一聲說：「衰老，是嗎？我要親眼看見才會相信。瑪波小姐一向敏銳得不得了，我認為她現在還是如此。」

她說完便轉頭招呼一個穿著緊身褲和帆布緊身上衣的年輕女子，她想要一塊有螃蟹圖案的塑膠布做浴室的窗簾。

「艾蜜莉．華特斯，她讓我想起這個人。」瑪波小姐自言自語地說，為了自己能夠把某人與過去認識的人聯繫起來而心滿意足。「她同樣是笨得不得了。讓我想想，艾蜜莉後來怎麼樣了？」

沒怎麼樣，她最後下了結論。她差點要和一個副牧師訂婚，但經過幾年的相知相識，這事不了了之。瑪波小姐把奈特小姐這個貼身護士從腦子裡趕開，注意起周圍的環境。她迅速穿過花園，卻從眼角瞥到雷寇克已用修剪混種茶樹的方式，把那些過氣的玫瑰花剪斷了。她決定不讓這事煩擾她，也不讓它破壞她溜出門一個人自由自在的美妙心情。她像是冒險般雀躍不已。她向右一拐，進了牧師公館的大門，走上穿過花園的小路，最後從路右邊出去。過去供人走的台階現在是一扇開向一條柏油小路的鐵轉門。小路通向一座跨越小溪的精巧小橋，小溪的那一邊以前曾經有草地和牛群，而現在是新社區。

02

瑪波小姐懷著像哥倫布尋找新大陸的心情，跨過小橋，走上小路，四分鐘後，就到了奧布里巷。

當然，瑪波小姐以前在貝辛市場看過新社區，也就是說，從遠處看過它的小巷和一排排整潔堅固的房子，房子上有電視天線，還有漆成藍色、粉色、黃色、綠色的門窗。但在此之前，它只不過是一張真實的地圖而已。她不在其中也不屬於它。然而此刻她親臨此地，觀察著這個發展迅速的美好新世界，這個對她而言完全陌生的新世界。它就像是一個孩童用磚頭搭成的整潔模型，對瑪波小姐來說這很不真實。

同樣，那裡的人們看起來也不真實。那些穿長褲的年輕女人，凶神惡煞似的男孩，胸部充滿彈性和活力的十五歲女孩。瑪波小姐覺得這都墮落到了極點。她步履蹣跚地繼續往前走，沒人多看她兩眼。她從奧布里巷拐出來，到了達林頓巷。她走得很慢，邊走邊貪婪地聽著推嬰兒車的母親們談話，聽著女孩子們和小夥子聊天，聽著凶巴巴的不良少年（她猜想他們是不良少年）互相交換暗號。母親站在門前台階上呼喚她們的孩子，孩子們呢，和平常一樣忙著做那些大人禁止的事。小孩子就是小孩子，永遠不會變，瑪波小姐高興地想道。這時，她笑了起來，腦海裡聯想起一些類似的人物。

那個女人正像凱莉．愛德華，另外那個皮膚黝黑的女孩就像胡柏家的女兒，她一定也會把婚姻弄得亂七八糟。那些男孩子們……那個黑黑的就像愛德華．李克，口不擇言但是沒什麼惡意，其實是個好男孩；皮膚白皙的那個是貝威爾太太的兒子喬希的翻版。兩人都是好孩子。那個像葛瑞格．賓斯的恐怕好不到哪兒去。我想他媽媽和賓斯的媽媽是同一類型……

她一拐彎，進了沃辛罕巷，每一秒鐘情緒都在不斷地高漲。

這個新世界和原來的沒什麼兩樣。房子不同了，街道改成了「巷」，人們穿著不同，聲音不同，但人性還是一成不變。還有，儘管用詞有點變化，話題還是一樣。

因為拐了好幾個彎，瑪波小姐已經失去了方向感，又回到住宅區的邊緣。現在她在奎斯布魯克巷，這條巷子有一半還在「建設之中」。在一棟即將完工的建築二樓窗口，站著一對年輕的情侶。他們正在討論周圍的環境設施。聲音飄了下來。

「你必須承認這棟位置很好，哈利。」

「另一棟也一樣好。」

「這棟比那棟多兩間房間。」

「但是你得多花錢。」

「嗯，我喜歡這棟。」

「你當然喜歡！」

「噢，別掃興了，你知道媽媽是怎麼說的。」

「你媽媽老是說個不停。」

「不許你說她的壞話。沒有她哪有現在的我？況且她本來可以做得更卑鄙，讓事情更難收拾。她本來可以讓你上法庭的。」

「噢，別說了，莉莉。」

「從這兒望出去，山上的景色一覽無遺。幾乎可以看到……」她身子向左轉，朝外靠出去。「幾乎可以看見那個水庫。」

她更向外靠了，並未意識到全身重量都壓在橫擱於窗台上的木板。在身體的重壓下，木板滑動了，帶著她向外滑去。她尖叫起來，竭力想使身體恢復平衡。

「哈利！」

另外那個年輕人站在她身後一兩步遠的地方，一動也不動。他向後退了一步。

女孩在絕望中不顧一切地攀住了牆，穩住了自己。

「哦！」她嚇得吐了口氣。「我差點就摔下去了。你怎麼不拉我一把？」

「事情發生得太突然了。而且不管怎麼說，你也沒事。」

「你就只知道這個。我告訴你，我差點就掉下去了。看看我的毛衣，都弄亂了。」

瑪波小姐向前走了幾步，一時衝動又轉過身去。

莉莉站在路上，正等著那個年輕人把屋門鎖上。

瑪波小姐走過去靠近她，壓低聲音，迅速說道：「親愛的，如果我是你，我不會嫁給這個年輕人。你需要一個在你發生危險時能依靠的人。請你別介意我對你說這些，可是我想應該提醒你一下。」

她轉身離去，莉莉注視著她的背影。

「呃，到底……」

年輕人走上前來。

「她和你說了些什麼，莉莉？」

莉莉欲言又止。

「要是你想知道的話，那就是：她給了我一個吉普賽式的警告。」

她若有所思地看著他。

瑪波小姐急著想快點離開，一拐彎，被幾塊鬆動的石頭絆了一下，摔倒了。

一個女人從一棟房子裡跑出來。

「噢，天哪，摔得可不輕啊！您沒傷著吧？」

她抱住瑪波小姐，把她扶了起來，這動作顯得過分好心了點。

「沒骨折吧？哦，我想您一定嚇了一跳。」

她的聲音親切洪亮，是個四十歲左右、身材豐滿、膀闊腰圓的女人，一頭剛開始變灰的棕色頭髮，藍眼睛，慷慨的大嘴，長了太多白得發亮的牙齒，讓瑪波小姐看著有些害怕。

「您最好進來休息一會兒。我給您泡杯茶。」

瑪波小姐向她道謝，跟著她穿過一扇藍色的門，走進一個小房間，裡面擺滿套著鮮豔印花棉布套的椅子和沙發。

「您請坐這兒，」她的救命恩人把她安頓在一張有坐墊的扶手椅上。「您靜靜地坐一會兒，我去泡茶。」

她快步走出房間，房間裡頓時變得靜悄悄，一片祥和。瑪波小姐深深地吸了口氣。她其實沒受傷，但這一跤嚇了她一跳。她歉疚地想，在她這樣的年紀，應當盡量避免摔跤，但幸運的是，奈特小姐永遠不會知道這件事。她小心翼翼地動了動手和腿。沒有骨折。但願她能平平安安回家。也許吧，喝杯茶後……

她才剛想到這兒，茶就來了。茶放在一只托盤上，托盤裡還有個小碟子，裡面放著四塊甜餅乾。

「好了，」茶放在她面前的小桌子上。「我替您倒，好嗎？最好是多放些糖。」

「不要糖，謝謝。」

「您必須吃點糖。要知道，您受驚了。戰爭時，我曾在國外的流動野戰醫院待過。受到驚嚇時吃糖最好。」她往杯裡放了四塊糖，用力攪拌。「喝了它，您就會完全恢復了。」

瑪波小姐接受了她這番見解。

一個好心的女人，她心想，她讓我想起一個人，是誰呢？

「您對我太好了。」她微笑著說。

「噢，這沒什麼。溫柔而細心地幫助別人，這就是我的習慣。我喜歡幫助別人。」

大門的鎖響了一下，她向窗外望去。

「是我丈夫回來了。亞瑟，我們來了位客人。」

她走出房間進了門廳，亞瑟跟她一起走進房間，一臉困惑。他瘦瘦的，臉色蒼白，說話慢條斯理。

「這位女士摔倒了，就在我們家的大門外面，所以自然地我就把她帶進來了。」

「您的夫人非常好心。呃……」

「我叫貝德克。」

「貝德克先生，恐怕我給她添了很多麻煩。」

「噢，對希瑟來說沒什麼麻煩。希瑟以助人為樂。」他好奇地看著她。「您當時是要去什麼地方嗎？」

「不是，我只是在散步。我住在聖瑪莉米德，牧師公館的後面。我叫瑪波。」

「哎呀，我怎麼就沒想到！」希瑟驚叫道，「原來您就是瑪波小姐。我聽說過您。您就是那個專門做謀殺案的人。」

「希瑟！你怎麼……」

「噢，您知道我的意思。實際上不是做謀殺案，而是破解謀殺案。沒錯吧？」

瑪波小姐謙虛地低聲說，她是有一兩次被捲進了謀殺案。

「我聽說這村裡曾經發生過好幾起謀殺案。前幾天晚上他們在賓果俱樂部談論這件事。戈辛頓莊裡就發生過一樁。我才不會買一棟出過命案的房子哩。我相信它會鬧鬼。」

「命案現場不在戈辛頓莊，是有人把一具屍體放到那兒去。」

「聽說屍體是在圖書室壁爐前的地毯上發現的，是嗎？」

瑪波小姐點點頭。

「您聽說過嗎？他們可能要根據這個謀殺案拍一部電影。也許這就是瑪力娜．葛雷買下戈辛頓莊的原因。」

「瑪力娜．葛雷？」

「是的。她和她丈夫。我忘了他名字。我想，他是個電影製片，或是導演，叫傑森什麼的。而瑪力娜．葛雷呢，她很迷人吧？當然她近幾年沒拍什麼電影，因為她病了很久。但我仍然認為她永遠獨霸影壇。您看過她演的《卡梅奈拉》嗎？還有《愛的代價》、《蘇格蘭女王瑪麗》？她年華已逝，但永遠都是位出色的女演員。我一直是她的忠實影迷。十幾歲時常常連作夢都夢見她。這輩子有件事讓我狂喜難忘，就是當年為了資助百慕達聖約翰流動野戰醫院而舉行一場大型演出，主持開幕儀式的竟然是瑪力娜・葛雷。我當時興奮得快要發瘋。但就在演出那天，我發燒了，醫生說我不能去。但我才不會就這樣打退堂鼓哩。事實上，我並沒有感覺很不舒服。因此我爬下床，臉上塗了很多粉就出去了。別人向她介紹我，她跟我說了足足三分鐘的話，還給了我她的親筆簽名。實在太棒了！我永遠也忘不了那一天。」

瑪波小姐凝視著她。

「我希望後來沒有……沒有什麼不幸的事發生吧？」她緊張兮兮地問道。

希瑟・貝德克大聲笑起來。

「才沒有，我的感覺再好不過了。我要說的是，如果你想做一件事，就必須冒險。我總是這樣。」

她又一次大笑起來，笑聲愉快刺耳。

亞瑟・貝德克一臉佩服地說：「從來沒有什麼事能阻止得了希瑟，她總是能擺脫麻煩。」

「艾莉森・維德。」瑪波小姐滿意地點點頭輕聲說道。

「您說什麼？」貝德克先生問。

「沒什麼，只是一個以前我認識的人。」

希瑟充滿疑問地看著她。

「您讓我想起了她，如此而已。」

「是嗎？希望她是個好人。」

「她確實非常好。」瑪波小姐慢慢說道，「善良，健康，充滿活力。」

「但是我猜想她有缺點，是嗎？」希瑟笑著說，「我就有。」

「嗯，艾莉森非常信任自己的觀點，以至於她常常不了解別人怎麼看待、處理事情。」

「就像那次，你收留了從小木屋疏散出來的那家人，而他們卻拿走我們所有的湯匙。」亞瑟說。

「可是亞瑟！那個時候我不能把他們趕走啊。那麼做太狠心！」

「那些是祖傳下來的湯匙，喬治王朝時代的，是我曾外祖母的遺物。」貝德克先生傷心地說道。

「噢，亞瑟，忘了那些舊湯匙吧。別老是反覆嘮叨個沒完。」

「恐怕我不善於遺忘。」

瑪波小姐若有所思地看著他。

「您那位朋友現在在做什麼？」希瑟親切又好奇地問瑪波小姐。

瑪波小姐遲疑了一下，然後回答說：「艾莉森．維德嗎？噢，她死了。」

／03

「回到這兒真高興，」班雀太太說，「儘管我玩得很開心。」

瑪波小姐會意地點點頭，並從她這位朋友手裡接過一杯茶。

幾年前，她丈夫班雀上校去世後，班雀太太賣掉了戈辛頓莊和連帶很可觀的一大片土地，只為自己留了一間原來是東邊門房住的房子。那是一棟小巧可愛、有門廊的屋子，但是處處不便，以前連園丁都不願意住。班雀太太為它添置了現代生活的必需設施：一個設備齊全的最新式廚房，一個從主管道接過來的供水系統、電源，以及一間浴室。這花了她一大筆錢，但如果住在戈辛頓莊，錢會花得更多。她還保留了私人空間：一個綠樹環繞的美麗花園，四分之三英畝大。因此呢，她解釋說：「無論他們怎麼處置戈辛頓莊，我都看不見，也用不著擔心。」

最近幾年，她經常一整年都在外面旅行，去世界各地看望她的兒女和孫子們。也不時回來享受一下她在家中獨處的快樂。戈辛頓莊已經轉手一兩次了。它先被當作旅館來經營，失敗了；又被四個人買下，硬生生地把它分成四個公寓，後來這些人鬧翻了；最後，衛生局為了某種不明目的買下了它，後來又因為同樣的原因不想要了。衛生局將房子轉售出去，這兩個好朋友正在談論的就是這次買賣。

「當然了，我聽到一些謠言。」瑪波小姐說。

「這很自然呀，」班崔太太說，「甚至有人說查理．卓別林和他的孩子要住到這兒來。那一定很好玩；只可惜都不是真的。不對，是瑪力娜．葛雷要住進來。」

「她以前實在很可愛，」瑪波小姐嘆了口氣說，「我一直記得她早年拍的影片。《飛逝的鳥》是跟那個英俊的喬爾．羅伯茲合演的；還有《蘇格蘭女王瑪麗》；還有我非常喜歡的《穿過麥田》，當然那片子很感傷。噢，天哪，那是很久以前的事了。」

「是啊，」班崔太太說，「你想她現在應該幾歲啊？四十五？五十？」

瑪波小姐心想，她快五十了吧。

「最近她演過什麼嗎？現在我已經不常去看電影了。」

「我想只是一些小角色，」班崔太太說，「很久以前她就不是明星了……在一次嚴重的精神崩潰之後。離了幾次婚的她，在一次離婚後發病。」

「有那麼多的丈夫，」瑪波小姐說，「那一定很累。」

「那不適合我。」班崔太太說，「你愛上一個男人，和他結了婚，習慣了他的生活方式並且舒適地安頓下來之後，再離開他，拋開這一切，從頭開始！在我看來，這是瘋了。」

「這我無可置評，」瑪波小姐懷著處女的矜持咳了一聲說，「因為我沒結過婚。但是你知道，這似乎是個遺憾。」

「我想她們其實也很無奈，」班崔太太含糊地說，「過的是那種生活。那麼公開，你知道。我見過她，」她加了一句：「我是說瑪力娜．葛雷，那時我在加州。」

「她人怎麼樣？」瑪波小姐興致勃勃地問道。

「很有魅力，」班崔太太回答說，「非常自然，不會耍大牌，」她想了想，又說：「但是其實也是種制式反應。」

「什麼制式反應？」

「不耍大牌又舉止自然，你要學著如何去做，然後還得一直保持著。想想就可怕，永遠不能厭棄某樣東西，也不能說：『噢，看在上帝的分上，別煩我了。』我敢說為了徹底地自我調適，你不得不常去縱酒狂歡一番。」

「她有過五個丈夫，是嗎？」瑪波小姐問。

「至少有五個。第一個不值一提，然後是一個外國王子還是伯爵什麼的，接著又是一個影星，羅伯．楚斯克，是吧？那一次被宣傳成世紀戀情，但兩人的婚姻只維持了四年。再來是伊西多．賴特，一個劇作家。那次她相當認真，盡量保持低調，並且有了孩子，顯然她一直想要孩子，甚至收養過幾個流浪兒，不管怎麼說，這次是她自己生的。這事被大大吹捧了一番。報上登了大標題『母愛』。後來呢，我想，那孩子是個低能兒，或是神經不太正常什麼的，就在那以後，她的精神崩潰了，開始吃藥，並放棄了很多角色。」

「看來你知道她很多事。」瑪波小姐說。

「嗯，當然囉，」班崔太太說，「她買下戈辛頓莊後我就開始對她感興趣。兩年前她和現在這個丈夫結了婚，人們說她現在身體又不錯了。他是個電影製片，噢，還是導演？我總是搞不清楚。在他們都還年輕時，他就愛上了她，但那時他沒有很多錢。可是現在，我相信，他已經很有名了。他叫什麼來著？傑森，傑森什麼，傑森．胡德，不對，拉帝，對了。他們買下戈辛頓莊是因為它到……那個地方很方便，」她猶豫了一下，碰個運氣。「是歐斯翠嗎？」

瑪波小姐搖了搖頭。

「我想不是，」她說，「歐斯翠在倫敦北部。」

「那是個新成立不久的電影公司，叫黑林福斯，我總覺得聽起來芬蘭味道很濃。大約離貝辛市場有六英里遠。我想她是來拍一部關於奧地利皇后伊莉莎白的影片。」

「對於影星們的私生活，你知道的可真多啊。」瑪波小姐說，「這些都是你在加州聽來的嗎？」

「不完全是，」班崔太太說，「事實上，我是從美髮師那兒的雜誌上看來的。大部分的影星我連聽也沒聽過，但我說過，就因為瑪力娜．葛雷和她丈夫買了戈辛頓莊，我才對她產生興趣。那些雜誌可真會寫啊！我認為最多只有一半是真的，可能連四分之一都不到。我不相信瑪力娜．葛雷是個花癡，我不認為她酗酒，可能她根本也沒吃藥，而且她或許只是離開去好好休息一下，根本沒有精神崩潰！但是她要來這兒住，這倒是真的。」

「我聽說，下個星期。」瑪波小姐說。

「那麼快？我知道為了在二十三號舉行一個贊助聖約翰流動野戰醫院的派對，她出借了戈辛頓莊。我想他們一定大大翻修了房子？」

「事實上完全翻修了。」瑪波小姐說，「其實把它拆掉再重蓋一棟新的，還比較簡單，可能還更便宜。」

「我想，建了好幾間浴室吧？」

「我聽說，六間新的。還有一個種滿棕櫚樹的庭院、一座游泳池，還有我想就是他們稱為觀景窗的東西。他們還把你丈夫的書房和圖書室打通，合併成一間當音樂室。」

「亞瑟在九泉之下不會安寧的。你知道他是多麼憎恨音樂。他是個音癡，可憐的人。要是有某個好心的朋友帶我們去聽歌劇，你看看他的臉色喲！他可能會回來糾纏他們。」她頓了一頓，突然又說：「有沒有人暗示過戈辛頓莊可能會鬧鬼？」

瑪波小姐搖搖頭。

「它沒鬧鬼。」她肯定地說。

「那可封不了人們的嘴。」班崔太太指出。

「沒人這麼說過。」瑪波小姐停了一下，接著說道：「一般人都不是傻瓜，你知道，尤其是鄉下人。」

班崔太太飛快地看了她一眼。

「珍，你一向如此堅持，我不能說你不對。」

她突然笑了起來。

「瑪力娜・葛雷曾經很親切又委婉地問我，會不會因為自己原來的家被陌生人占用而感到難受。我向她保證我不會難受。我想她不大相信我說的話。可是珍，你知道，畢竟戈辛頓莊不算是我們的家。我們不是從孩提時代就在那兒長大的，這才是重點。它只是一棟附帶打獵和釣魚空間的房子，是在亞瑟退休後買的。我想起來了，我們是考慮到它住起來很舒服而且容易管理才買的！我們怎麼會那麼想，我簡直想不透！那麼多的樓梯和走廊，卻只有四個傭人！四個而已，那個年代喲，哈哈！」她突然問道：「你到底是怎麼摔跤的？那個叫奈特的女人不該讓你獨自出門。」

「那不是可憐的奈特小姐的錯。我讓她去買很多東西，然後我就……」

「故意摔一跤給她看看？我明白了。嗯，珍，你不應該這麼做。這不是你的年紀所能做的事。」

「你是怎麼知道這件事？」

班崔太太咧嘴笑了。

「在聖瑪莉米德不可能保守任何祕密。你常這麼跟我說。這件事是米薇太太告訴我的。」
「米薇太太？」瑪波小姐一臉茫然的樣子。
「她每天都來，住在新社區。」
「噢，新社區。」她的思維又像往常那樣暫停了。
「你在新社區裡做什麼？」班崔太太好奇地問。
「我只是想看看它。看看那兒的人是什麼樣。」
「那麼你覺得他們如何？」
「和其他人沒什麼兩樣。我真不知道這是令人失望還是讓人感到安慰。」
「是失望，我想。」
「不。我想這讓人感到安慰。它讓你，呃，認出某些類型的人，這樣，假如發生什麼事情，你就能清楚地了解那是為什麼或是什麼原因導致的。」
「你的意思是，謀殺？」
瑪波小姐一臉震驚。
「你為什麼認為我總是在想著謀殺案？」
「別狡辯，珍。為什麼你不勇敢地站出來宣稱自己是個犯罪學家，而且有過實務經驗呢？」
「因為我根本不是這種人。」瑪波小姐精神抖擻地說，「只是我對人性有某種程度的了解，在一個小村子裡住一輩子，這是再自然不過了。」

「可能你真能看出什麼，」班崔太太若有所思地說，「儘管很多人不這麼認為。以前你外甥雷蒙總是說這地方根本是一潭死水。」

「可愛的雷蒙，」瑪波小姐慈愛地說，「他心腸總是那麼好。你知道，是他付給奈特小姐薪水的。」

提到奈特小姐，引起了她一連串的想法，於是她站起來說：「我想我該回去了。」

「你不是一路走過來的吧？」

「當然不是。我是坐英奇來的。」

這個多少有點讓人難以理解的說法，班崔太太卻完全明白。很多年以前，英奇先生擁有兩輛出租馬車，用來接送火車站的乘客，當地的女士也乘著去「工作」地點，去參加茶會，以及偶爾和她們的女兒去參加一些愚蠢的娛樂活動，例如跳舞。紅光滿面、笑臉迎人的英奇在七十多歲時，趁著時機成熟，就把位子讓給了兒子，大家叫他「小英奇」（當時他四十五歲）。但由於考慮到兒子太年輕而不甚可靠，老英奇還繼續替那些老女士趕馬車。為了跟上時代潮流，小英奇把馬車換成了汽車。因為他不怎麼精通機械，一位叫巴德韋的先生後來順勢從他手裡接管了生意，但仍然保留了「英奇」這個名稱。巴德韋先生後來又把它賣給了羅伯茲先生，但是在電話簿上，公司正式名稱仍然是「英奇計程車行」。村裡的老太太仍繼續把搭計程車叫作「坐英奇」，就好像她們是約拿，而英奇是一頭鯨[4]。

§

「荷大克醫生來過了，」奈特小姐口氣不好地說，「我告訴他你去班崔太太那兒喝茶。他說他明天早上再來。」

她幫瑪波小姐取下披肩。

「我想，我們都累壞了。」她用譴責的口吻說。

「你可能累壞了，」瑪波小姐說，「我可不累。」

「你過來舒舒服服坐在火爐旁。」奈特小姐和往常一樣沒有在意瑪波小姐的話。（「不需要太注意老人家說的話。我只要遷就她們就夠了。」）「要不要喝一杯美味的阿華田啊？還是換喝好立克？」

瑪波小姐道了謝，說她想要一小杯雪利酒。奈特小姐滿臉的不高興。

「我不知道這件事醫生會怎麼說喔。」她拿酒杯過來時說道。

「我們明天早上一定得問問他。」瑪波小姐說。

第二天清早，奈特小姐在玄關迎候荷大克醫生，並激動地跟他耳語了一番。

4　其典故源於《聖經》，但此處並非引用其中原義，而是指英奇車很大，她們坐在裡面就像坐在鯨的肚子裡一樣。

老醫生搓著雙手走進了房間，這天早上有些冷。

「我們的醫生來看我們了。」奈特小姐愉快地說，「我幫您放手套好嗎，醫生？」

「放這兒就好。」荷大克醫生說，把手套漫不經心地扔在桌上。「今天早晨挺冷的。」

「要不要來一小杯雪利酒啊？」瑪波小姐建議道。

「我聽說你養成了喝酒的習慣，哎呀，喝酒可要有伴呀。」

把玻璃酒瓶和酒杯放在瑪波小姐身旁的桌上後，奈特小姐便離開了房間。

荷大克醫生是她相交甚久的老友，現在他差不多退休了，但仍替幾個老病人看診。

「我聽說你摔了一跤。」一杯酒下肚，他說，「你知道，在你這樣的年紀摔跤可不行呀，我得警告你。還有，我聽說你不想去請史丹福來看。」史丹福是荷大克的合夥人。「反正啊，你的那位奈特小姐去請了他來，她做得很正確。」

「我只是有點瘀血、受了點驚嚇而已，史丹福醫生是這麼說的。我可以好好地等到你回來。」

「唉，聽著，親愛的，我不可能永遠照顧你們。而且我跟你說，史丹福的醫術比我高明，他是一流的醫生。」

「年輕的醫生都一樣，」瑪波小姐說，「他們量量你的血壓，然後不管你得的是什麼病，就給你一些大量生產的新藥片。粉紅的、黃的、棕的。現在的藥跟超級市場裡賣的東西一樣，都是包裝起來的。」

「如果我給你開了水蛭、黑色藥水，而且用樟腦油塗抹你的胸口，那你可別抱怨！」

「我咳嗽時就是那樣做，」瑪波小姐精神十足地說，「而且那樣很舒服。」

「我們都不想變老，事情就是這樣，」荷大克低聲說，「我討厭變老。」

「跟我比起來，你還相當年輕，」瑪波小姐說，「而且我並不是真的介意變老，變老沒關係，因為這還是次要的侮辱。」

「我想我明白你的意思。」

「完全無法獨處！一個人出去幾分鐘都很難。甚至連打毛衣都不行了，以前那是最愜意的事，而我也是個編織高手。現在我老是掉針，而且經常連掉了都不知道。」

荷大克看著她，陷入沉思。接著他眨了眨眼睛。

「事情總有相反的一面。」

「這話是什麼意思？」

「要是你打不了毛衣，把它拆了改一下怎麼樣？潘妮洛普[5]就是這麼做的。」

「我的立場和她不同。」

「但是拆了重來本來就是你的專長，不是嗎？」他站起身來。「我得走了。我給你開的

5 潘妮洛普（Penelope），希臘神話中的人物，是英雄奧德修斯（Odysseus）忠貞的太太。丈夫離家遠征後，她拒絕無數的求婚者，二十年後終於等到丈夫歸來。

藥方是……一樁刺激的謀殺案。」

「這麼說真令人吃驚！」

「不是嗎？無論什麼疑難雜症，你總是能迎刃而解。我一直對這點驚奇不已。好一個福爾摩斯。現在我想他是過時了，但人們永遠忘不了他。」

醫生走後，奈特小姐匆匆走進房來。

「你看，我們這下心情好多了。醫生有沒有推薦某種補藥？」

「他建議我去研究謀殺案。」

「一部很棒的偵探小說？」

「不是，」瑪波小姐說，「要真的謀殺案。」

「天哪，」奈特小姐尖叫道，「可是在這個安靜的小地方不可能發生謀殺案。」

「謀殺案可能發生在任何地方，」瑪波小姐說，「真的。」

「也許在新社區？」奈特小姐沉思道，「那些看起來像不良少年的孩子都帶著刀。」

但是，謀殺案後來發生了……不是在新社區。

04

班崔太太退後一兩步，仔細打量著鏡中的自己，稍稍整理了一下帽子（她不習慣戴帽子），再戴上一雙質感很好的皮手套，小心地關上門，就離開了她的小屋。她對於即將來臨的活動滿心期待。自從上次和瑪波小姐談話以來，已經過了三個星期左右。瑪力娜．葛雷和她丈夫已經住進戈辛頓莊，現在差不多已經安頓好了。

這天下午，那兒將舉行一場聖約翰流動醫院募款活動策畫人員的聚會。班崔太太不是委員會的成員，但是她收到了一張瑪力娜．葛雷的短箋，邀請她去參加聚會以及會前的茶敘。短箋中提及她們兩人在加州的那次派對，而且落款還寫著：「誠摯的瑪力娜．葛雷」……短箋是手寫的，不是用打字機打的。不可否認班崔太太十分高興並感到榮幸。明星畢竟是明星，上了年紀的女士們雖然在小地方有一定的重要性，但她們知道自己在名流的世界裡根本無足輕重。因而班崔太太像個受到特別款待的孩子一樣歡喜。

班崔太太走上車道，敏銳的眼睛四處張望，將印象記在腦海裡。這宅子自從轉手以來，變得漂亮許多。「真是不惜代價。」班崔太太自言自語地說，並滿意地點點頭。從車道上看不見花園，班崔太太也不以為意。花園及其周圍那些草本植物，是很久以前她住在戈辛頓莊時個人的鍾愛。她不知不覺懷念起那些鳶尾花，不免感到些許遺憾。「那是全村最美的鳶尾花園，」她極其驕傲地對自己說。

面對著一扇閃著光亮新漆大門，她按下了門鈴。門立即打開了，令人十分愉快。管家顯然是個義大利人。她被直接領到一個房間，這房間以前曾經是班崔上校的圖書室。正如她所得知，圖書室和書房已經合併成一間。這結果讓人眼睛一亮。牆是嵌木的，地板是鑲木的。房間的一頭是架大鋼琴，沿牆中間擺著一架一流的唱機。房間另一頭呈小島狀凸起，上面鋪著波斯地毯，放一只茶几和幾張椅子。

瑪力娜．葛雷就坐在茶几邊上，一個男人靠著壁爐台邊，班崔太太一眼看去，突覺那是她所見過相貌最醜陋的人。

就在班崔太太伸手按門鈴之前的那段時間，瑪力娜．葛雷才用一種溫柔而熱情的聲音對她丈夫說：「這地方適合我，金克，太合適了。這是我一直想要的。寧靜，英國的寧靜和英國的鄉村景致。我想我會住下來，如果需要的話，住一輩子。而且我們會適應英國式的生活。我們會在每天下午用我心愛的喬治時代茶具沏中國茶葉喝下午茶。還可以從窗口向外眺望那些草坪和英國式的草本植物籬笆。我終於回到家了，這是我現在的感覺。我感覺我能在這兒安頓下來，我會寧靜而快樂地生活。這地方將是我的家。它給我這種感覺。家。」

傑森·拉帝（她太太叫他金克）朝她微笑著。這是一種順從的微笑，充滿了寵愛，但仍保持著一點謹慎，因為這樣的話他已經聽過很多次了。也許這次會是真的。也許這兒的確使她產生了家的感覺。可是他深知她以前對其他地方也同樣有過熱情。她總是那麼肯定她終於找到了真正想要的東西。他用低沉的嗓音說：「這好極了，親愛的。這真是好極了，我很高興你喜歡它。」

「喜歡它？我喜歡極了。你不是也喜歡嗎？」

「當然非常喜歡，」傑森·拉帝說，「當然。」

這棟屋子不算太壞，他想。建材好、堅固，但實在是一棟式樣醜陋的維多利亞時代房子。他承認，它給人一種堅固可靠和安全的感覺。現在既然已經解決它最糟糕的不便之處，那麼照理說是可以舒舒服服地住進去了。偶爾回來住還不錯。所幸的是，他想，瑪力娜可能至少在兩年到兩年半內還不會討厭它。這得視情況而定。

瑪力娜輕輕嘆了口氣說：「身體恢復了健康真好！健康而強壯，就能處理各種事務。」

他再次說道：「親愛的，當然是這樣，當然啦。」

就在這時，門開了，義大利管家把班崔太太領了進來。

瑪力娜·葛雷歡迎她的方式實在迷人。她走上前，伸出雙手，說著再次見到班崔太太是多麼高興；上次她們在舊金山見面，而兩年之後，她和金克買下了過去曾屬於班崔太太的房子，這實在太巧了。她真的希望，確實真的希望班崔太太不會太過介意他們破壞了房子的結構並對它進行了翻修；她希望班崔太太不要認為他們是可怕的入侵者。

「你們到這兒來住是讓這裡蓬蓽生輝呀。」班崔太太開心說著，同時朝壁爐方向看去。於是，瑪力娜．葛雷這下才子想到，並說：「您還不認識我丈夫吧？傑森，這位是班崔太太。」

班崔太太頗有興致地看著傑森．拉帝。她改變了他是她所見過最難看的人的第一印象。他有一雙很有意思的眼睛。她想，這雙眼睛比她見過的任何一雙眼睛都凹陷得多，像兩個又深又靜的深潭……班崔太太暗忖，感覺自己像個浪漫的女小說家。他臉上的輪廓十分粗獷，幾乎失去了比例，十分可笑。他鼻子朝天，只要塗一點紅顏料在上面，就能把它變成小丑的鼻子。他還有一張小丑似大而悲哀的嘴巴。他是正在生氣還只是看起來像在生氣，她不很清楚。他說話的聲音卻是出乎意料地令人愉快，低沉而緩慢。

「丈夫總是在事後才被想起來，」他說，「可是我和我太太同樣非常歡迎您來這兒。希望您不要覺得自己不受歡迎。」

「您一定要把這種想法趕出您的腦子，別認為我被人從舊家趕了出去，」班崔太太說，「這宅子根本就不是我的老家。賣了它以後，我很替自己感到慶幸。它住起來很不方便。我喜歡它的花園，可是這房子變得愈來愈讓人發愁。我不停地出國旅行，去世界各地探望我出嫁的女兒、孫子和我的朋友，過得非常快樂。」

「女兒？」瑪力娜．葛雷說，「您有子女？」

「兩個兒子、兩個女兒，」班崔太太說，「他們相隔遙遠。一個在肯亞，一個在南非，一個在德州附近，還有一個，謝天謝地，在倫敦。」

「四個孩子，」瑪力娜．葛雷說，「四個孩子。那孫子呢？」

「到現在為止有九個。」班崔太太說，「做祖母好有意思。你不用擔心要負起父母親的責任，卻可以用任何方式盡情地寵愛他們……」

傑森．拉帝打斷了她的話。

「恐怕陽光會刺到您的眼睛。」

他說著，走到窗前，調整了一下百葉窗。

「您待會兒得告訴我們這個可愛小村落的大大小小事。」他走回來時說。

他端給她一杯茶。

「您要吃熱烤派、三明治，或是這塊蛋糕？我們有位義大利廚師，她做得一手好派和蛋糕。您看我們已經養成喝你們英國下午茶的習慣了。」

「茶也很可口。」班崔太太啜了一口芳香馥郁的飲料說。

瑪力娜．葛雷微笑著，神情愉悅。傑森．拉帝注意到，一兩分鐘前她那急促顫動的手指又平靜下來了。班崔太太十分欽佩地端詳著這位女主人。瑪力娜在社會流行重視三圍之前，就已經紅得發紫了。那時她不可能被描繪成一個性感的化身，或是「尤物」、「波霸」什麼的。她的身材修長苗條，頭部和臉部的骨架有點像葛麗泰・嘉寶，很漂亮。她為影片注入了角色性格，而不僅是靠臉蛋取勝。只要突然一扭頭，那雙深邃可愛的眼睛一睜開，嘴微微顫抖，她就能散發出一種突如其來的攝人心魄魅力。這種不是來自外貌而是來自身段的魔力，不知不覺便抓住觀眾的心。現在她仍舊具有一種特質，雖然已經不是那麼明顯了。和很多電影演員和舞台演員一樣，她似乎能隨心所欲地改變性格。她能夠退回到她自己，安靜、溫柔、淡漠，讓滿懷渴望的影迷失望；接著又突然間扭頭、擺手、微笑，魅力盡顯無遺。

《蘇格蘭女王瑪麗》是她最偉大的影片之一，此刻班崔太太注視著她，想起的就是她在這部影片中的表演。班崔太太的目光移到了她丈夫身上。他也正看著瑪力娜。一時沒有設防，感情清晰地寫在他的臉上。

「天哪，」班崔太太心想，「這個男人是愛她的。」

她不知道自己為什麼那麼吃驚。也許是因為影星和他們的緋聞、愛情故事被媒體大肆渲染，以至於人們從沒想過能親眼看到事實。一時衝動之下，她脫口而出：「我真心希望你們喜歡這兒，能在這兒住一段時間。你們是否想長期保留著這棟屋子？」

瑪力娜回過頭，睜大了眼睛，一臉驚訝。

「我想永遠住在這兒，」她說，「噢，我不是說我不會出遠門，當然我會經常離開，明年就有可能去北非拍片……雖然現在什麼都還沒談妥。我會離開，但這裡是我的家，我會回到這兒，我會盡量回到這兒。」她嘆了口氣說，「實在太美好了，我終於找到一個家。」

「我明白。」

班崔太太說，但同時暗中心想，我不相信事實如此，我不相信你是能夠安頓下來的人。

她又一次偷偷迅速瞥了傑森．拉帝一眼。他現在不是滿臉怒容了，他正微笑著，是一個難掩甜蜜、飄然乍現的微笑，卻也是種苦笑。班崔太太心想，他也明白。

門被推開，一個女人走進來。

「白立特來電話找你，傑森。」她說。

「叫他們等一下再打過來。」

「他們說事情很緊急。」

他嘆了口氣，站了起來。

「我來給你介紹，這位是班崔太太。」他說，「艾拉．齊琳思，我的祕書。」

「喝杯茶。」艾拉．齊琳思微笑著對班崔太太說「幸會」的同時，瑪力娜這麼說。

「我要一塊三明治，」艾拉說，「我不喜歡中國茶。」

艾拉．齊琳思約三十五歲左右。她穿著一套剪裁精細的套裝，一件有褶邊的上衣，看上去充滿自信。她有一頭剪得很短的黑髮，和一個寬闊的前額。

「您以前住在這兒，他們是這麼跟我說的。」她對班崔太太說。

「那是很多年以前的事了。」班崔太太說，「我丈夫去世後我就把它賣了，後來又轉手好幾次。」

「班崔太太說她真的不介意我們對這房子做了翻修。」瑪力娜說。

「要是你們不這麼做我會非常失望。」班崔太太說，「我是非常急切而又興奮地到這兒來的。我可以告訴你們這村子裡流傳的大大小小傳言。」

「你們永遠不會知道，在這個鄉下地方找水管工是多麼困難。」齊琳思小姐動作俐落地快速咀嚼著三明治說。「那其實並不是我的工作。」她繼續說道。

「每件事都是你的工作，」瑪力娜說，「這你也明白，艾拉。家裡的工作人員、水管工程，還有和建築工人理論都是你的事。」

「這個村子的人似乎從來沒聽說過觀景窗。」艾拉朝窗口望去。「景色很美，我必須承認。」

「美麗的英國傳統鄉村景色，」瑪力娜說，「置身屋中就能感受到這種氣氛。」

「要是沒有那些樹，就看不出這兒是鄉村，」艾拉．齊琳思說，「下面的住宅區正不斷發展。」

「我那個時代還沒有這些。」班崔太太說。

「您是說，您以前住在這兒的時候，除了這村子以外，別的什麼都沒有？」

班崔太太點點頭。

「買東西一定很不方便。」

「我不這麼認為，」班崔太太說，「我認為容易得很。」

「有個花園我能理解，」艾拉．齊琳思說，「但是你們本地人似乎也自己種菜。去買不是更容易嗎？不是有超級市場嗎？」

「這倒是，」班崔太太嘆了口氣說，「可是吃起來味道不一樣。」

「別破壞了氣氛，艾拉。」瑪力娜說。

門開了，傑森往裡面張望了一下。

「親愛的，」他對瑪力娜說，「我真不想打擾你，但是沒辦法，你不介意吧？他們想聽聽你對這件事的看法。」

瑪力娜嘆口氣站了起來，無精打采地慢慢走向門口。

「總是有事，」她嘟囔著，「真抱歉，班崔太太。我想這不會超過一兩分鐘。」

「氣氛，」當瑪力娜走出房間，並關上了門，艾拉．齊琳思說，「您認為這屋子有一種氣氛嗎？」

「我想我從未這麼想過，」班崔太太說，「這只是一棟房子。在某些方面非常不方便，在其他方面又非常溫馨舒適。」

「我就知道您會這麼說。」艾拉．齊琳思說，她飛快地瞥了班崔太太一眼。「說到氣氛，對了，那件謀殺案是什麼時候發生的？」

「這裡沒有發生過謀殺案。」班崔太太說。

「噢，得了，我聽說過那些故事。總是有故事的，班崔太太。在壁爐前的地毯上，就在那兒，對吧？」

齊琳思小姐邊說邊朝壁爐那邊點著頭。

「是的，」班崔太太說，「是那兒。」

「那麼就是有謀殺案了？」

班崔太太搖搖頭。

「謀殺案並不是在這兒發生的。那個被害的女孩是被帶到這兒來，放在這房間裡的。她跟我們沒有絲毫關係。」

齊琳思小姐看來對這件事很感興趣。

「也許，要讓人們相信這件事有點困難吧？」她問。

「您說得很對。」班崔太太說。

「你們是什麼時候發現出事的？」

「早上女傭端著早茶進房來的時候。」班崔太太說，「那時我們有女傭，您知道。」

「我知道，」齊琳思說，「她們都穿那種窸窣作響的印花裙。」

「我不能肯定是不是穿著印花裙，」班崔太太說，「那時可能已經穿上了罩衫。不管怎樣，她衝了進來，說在圖書室有一具女屍。我說了聲『胡說八道』，然後叫醒我丈夫，一起下去看。」

「而屍體就在那兒。」齊琳思小姐說，「哎呀，什麼怪事都有！」她突然轉頭朝向門口，又轉回來。「要是您不介意，別把這事對葛雷小姐說，」她說，「知道那種事對她不好。」

「當然，我一個字也不會說，」班崔太太說，「事實上，我從沒提起過。那是發生在好久以前的事了。可是她難道不會……我是指葛雷小姐，不會聽說嗎？」

「她和現實生活接觸並不是很多。」艾拉．齊琳思說，「您知道，電影明星可以過一種相當與世隔絕的生活。事實上，我們經常得照顧他們的生活。生活瑣事使他們心煩意亂，對她也是。最近一兩年她病得很厲害，您知道。一年前她才開始東山再起。」

「看起來她喜歡這棟房子，」班崔太太說，「而且感到在這兒她會很快樂。」

「我希望這能持續一兩年。」艾拉．齊琳思說。

「不會比這更長嗎？」

「嗯，我很懷疑。您知道，瑪力娜是那種容易以為自己找到了心靈歸宿的人。但生活不是那麼簡單，不是嗎？」

「是的，」班崔太太說，「生活並不那麼簡單。」

「如果她在這兒生活得快樂幸福，那對他來說是意義重大。」

齊琳思小姐說，她又狼吞虎嚥了兩塊三明治，這種吃法好像是要去趕火車似的。

「您知道，他是個天才。」她接著說，「他導演的電影，您看過哪一部？」

班崔太太覺得有點尷尬。她去電影院完全是為了看電影故事。那一長串的演員表、導演、製片人、攝影以及其餘的一切都只在她眼前掠過。事實上，她經常連影星的名字都不加注意。但是，她並不想讓別人注意到她這個弱點。

「我搞不清楚。」她說。

「當然他要爭取很多東西，」艾拉．齊琳思說，「他得到每一樣東西也得到了她，而她並不容易相處。您知道，你得讓她快樂；我想，讓人快樂實在很不容易。除非，他們，他們是……」她猶豫著。

「除非他們是那種天生快樂的人。」班崔太太接續道，「有些人，」她沉思著補充說：「喜歡自己慘兮兮的樣子。」

「噢，瑪力娜不是那樣，」艾拉．齊琳思搖搖頭說，「應該說是，她的情緒起伏太大。您知道，一會兒高興得不得了，為每件事而欣喜雀躍，為每件事而心滿意足，感覺世界多麼美妙。然後總會發生某件小事情，她的情緒就落到了另一個極端。」

「我猜那叫作喜怒無常。」班崔太太含糊地說。

「是啊，」艾拉．齊琳思說，「喜怒無常。他們都有些喜怒無常，或多或少，但是瑪力娜．葛雷比大部分人嚴重得多。這我們最清楚了！她的故事我說也說不完呢！」她吃了最後一塊三明治，「謝天謝地，我只是個公關祕書。」

／05

為聖約翰流動醫院組織籌款的慈善活動，吸引空前的人潮來到戈辛頓莊。收取的入場費不斷增多，令人滿意。其中一個原因是，天氣非常好，天空晴朗，萬里無雲。但是，最吸引當地人的無疑是，那些「電影人」究竟對戈辛頓莊做了些什麼。這個活動滿足了眾人天馬行空的想像。那個游泳池最令人滿意。大部分人對好萊塢影星的印象是，在一個有異國情調的環境中與異國同伴一起在游泳池做日光浴。好萊塢的氣候可能比聖瑪莉米德更適合建游泳池，看來他們並未考慮到這點。畢竟，英國的夏天向來有一個星期特別熱，而且總是有一天週日報上會刊登有關「如何保持涼爽」，「如何吃一頓清涼的晚餐」，以及「如何製作清涼飲料」的文章。游泳池很符合人們的想像，很大，池水是藍色的，有一個充滿異國風情的更衣間，周圍有許多人工種植的樹籬和灌木。眾人的反應不出所料，頻頻指指點點。

「噢，它是多麼美啊！」

「值兩個便士的水花，好啊！」

「它讓我想起我去過的那個度假村。」

「我說它奢侈得缺德。這不該被容許。」

「看看那些別緻的大理石，一定花了不少錢！」

「不知道這些人憑什麼到這兒來，還花掉所有的錢。」

「也許這個活動將來會在電視上播出。那一定很有趣。」

甚至聖瑪莉米德年紀最大的桑普森先生（他總是驕傲地自誇有九十六歲，儘管他的親戚們堅稱他只有八十六歲），也用拐杖支撐著他罹患風溼症的腿，一路蹣跚著來看熱鬧。他給了游泳池最高的評價：「啊，我毫不懷疑，這兒將會有很多傷風敗俗的事。赤身裸體的男人和女人喝著酒，抽著報上說含有大麻的手捲菸。我想，一定是的。啊，是的，」桑普森先生津津樂道，「會有很多傷風敗俗的事。」

眾人覺得，要否對戈辛頓莊點頭稱是，取決於下午的那場活動。多付一先令，人們就可以進入屋內，參觀新建的音樂室、客廳和完全認不出來的飯廳，現在它是用深色橡木和西班牙皮革裝飾起來，還有其他幾個好玩的東西。

「現在，您再也感覺不出這是戈辛頓莊了吧？」桑普森先生的兒媳婦說。

班崔太太很晚才溜達到這兒，她注意到現金不斷湧進，人潮可觀，因此非常高興。供應茶水的大帳棚那兒擠滿了人。班崔太太希望小圓甜麵包的分量足夠，似乎有一些很能幹的女人在負責管理。她徑直走向草本植物籬笆，用嫉妒的眼光看著它。她高興地發現，這個籬笆所費不貲，而且是個很合適的籬笆，設計布置優美，原材料的價值也很昂貴。她確定他們不是親自動手栽種。毫無疑問，主人和某個不錯的園藝公司簽了約。但是在自由處理權和天氣的幫助下，他們做得相當好。

她張望著四周，覺得這景象有一點白金漢宮花園宴會的味道。每個人都伸長脖子觀賞眼前的景物，不時有一些人被領進房子裡更隱祕的地方。這時一個身材瘦高、披著長鬈髮的年輕人恰巧走近了她。

「班崔太太？您是班崔太太嗎？」

「是的，我是班崔太太。」

「我是赫立．普雷斯，」他和她握了握手。「我替拉帝先生工作。您能上三樓來嗎？拉帝先生和拉帝太太請幾個特別的朋友上那兒去。」

倍感榮幸的班崔太太跟著他。他們從一個她以前稱為「花園門」的地方進去。一條紅繩隔離了主樓梯底部。赫立．普雷斯解開繩子，讓她通過。她發現艾科克議員和夫人就在她前面。後者有點胖，正氣喘如牛。

「他們翻修得非常棒，不是嗎，班崔太太？」艾科克太太喘著氣說，「我真想看看浴室，可是我想我不會有這個機會。」她的聲音充滿了渴望。

在樓梯頂部，瑪力娜．葛雷和傑森．拉帝正在接待這些精挑細選的精英。以前是個空臥室的地方，現在已經被改成了樓梯平台，做成了像一個寬敞客廳的效果。管家朱塞佩送上了飲料。

一個穿著制服、身材結實的男人正在介紹客人。

「議員和艾科克夫人。」他用低沉的嗓音說。

一如班崔太太對瑪波小姐所形容，瑪力娜．葛雷相當親和迷人。她可以預料待會艾科克太太會說：「完全不耍大牌，儘管這麼有名。」

艾科克太太，還有議員，他們能來真好，她希望他們這個下午能過得愉快。

「傑森，請你照顧一下艾科克太太。」

議員和艾科克太太被帶到傑森那兒，一塊兒喝起了酒。

「噢，班崔太太，您來了真好。」

「無論如何，我也不能錯過這個機會。」班崔太太一邊說著，一邊故意朝馬丁尼酒移去。

那個叫赫立．普雷斯的年輕人很溫柔地服侍了她，然後離開了，他手裡拿了一張小單子，毫無疑問是去接更多被選定的人來此。班崔太太想，一切都安排得有條不紊。她手中端著一杯馬丁尼酒轉過身來，觀察下面來的人。牧師……一個瘦削、禁欲苦行的人，表情茫然，有點迷惑。他迫切地對瑪力娜．葛雷表白道：「您邀請我來真是太親切了。您知道，我自己沒有電視機，但是當然，我，呃……我，呃，當然，我的年輕人能讓我跟上時代。」

沒人明白他的意思。也在負責招待的齊琳思小姐，親切地微笑著遞給他一杯檸檬汁。貝德克夫婦走上樓梯。希瑟・貝德克臉頰通紅，帶著得意的神色，走得比她丈夫靠前一點。

「貝德克夫婦。」穿制服的人低聲報道。

「貝德克太太。」牧師轉過身來，手裡拿著檸檬汁說，「一個為組織工作不遺餘力的祕書。她是我們當中工作最辛苦的人之一。事實上，我不知道聖約翰沒有她會怎麼樣。」

「我相信您一定很能幹。」瑪力娜說。

「您不記得我了？」希瑟淘氣地說，「您見過成千上萬的人，怎麼會記得我？當然不管怎麼說，那是好些年前的事了。怎麼也想不到會在百慕達那個地方見到您。我和一個流動醫院組織一起在那兒。噢，離現在已經很久了。」

「我當然記得。」瑪力娜・葛雷說，又一次展示了她的微笑和所有的魅力。

「我記得好清楚。」貝德克太太說，「我高興死了，您知道，狂喜無比。那時我只是個女孩子。想想看，有機會能看到瑪力娜・葛雷本人，噢！我一直是您的忠心影迷。」

「您太好了，您真的是太好了！」

瑪力娜・葛雷甜甜地說著，眼睛開始微微越過希瑟的肩膀，看著陸續上來的人。

「我不想耽誤您的時間，」希瑟說，「但我必須……」

「可憐的瑪力娜・葛雷。」班崔太太自言自語地說，「這種事情對她來說無可避免！她們需要多大的耐心啊！」

希瑟仍堅定地繼續著她的故事。

艾科克太太在班崔太太的肩頭後重重地喘著氣。

「他們把這兒改變了那麼多！如果不是親眼看見，你簡直不會相信。一定花了……」

「我，不覺得特別不舒服，我想我一定要……」

「這是伏特加酒？」艾科克太太疑惑地盯著她的杯子。「拉帝先生問我想不想嘗嘗。聽起來很俄國味。我想我並不很喜歡它……」

「我對自己說，我不會打退堂鼓的！我在臉上化了濃妝……」

「我想，如果我把它放在某個地方，一定很不禮貌。」艾科克太太的聲音裡充滿了沮喪。

班崔太太柔聲安慰她。

「沒關係的，伏特加應該要一口氣吞到喉嚨裡。」艾科克太太一臉驚訝。「但那需要練習。把它放在桌上，從管家的托盤上再拿一杯馬丁尼吧。」

她轉過身去聽希瑟·貝德克那番演說的勝利結尾。

「我永遠也不會忘記那天您是多麼美麗。我那麼做實在太值得了。」

這時瑪力娜的反應不是那麼無意識了。她原來一直在希瑟·貝德克肩膀上方游移的眼神，此刻似乎盯著樓梯中間的牆上。她瞪著眼，神情非常可怕，以至於班崔太太上前了半步。她快要暈過去了嗎？她究竟看見了什麼，讓她有那種致人於死的眼神？可是在她走到瑪力娜身邊之前，瑪力娜恢復了常態。她茫然不定的目光回到了希瑟身上，她那迷人的態度再次重現，雖然不自覺地蒙上一層陰影。

「真是有趣的小故事。來，您想喝點什麼？傑森！一杯雞尾酒？」

「呃，其實我通常喝檸檬汁或柳橙汁。」

「您一定得喝點比那種東西好的飲料，」瑪力娜說，「別忘了，這是個饗宴。」

「我勸您來點黛綺莉酒[6]，」傑森手裡拿著兩杯酒，走上前說，「這也是瑪力娜最愛喝的。」

他把一杯遞給他太太。

「我不該再喝了，」瑪力娜說，「我已經喝了三杯。」但她還是接過了杯子。

希瑟從傑森那兒接下她的飲料。瑪力娜轉過身去迎接下一個到來的客人。

班崔太太對艾科克太太說：「我們去看看浴室吧。」

「噢，這樣好嗎？不會太不禮貌嗎？」

「我想應該不會。」班崔太太說。

她對傑森．拉帝說：「我們想參觀一下你們漂亮的新浴室，拉帝先生。我們可以滿足身為家庭主婦的好奇心嗎？」

6 黛綺莉酒（daiquiri），由蘭姆酒加上檸檬汁或柳橙汁調配而成的雞尾酒，是作家海明威（Ernest Miller Hemingway, 1899-1961）非常喜歡的一種調酒。

「當然可以。」傑森咧著嘴笑了。「你們自己去看吧，女孩們。要是喜歡的話，洗個澡也可以。」

艾科克太太尾隨著班崔太太沿著走廊走去。

「您人實在太好了，班崔太太。我得說，我自己是不敢提出這種要求的。」

「一個人如果想做什麼，他就會變得大膽一點。」班崔太太說。

她們順著走廊走著，打開各式各樣的門，不久，「啊」和「噢」聲開始從艾科克太太和其他兩個參加派對的女人嘴裡此起彼落。

「我好喜歡粉紅色的那間，」艾科克太太說，「噢，我非常喜歡粉紅色的那間。」

「我喜歡有海豚瓷磚的那間。」另外兩人中的一人說。

班崔太太十分愉快地扮演著女主人的角色。一時間她真忘了這房子已經不再屬於她。

「都是淋浴室！」艾科克太太語帶敬畏地說，「我其實不喜歡淋浴，不知道該怎麼樣才能不把頭弄溼。」

「要是能看一眼臥室該有多好，」兩個女人中的另一個人說，充滿了渴望。「但我想這有點過分好奇了。你們說呢？」

「噢，我們不能那麼做。」艾科克太太說。

她們倆都滿懷希望地看著班崔太太。

「呃，」班崔太太說，「是，我想我們不應該這麼做，」然而她出於同情而幫了她們。

「但我想，如果我們只是看一眼，也沒人會知道。」

她把手放在一個門把上。

但是主人已經事先有所防範，臥室鎖住了。每個人都非常失望。

「我想他們必須有隱私。」班崔太太仁慈地說。

她們順著走廊從原路折回。班崔太太從樓梯平台的一扇窗戶向外望去。她看到在她下面，米薇太太（從新社區來的人）穿著一件打褶的蟬翼紗洋裝，看起來出奇地漂亮。她注意到和米薇太太在一起的，是瑪波小姐的女傭雀莉，班崔太太一下子記不起她的姓來了。她們似乎玩得很愉快，有說有笑。

突然，這屋子讓班崔太太感覺到古老破舊和造作之極。儘管塗了閃亮的新漆，結構也大幅改變，但本質上還是棟古老、歷經滄桑的維多利亞時代建築。

「離開它是明智的。」班崔太太暗忖，「房屋和其他任何東西一樣，都會有失去光輝的一天。這棟屋子已經失去了它的榮光。它表面上裝修一新，其實已無法起死回生。」

突然一陣鬧哄哄的輕微聲音響起來，傳入她的耳朵。和她在一起的兩個女人開始向前走去。

「怎麼回事？」其中一人說道，「聽起來好像發生了什麼事。」

她沿著走廊向著樓梯走回去。艾拉．齊琳思迎面快步走來，與她們擦肩而過。她試了試某間臥室的門，很快說道：「噢，該死，他們當然鎖上了所有的門。」

「出了什麼事嗎？」班崔太太問。
「有人病了。」齊琳思小姐簡短說道。
「噢，天哪，真遺憾。我能幫什麼忙嗎？」
「我想這裡有醫生吧？」
「我沒看見任何本地的醫生，」班崔太太說，「但是我想村裡應該有。」
「傑森正在打電話，」艾拉．齊琳思說，「但她的情況似乎很糟糕。」
「是誰呀？」班崔太太問。
「我想是貝德克太太。」
「希瑟．貝德克？可是她剛才看起來還好好的。」
艾拉．齊琳思不耐煩地說：「她突然痙攣、癲癇或什麼的。您知道她有心臟病或類似的毛病嗎？」
「我不知道她的情況，」班崔太太說，「她是新搬來的，住在新社區。」
「新社區？噢，您指的是那個住宅區。我甚至不知道現在她丈夫在哪兒或者長什麼樣。」
「中年人，皮膚白皙，金髮，不起眼。」班崔太太說，「他和她一起來，所以他一定是在附近什麼地方。」
艾拉．齊琳思走進一間浴室。
「我真的不知道該拿什麼東西給她，」她說，「嗅鹽這類東西可以嗎？」

「她頭暈嗎？」班崔太太問。

「比這更厲害。」艾拉·齊琳思答道。

「我去看看有沒有我能幫忙的。」班崔太太說。

她轉過身，向樓梯上方疾步走去。在一個拐彎處，她一頭撞在傑森·拉帝身上。

「您看見艾拉了嗎？」他問，「艾拉·齊琳思？」

「她一直往那兒過去進了一間浴室。正在找什麼東西，嗅鹽之類的吧。」

「她不用麻煩了。」傑森·拉帝說。

他的語氣令班崔太太吃了一驚。她猛地抬起頭。

「很糟糕嗎？」她說，「真的很糟糕？」

「您可以這麼說，」傑森·拉帝說，「那可憐的女人死了。」

「死了！」班崔太太真的震驚了。她又重複剛才說過的那句話：「可是她剛才看起來還好好的。」

「我知道，我知道。」傑森說，他站在那兒，愁眉不展。「竟然發生這種事！」

／06

「好了，」奈特小姐把早餐托盤放在瑪波小姐的床頭几上。「今天早上感覺怎麼樣啊？我看見我們的窗簾拉開了喔。」她又說了一句，語氣有一絲不滿。

「我很早就醒了。」瑪波小姐說，「你到了我這個年紀時，可能也會這樣。」

「班崔太太打過電話來，」奈特小姐說，「大約在半個鐘頭之前。她想和你聊聊，但我告訴她，最好在你用過早餐後再打過來。我不會在你還沒喝茶或吃東西的時候打擾你。」

「我的朋友打電話來時，最好能通知我。」瑪波小姐說。

「對不起，以後我一定會。」奈特小姐說，「可是對我來說，這似乎很欠考慮。在你喝了可口的茶，吃了水煮蛋和奶油吐司之後，我們再說吧。」

「半個鐘頭之前，」瑪波小姐沉吟道，「那就是……讓我想想……八點。」

「實在太早了。」奈特小姐重申了一遍。

「除非有什麼特殊的原因，班崔太太不會在那個時候打電話給我，」瑪波小姐沉思道，「她通常不會在一大清早就打電話給我。」

「噢，好了，親愛的，你別再傷腦筋了。」奈特小姐安撫她說，「我想她很快會再打電話過來的。或者你要我去把她請來？」

「不用了，謝謝，」瑪波小姐說，「我想趁我的早餐還熱時，先把它吃了。」

「希望我沒忘了什麼。」奈特小姐高興地說。

她不可能忘了什麼。茶用開水沏得恰到好處，雞蛋正好煮了三分四十五秒，吐司均勻地烤成了棕色，奶油很細心地弄成了一小團，旁邊還擺了一小瓶蜂蜜。無可否認，奈特小姐在很多方面是個不可多得的人才。瑪波小姐津津有味地享受著早餐。這時吸塵器的嗡嗡聲開始在樓下響起來。

雀莉已經來了。

與吸塵器的嗡嗡聲不相上下的是一個清朗悅耳的聲音，哼唱著一首最新流行的歌曲。奈特小姐進來收早餐托盤時搖了搖頭。

「我真希望那個年輕女人不要在房子裡大唱特唱，」她說，「我認為這不大端莊。」

瑪波小姐微微笑了一下。

「雀莉的腦子不存在必須端莊的想法。」她說，「她為什麼要端莊呢？」

奈特小姐哼了一聲說：「真是今不如昔喔。」

「那是當然的，」瑪波小姐說，「時代不同了。這是不得不接受的事實。」她補充道：「請你現在打個電話給班崔太太，看看她有什麼事。」

奈特小姐匆匆忙忙走了。過了一會兒，有人敲了一下門，雀莉走進來。她看起來興高采烈，生氣勃勃，相當漂亮。一件印滿水手和海軍徽章的塑膠工作服罩在她的深藍色外套上。

「你的髮型很漂亮。」瑪波小姐說。

「昨天才燙的，」雀莉說，「還有點硬，可是過一陣子就好了。我上來是為了看看您是否已經聽說了那個消息。」

「什麼消息？」瑪波小姐問。

「昨天在戈辛頓莊發生的事。您知道，為了贊助聖約翰流動醫院，那兒有一個大型派對？」

瑪波小姐點點頭。

「發生了什麼事？」她問。

「有人在當場死了。一個叫貝德克太太的，住在我們家附近的轉角處，我想您不會認識她。」

「貝德克太太？」瑪波小姐警覺起來。「我認識她啊。我想……是的，是那個名字沒錯。那天我摔倒的時候，她出來扶我起來，非常好心。」

「噢，希瑟．貝德克是很好心，」雀莉說，「有些人認為她過分好心了，他們說那是干涉別人。好了，無論如何，她死了。就那樣。」

「死了！怎麼死的？」

「我不知道。」雀莉說，「我想，因為她是聖約翰流動醫院的祕書，他們帶她進去那棟房子裡，還有市長和其他很多人。就我所知，她喝了一杯飲料，五分鐘之後她覺得不對勁，然後一眨眼的工夫，就死了。」

「多麼令人震驚的意外！」瑪波小姐說，「她有心臟方面的毛病嗎？」

「他們說她身體健康得很。」雀莉說，「當然，世事難料，不是嗎？我想可能你心臟有點毛病，但沒人知道。不管怎樣，我可以告訴您這件事……他們沒把她送回家。」

瑪波小姐一臉困惑。

「沒把她送回家是什麼意思？」

「屍體……」雀莉依然相當興奮。「醫生說，得進行一次屍體解剖。驗屍，隨便你叫它什麼。他說他以前沒給她看過病，而且無跡象顯示她死亡的原因。對我來說這事情似乎很怪異。」她補充道。

「你說的怪異是什麼意思？」瑪波小姐問。

「呃，」雀莉思索了一下。「就是怪異，好像背後有什麼不對勁。」

「她丈夫很傷心嗎？」

「臉色蒼白得像張白紙。我從沒見過一個男人受到如此沉重的打擊。」

瑪波小姐把耳朵拉得長長的，想仔細聆聽細小微妙的變化，她的頭因此稍微偏斜，像隻好奇的小鳥。

「他對她非常專情嗎？」

「她叫他做什麼，他就做什麼，他對她百依百順。」雀莉說，「但是那不見得就表示專一，不是嗎？也可能表示他沒有勇氣反抗。」

「你不喜歡她？」瑪波小姐問。

「我幾乎不認識她，」雀莉說，「我的意思是，深入接觸。我倒不是不喜歡她。只不過她不是我喜歡的類型，太愛干涉別人。」

「你的意思是好管閒事？」

「不，我不是這個意思，」雀莉說，「我一點都沒有那個意思。她是個非常善良好心的人，老是在幫助別人。她總是很肯定她的方式最對，別人怎麼想無關緊要。我有一個那樣的嬸嬸。她自己非常喜歡吃芳香子蛋糕，她就常常替別人烤那種蛋糕，並給他們送去，但她從來不動腦筋想想別人是不是喜歡吃芳香子蛋糕……有的人不能忍受這種東西，因為不能忍受葛縷子的味道。呃，貝德克太太就有點像這樣。」

「對，」瑪波小姐沉思道，「沒錯，她是這樣。我也認識一個有點類似的人。這樣的人，」她補充道：「活得很危險，儘管她們自己不知道。」

雀莉直瞪著她。

「這麼說很奇怪，我不明白您的意思。」

奈特小姐匆匆進房來。

「班崔太太好像出門了，」她說，「她沒留話說她去哪兒了。」

「我猜得到她去哪兒，」瑪波小姐說，「她正往這兒來。我該起床了。」她補充道。

§

班崔太太趕到的時候，瑪波小姐剛把自己安頓在窗邊她最心愛的椅子上。班崔太太有些上氣不接下氣。

「珍，我有很多事要跟你說。」她說。

「和那個派對有關嗎？」奈特小姐說，「您昨天去了吧？下午早些時候我在那兒待了一會兒。茶棚裡人很擠。似乎來了一大堆客人，嚇死人了。我沒有看到瑪力娜・葛雷，真令我失望。」

她用手指輕輕彈去桌上的一點灰塵，愉快地說：「我相信你們倆要好好談一會兒。」說完就走出了房間。

「看來她好像完全不知道這件事。」班崔太太說，她銳利的目光緊盯著她的朋友。

「珍，我相信你一定知道。」

「你是說昨天有人死亡的事嗎？」

「你總是什麼都知道，」班崔太太說，「我不明白你是怎麼知道的。」

「唉，親愛的，其實啊，」瑪波小姐說，「和一般人得知的途徑一樣啊。是每天來幫我打掃的雀莉．柏克帶給我這個消息。我想，待會兒肉鋪老闆馬上就會告訴奈特小姐這件事。」

「那麼你對這事有什麼看法？」班崔太太問。

「我對什麼事有什麼看法？」瑪波小姐問。

「噢，珍，別惹我。你很清楚我的意思。是那個女人，她叫什麼名字……」

「希瑟．貝德克。」瑪波小姐說。

「她剛到的時候精神十足，活力充沛。當時我在場。而十五分鐘之後，她跌坐在椅子上說她不舒服，喘了一口氣，然後就死了。這件事你怎麼看？」

「人不能太武斷，」瑪波小姐說，「關鍵是，醫生怎麼說？」

班崔太太點了點頭。

「會有一番調查，還要驗屍。」她說，「這就表明了他們的想法，不是嗎？」

「不一定。」瑪波小姐說，「任何人都可能突然發病死亡，而他們必須藉由驗屍來查明原因。」

「事情沒這麼單純。」班崔太太說。

「你怎麼知道？」瑪波小姐問。

「史丹福醫生回家後打電話向警方報了案。」

「誰告訴你的？」瑪波小姐非常感興趣地問。

「老布理格，」班崔太太說，「不過，他沒有直接告訴我。你知道，他在傍晚去照料史丹福醫生的花園，當時他在離書房很近的地方修剪花草，聽到醫生打電話給馬奇班罕的警察局。布理格把這件事告訴了他女兒，她女兒跟女郵差說了，女郵差又告訴了我。」班崔太太說。

瑪波小姐會心地笑了。

「我明白了。」她說，「聖瑪莉米德並沒有改變多少。」

「小道消息依然流傳。」班崔太太贊同道，「嗯，那麼，珍，說說看你的想法吧。」

「當然，我會想到她丈夫，」瑪波小姐沉思了一下說，「他當時在那兒嗎？」

「是的，他也在那兒。你認為這不是自殺？」班崔太太說。

「當然不是自殺，」瑪波小姐肯定地說，「她不是那種人。」

「珍，你那天是怎麼碰見她的？」

「那天我去新社區散步，在她家附近摔了一跤。她幫了我一下，是個非常好心的人。」

「你看見她丈夫了嗎？他看起來像是會毒死她的人嗎……你明白我的意思。」瑪波小姐輕微地表示了抗議，班崔太太接著說道：「他有沒有讓你想起史密斯少校、柏蒂．瓊斯，或某個據你所知毒死了太太或試圖毒死太太的人？」

「沒有，」瑪波小姐說，「他沒讓我想起我認識的人。」她補充道：「但是她有。」

「誰？貝德克太太？」

「是的，」瑪波小姐說，「她讓我想起一個叫艾莉森．維德的人。」

「艾莉森．維德這個人怎麼樣？」

「她一點兒都不知道，」瑪波小姐慢慢地說著，「這世界是什麼樣子。她完全不懂人情世故，從來就沒想過這些。所以囉，你看，她不能防範自己出事。」

「我想你說的我一句也聽不懂。」班崔太太說。

「這實在很難解釋清楚，」瑪波小姐抱歉地說，「問題來自她以自我為中心，但我指的不是自私自利。」她補充道：「你可以很善良，無私，甚至體貼周到；但是如果像艾莉森．維德那樣，你永遠不知道你會做出什麼；因此，你也永遠不知道什麼事會發生在你身上。」

「你能解釋得更清楚一點嗎？」班崔太太說。

「好吧，我可以給你打個比方……這不是真實的事情，只是虛構的。」

「說下去。」班崔太太說。

「呃，假設你去一家商店好了，你知道店主有個兒子，是那種不務正業的不良少年。有次你跟他媽媽提起你在家裡放了錢、銀器或者一件珠寶的時候，他正好在那兒聽著。這件事讓你興奮開心，你急著想告訴別人。你也可能提到某個晚上你要出門；你甚至說你從來不鎖門。你對你在說的事、你告訴她的事興致盎然，因為你滿腦子想的就是這件事。然後呢，在那個特定的晚上，你因為忘了一樣東西而回家去拿，而這個壞男孩就在你家被當場撞見，他轉過身來就打了你一棒。」

「現在這種事可能發生在任何人身上。」班崔太太說。

「不一定，」瑪波小姐說，「大多數的人都有自我保護意識。他們明白什麼時候說或做某些事情是不明智的，因為有些人會對你說的話很認真，因為有些人的個性大有問題。可是我說過，艾莉森．維德除了她自己，從來不會想到任何人，她會告訴你她做了什麼，看見了什麼，感覺到什麼，聽見了什麼。他們從來不提別人說了什麼或做了什麼。生活就像是一條單行軌道，只有他們自己在上面通行。別人對他們來說就好像……好像是房間裡的壁紙，」她停頓了一下，然後說：「我認為希瑟．貝德克是那種人。」

班崔太太說：「你認為她是那種一頭撞進某種狀況卻渾然未知的人嗎？」

「而且，她不知道那是一件危險的事。」瑪波小姐說。接著她又補充道：「這是我所想到她被殺的唯一原因……當然，要是關於『謀殺』的假設是準確無誤的話。」

「你不認為她敲詐了某個人？」班崔太太建議道。

「噢，不，」瑪波小姐向她保證。「她是個善良的人。她根本不會做那種事。」她苦惱地加了一句：「整件事在我看來似乎不太可能。我猜不可能是——」

「什麼？」班崔太太催促著。

「我只是懷疑，也許是誤殺。」瑪波小姐沉吟道。

這時門開了，荷大克醫生飄然而至，後面跟著喋喋不休的奈特小姐。

「啊哈，你們已經開始了。我明白了。」荷大克醫生看著這兩位女士說，「我來看看你的身體怎麼樣了，」他對瑪波小姐說：「可是不用問，我也看得出你已經開始採用我建議的療法了。」

「什麼療法，醫生？」

荷大克醫生伸出一根手指，指著放在她身邊桌上的毛線，說：「拆了重織。我說對了，不是嗎？」

瑪波小姐謹慎地微微眨了眨眼。

「你在開玩笑，荷大克醫生。」她說。

「你別騙我了，我親愛的女士，我認識你太久了。戈辛頓莊的猝死事件一發生，聖瑪莉米德就閒言碎語滿天飛了。不是嗎？甚至在還不知道調查結果之前就猜測它是謀殺了。」

「審訊什麼時候進行？」瑪波小姐問。

「後天。」荷大克醫生說，「到那時，諸位女士就可以回顧整個事件，並根據調查結果和其他要點來做出判斷了。」

「嗯，」他補充道，「我不待在這兒浪費時間了。在一個不需要我的病人身上浪費時間沒什麼好處。你臉色紅潤，眼睛炯炯有神，你已經開始享受生活。熱愛生活勝於一切治療。我走了。」

他又咚咚地走出了房間。

「我真希望我的醫生是他而不是史丹福。」班崔太太說。

「我也是。」瑪波小姐說，「他也是一個很好的朋友，」她沉吟道：「我想，他來是要暗示我繼續進行下去。」

「那麼這是謀殺案了，」班崔太太說，她們倆對視了一眼。「反正醫生是這麼認為。」

奈特小姐送來了咖啡。兩位女士這輩子第一次因為被別人打岔顯出極度的不耐煩。奈特小姐一走，瑪波小姐立刻開口說：「那麼，桃莉，你當時在那兒。」

「事實上，我目睹了事件的發生。」班崔太太說，情不自禁地流露些許自豪。

「太好了。」瑪波小姐說，「我是說……呃，你知道我的意思，你可以確切地告訴我，從她到達之後都發生了些什麼。」

「我被領進那棟房子，」班崔太太說，「特別身分喔。」

「誰領你進去的？」

「噢，是一個身材瘦高的年輕人。我想他是瑪力娜·葛雷的祕書或是類似的人。他帶我進去，上樓梯。他們在樓梯上方有個招待中心。」

「在樓梯平台上？」瑪波小姐驚訝地問。

「噢，他們全部改建過了，拆了更衣室和臥室，這樣就成了一個大洞穴，實際上就是一個房間。很漂亮。」

「我明白了。那麼有誰在那兒？」

「瑪力娜．葛雷，她態度自然，魅力十足，穿著飄逸的灰綠色洋裝，非常迷人。當然，還有她丈夫和那個我跟你說起過的艾拉．齊琳思，她是他們的公關。還有大約……噢，我想是八到十個人。其中有些人我認識，有些不認識。那些不認識的，我想是電影公司的人。牧師和史丹福醫生的太太也在。醫生本人當時不在，之後才來。還有上校、柯黎特太太和郡長。還有一個我想是報社的人，另外還有一個帶著大相機正在拍照的年輕女子。」

瑪波小姐點點頭。

「接著說。」

「希瑟．貝德克和她丈夫在我之後接著來到。瑪力娜．葛雷跟我寒暄了幾句，然後就去跟另一個人說話，噢，對了，那是牧師，然後希瑟．貝德克和她丈夫來了。你知道，她是聖約翰流動醫院的祕書。有人做了介紹，還說她工作多麼勤奮，是不可多得的人才。瑪力娜．葛雷說了些動聽的話。接著，讓我吃驚的是……珍，我不得不說，貝德克太太這個惹人煩的女人，開始大講特講多年前她在哪兒見過瑪力娜．葛雷，真是個冗長乏味的故事。她完全搞不清楚狀況，因為她精確地說出了那是多久以前、哪一年發生的事，還說了一大堆相關的事情。我敢肯定女演員、電影明星以及一般人都不喜歡別人提醒她們確切的年齡。但我想她沒想到這些。」

「是的，」瑪波小姐說，「她不是會想到那些的人。然後呢？」

「呃，然後沒什麼特別的，只是瑪力娜・葛雷跟平常有些不一樣。」

「你是說她厭煩了？」

「不，不，我不是這個意思。實際上，我相信她一個字也沒聽進去。她的眼神直愣愣地盯著貝德克太太身後；當貝德克太太說完她如何從病床上起來偷偷摸摸從屋子裡跑出來見瑪力娜・葛雷、並得到她親筆簽名的那個愚蠢透頂的故事時，她安靜得出奇。接著我看見了她的表情。」

「誰的表情？貝德克太太的？」

「不，是瑪力娜・葛雷的。貝德克那個女人說的話她好像一個字都沒聽進去。她的目光直愣愣地越過她的肩頭停在對面的牆上，帶著一種……呃，我說不上來。」

「你一定要說說看，桃莉，」瑪波小姐說，「因為我認為這可能很重要。」

「她的表情好像凝固住了，」班崔太太努力地表達著，「好像她看見了什麼東西，噢，天哪，描繪一件事是多麼困難。你記得〈夏綠蒂小姐〉[7]這首詩嗎？『鏡子崩裂，夏綠蒂小姐發出驚叫：『厄運降臨到了我頭上。』是的，她的表情就像那樣。現在人們都嘲笑丁尼生，但在我年輕時，〈夏綠蒂小姐〉總是讓我害怕得發抖，到現在仍舊是這樣。」

7 〈夏綠蒂小姐〉（The Lady of Shalott）是英國詩人丁尼生（Alfred Tennyson, 1809-1892）一八三二年的作品。

「她的表情好像凝固住了，」瑪波小姐若有所思地重複道，「她的目光越過貝德克太太的肩頭停在了牆上。牆上有什麼？」

「噢，好像是一幅畫，我想，」班崔太太說，「你知道的，義大利名畫。我想那是貝里尼〈聖母像〉的複製品，但我不能肯定。畫面是聖母瑪利亞抱著一個笑著的嬰兒。」

瑪波小姐皺起了眉頭。

「我不明白一幅畫怎麼會讓她有那樣的表情。」

「尤其是她每天都能看見它。」班崔太太表示同意。

「我想，當時還有人往樓上走吧？」

「噢，是的，有人。」

「他們是誰，你記得嗎？」

「你是說，她可能是在看上樓的一個人？」

「是的，有可能，不是嗎？」瑪波小姐說。

「是的，當然，我想想喔……有身著盛裝、戴著官職項鍊和所有行頭的市長，以及市長夫人。一個留著長髮、蓄著可笑落腮鬍的男人，非常年輕。還有一個扛著相機的女孩子。她在樓梯上占了一個地方，以便拍攝人們上樓以及與瑪力娜握手的場面。還有，讓我想想……兩個我不認識的人。我想大概是電影公司的人。還有從南方農場來的格賴斯一家。可能還有別人，但我現在只能記起那麼多。」

「聽起來似乎沒什麼用。」瑪波小姐說，「接下來怎麼了？」

「我想是傑森・拉帝用手肘輕輕推了推她或是別的事影響她，因為她像是突然回過神來，並衝貝德克太太微笑著，開始正常說話，你知道，態度甜美，毫無明星架子，自然迷人，她慣用的一套技巧。」

「然後呢？」

「接著傑森・拉帝把飲料遞給她們。」

「哪種飲料？」

「黛綺莉酒，我想。他說那是他太太最愛喝的。他把一杯給了她，一杯給了貝德克太太。」

「非常有意思，」瑪波小姐說，「實在非常有意思。後來怎麼了？」

「我不知道，因為我帶著一群三姑六婆去參觀浴室了。我知道的下一件事就是那個女祕書急急忙忙地走過來，說有人病了。」

／07

驗屍審訊進行得短暫而令人失望。死者丈夫確認了死者的身分，另外就只有醫生的證詞。希瑟．貝德克死於四哩[8]的氫乙基氧去羥喹丁諾酸酯[9]，或者……其實呢，就是類似這個名稱的藥。沒有證據證明這藥是如何被施放的。

審訊庭延後兩星期再審。

會後，法蘭克．考尼許警官走到亞瑟．貝德克身邊。

「我能跟您說幾句話嗎，貝德克先生？」

「可以，當然可以。」

亞瑟．貝德克看起來較以往更加軟弱不堪。

「我不明白，」他咕噥著，「我真的不明白……」

「我有車，」考尼許說，「我們開車回您家好嗎？那兒比較舒服，比較隱祕。」

「謝謝您，警官。是啊，是啊，我想那樣好多了。」

他們停在阿靈頓巷三號那扇乾淨的藍漆小門前。由亞瑟・貝德克帶路，警官跟在他後頭。他摸出鑰匙，剛要插入鑰匙孔，門卻從裡面開了。開門的女人向後退了一步，露出尷尬的神色。亞瑟・貝德克吃了一驚。

「瑪麗！」他叫道。

「亞瑟，我剛才正在替你泡茶。我想你從審訊庭回來時會需要。」

「你真是太好心了。」亞瑟・貝德克感激地說，「呃，」他猶豫了一下。「這位是考尼許警官。這是彭安太太，我的一個鄰居。」

「這樣啊。」考尼許警官說。

「我再去拿杯茶。」彭安太太說。

她離開後，頗感疑惑的亞瑟・貝德克把警官領進門廳右邊的客廳，裡面的家具都套著印花棉布套，十分漂亮。

「她人很好，」亞瑟・貝德克說，「一向很熱心。」

8 喱（grain）為英美制的重量單位，一喱等於〇・〇六五公克。

9 此為克莉絲蒂虛構的藥物。

「您認識她很久了嗎？」

「噢，不。我們搬到這兒來之後才認識的。」

「我想，您到這兒來已經兩年了吧，還是三年？」

「到現在剛好三年。」亞瑟說。

「彭安太太六個月前才搬來。」他解釋道，「她兒子在附近工作，她丈夫去世後，她就搬到這兒來，和她兒子住在一起。」

這時彭安太太端著盤子從廚房走了出來。她四十歲上下，皮膚黝黑，看起來很熱情。頭髮和眼睛黑得和吉普賽人一樣。她的眼睛有點奇特，眼神警戒。她把盤子放在桌子上。考尼許警官輕鬆地閒聊了幾句，出於職業本能，他心裡一直處於戒備狀態。那女人警戒的眼神、亞瑟介紹他時她微微的吃驚，這些他都看在眼裡。他很熟悉民眾無意中觸犯了重法時的驚恐，和不信任執法者而表現出來的輕微不安。但是還有另外一種情況。他感覺這應該是另一種情況。他認為彭安太太曾和警方打過交道，以至於讓她這麼小心翼翼，心緒不寧。他心底暗暗記下了要查查瑪麗．彭安的個人資料。放下盤子後，她說她必須回家，不能一起喝茶，說完就離開了。

「看起來是個不錯的女人。」考尼許警官說。

「是的，的確是。她是個非常友善、非常熱心腸的鄰居，一個富有同情心的女人。」亞瑟．貝德克說。

「她和您的夫人很要好嗎？」

「不，不，倒不是。她們彼此相處和睦，關係融洽，可是沒有什麼特別交情。」

「噢，我懂了。好吧，貝德克先生，我們想從您這兒盡量了解情況。恐怕驗屍結果出乎您意料之外吧？」

「噢，是的，警官。當然我覺得您一定認為這有點問題，我自己也是這麼想，因為希瑟一直都很健康，實際上她從未生過一天的病。我對自己說：『一定有什麼不對勁。』但結果令人難以置信，警官，您應該明白我的意思。實在是太令人難以置信了。那個什麼東西，那個氫乙基……」他住了口。

「它有一個比較容易記的名字，」警官說，「在市面上出售的時候，它有個商品名稱，叫作『卡默』[10]。你接觸過這種藥嗎？」

亞瑟．貝德克搖搖頭，一臉困惑。

「這種藥在美國用得比較多，」警官說，「我知道在那兒開這種藥很隨便。」

「它是治什麼的？」

「據我了解，它能使大腦達到一種愉快而鎮靜的狀態，」考尼許說，「它是給那些精神

10　卡默（Calmo），一種鎮靜安眠劑，大量服用會導致中毒。

緊張的人用的；治療焦慮、沮喪、憂鬱、失眠以及其他很多症狀。劑量合適就沒危險，但超過劑量是不行的。您的夫人似乎服用了普通用量的六倍。」

貝德克瞪大了眼睛。

「希瑟這輩子從未吃過那種藥。」他說，「我敢打包票，她絕對不是個需要吃藥的人。她從來都不會沮喪或者焦慮，她是您所能想像到最快樂的人。」

警官點點頭。

「我明白了。所以沒有醫生給她開過類似的藥？」

「沒有，當然沒有。我敢肯定。」

「她的醫生是哪位？」

「是西姆醫生。但從我們住在這兒起，她沒去看過一次病。」

考尼許警官沉吟道：「那看來，她不是個需要這種藥或者曾經用過這種藥的人？」

「她不是，警官，我保證她不是。她一定是誤服了或什麼的。」

「如何誤服也很難想像。」考尼許警官說，「那天下午她吃過什麼，喝過什麼？」

「嗯，讓我想想。午飯時……」

「您不用追溯到午膳，」考尼許說，「服下那麼大劑量的藥，會發作得很快、很突然。」

「呃，我們進了庭院裡的帳棚。那裡真像在進行一場混戰。但我們還是去拿了一杯茶和茶，從喝下午茶時開始說。」

一個小圓麵包。因為帳棚內很熱，所以我們盡快吃完就出來了。」

「她在那兒就喝了一杯茶和吃了一個小圓麵包嗎？」

「是的，警官。」

「然後你們進了屋子，對吧？」

「對，一位年輕女士過來說，如果我太太肯賞光進屋內的話，瑪力娜．葛雷小姐很樂意見她。我太太自然很高興。她已經把瑪力娜．葛雷掛在嘴上好幾天了。每個人都很興奮。噢，是的，警官，您知道的，每個人都很興奮。」

「是的，的確是，」考尼許說，「我太太也很興奮。哎呀，四面八方的人群集而來，花錢進去參觀戈辛頓莊，看看那兒翻修成什麼樣子，還希望能看一眼瑪力娜．葛雷本人。」

「那位年輕女士帶我們進屋後，」亞瑟．貝德克說，「便直接上樓。派對在那兒舉行，在樓梯平台上。但那平台看上去和以前很不一樣，我是這麼認為。它比較像一個房間，一個很大、挖空的地方，裡面放著桌椅，桌上有飲料。我看，大約有十到十二個人在那兒。」

考尼許警官點點頭。

「誰在那兒迎接你們？」

「瑪力娜．葛雷小姐本人。她丈夫跟她在一起。我現在忘了他叫什麼名字。」

「傑森．拉帝。」考尼許警官說。

「噢，是的，一開始我並未注意到他。呃，總之，葛雷小姐非常熱情地歡迎了希瑟，似乎很高興見到她。希瑟跟她說話，講了一個多年前在西印度群島她遇到葛雷小姐的往事。一切看起來再正常不過了。」

「一切看起來再正常不過了。」警官重複了一遍。「接下來呢？」

「接下來葛雷小姐問我們要喝什麼；葛雷小姐的丈夫，拉帝先生，給希瑟一種雞尾酒，代克雷還是什麼的。」

「是黛綺莉酒。」

「對了，先生。他拿來兩杯，一杯給她，一杯給葛雷小姐。」

「那麼您呢，您喝了什麼？」

「我喝了一杯雪利酒。」

「我明白了。那麼你們三個一起站在那兒喝酒？」

「呃，不盡然是，您知道，有更多人上了樓梯。一位是市長先生，還有其他人，我想是一位美國紳士和一位女士，所以我們往旁邊挪了一下。」

「那麼這之後您太太喝了她的黛綺莉酒？」

「呃，不，不是那個時候喝的，不是。」

「如果那時她沒喝，那她是什麼時候喝的？」

亞瑟．貝德克皺著眉站在那兒，陷入了回憶之中。

「我記得，她把它放在一張桌子上。在那兒她看見了幾個朋友。我想是個和聖約翰流動醫院有關的人，他從馬奇班罕或是什麼地方開車過來。總之，他們聊了起來。」

「那麼她是什麼時候喝了那杯酒？」

亞瑟．貝德克又皺起了眉頭。

「在那之後不久，」他說，「那時候人開始更加擁擠。有人輕輕撞了她的手肘一下，她的酒打翻了。」

「什麼？」考尼許警官猛地抬起頭。「她的酒打翻了？」

「是的，我記得是那樣……她拿起酒杯，啜了一小口之後做了個鬼臉。她實在是不喜歡喝雞尾酒，您知道，但她也沒受到影響。反正，她站在那兒，有人撞了她手肘一下，酒打翻了。酒灑在她的洋裝上，而且我想也濺到葛雷小姐的洋裝上。葛雷小姐當時再好不過了。她說根本不要緊，不會留下任何汙跡，她還把自己的手帕拿給希瑟擦洋裝，然後把手上的酒遞給希瑟，說：『喝這杯吧，我還沒碰過它。』」

「她把自己的酒遞過去了，是嗎？」警官說，「您很肯定嗎？」

亞瑟．貝德克想了一會兒。

「是的，我十分肯定。」他說。

「您的夫人接下了那杯酒？」

「嗯，一開始她不想喝，警官。她說：『噢，不，我不能這麼做。』葛雷小姐笑著說道：『我已經喝太多了。』」

「那麼，您太太接過那杯酒之後做了什麼？」

「我想，她稍稍轉過臉去喝掉了酒，喝得很快。接著我們沿著走廊走了幾步，看看一些畫和窗簾。窗簾很漂亮，我們以前從未見過那樣的花色。這時我碰見了一個朋友，艾科克議員，我和他聊了一會兒。後來我環顧四周，看到希瑟坐在椅子上，表情古怪，就過去問：『怎麼了？』她說她覺得有點怪怪的。」

「怎麼個怪法？」

「我不知道，先生，我來不及問。她的聲音聽起來非常奇怪，有些沙啞，頭有點兒搖晃。接著她突然大大地吸了半口氣，頭向前倒下來。然後她就死了，先生，死了。」

08

「您是說聖瑪莉米德嗎？」蓋達克探長突然抬起頭。

副局長有點詫異。

「是的，」他說，「聖瑪莉米德。怎麼了？它……」

「沒什麼。」戴蒙．蓋達克說。「那是個小地方，我知道。」他繼續說，「儘管現在興建了很多住宅。據我了解，從聖瑪莉米德到馬奇班罕一路上都是。」接著他又補充說：「黑林福斯電影公司在聖瑪莉米德的另一邊，朝著貝辛市場。」

副局長仍然顯得很好奇。

戴蒙．蓋達克覺得他應該再解釋一下。

「我認識住在那兒的一個人，」他說，「在聖瑪莉米德。一個老太太，現在很老了，也許已經死了，我不知道。但是如果還沒……」

副局長明白了他下屬的意思，或者說，他認為他明白了。

「是的，」他說，「從某種角度而言，這會使你更容易進入情況。我們需要一點當地的街談巷議。這整件事情奇怪得很。」

「郡裡的人已經來找我們了嗎？」戴蒙問。

「是的。我這兒有一封他們郡警察署長的來信。他們認為這不僅僅是一件當地的案子。那一帶最大的房子，戈辛頓莊，最近賣給了影星瑪力娜·葛雷和她丈夫，兩人拿它來當住宅。他們正在他們的新電影公司黑林福斯拍一部由她主演的電影。一個為了贊助聖約翰流動醫院的派對在宅院內舉行。死者，希瑟·貝德克，是聖約翰流動醫院的祕書，而且這項派對大部分的行政工作由她負責。她似乎是個能幹而明理的人，很受當地人喜愛。」

「是那種專橫霸道的女人嗎？」蓋達克說。

「很可能是，」副局長說，「不過根據我的經驗，專橫霸道的女人很少被謀殺。我不明白她為什麼被殺。一想想，還真是遺憾。派對上出席的人潮似乎空前繁多，天氣很好，一切都按計畫順利進行著。瑪力娜·葛雷和她丈夫在戈辛頓莊舉行一個小型的私人派對。大約有三十到四十個人參加。包括當地的名人、與聖約翰流動野戰醫院組織有關的人、瑪力娜·葛雷的幾個朋友，還有幾個與電影公司有關的人。一切都很平順、美好而愉悅。但非常奇怪且幾乎不可能的是，希瑟·貝德克在那兒被毒死了。」

蓋達克若有所思地說：「選這個場合還真奇怪。」

「郡警察署長也這麼認為。如果有人想毒死希瑟・貝德克，為什麼選擇那個特殊的下午和場合呢？有好幾百種更簡單的方法。你知道，要在二、三十個走動的人群中把致命劑量的毒藥羼入一杯雞尾酒中，絕對是件冒險的事。應該有人看見了什麼。」

「毒藥確定是下在酒裡面嗎？」

「是的，確定在酒裡。我們這兒有詳細紀錄。這種藥有一個令人費解的名稱，連醫生都覺得好玩，但在美國其實是很普通的處方。」

「美國，我明白了。」

「噢，在我國也是。不過這些藥物在大西洋的另一岸用得更為普遍。少量服用對人體有益。」

「只憑醫生開的處方才能買，還是可以自由購買？」

「不，必須有處方才可以買。」

「是的，很奇怪，」戴蒙說，「希瑟・貝德克跟這些做電影的人有來往嗎？」

「完全沒有。」

「她家裡有人和她一起出席這個派對嗎？」

「她丈夫。」

「她丈夫啊。」戴蒙沉吟道。

「是的，人們總是朝那個方向想，」他的上級贊同地說，「但是那個當地警官，我想他的名字叫考尼許，好像不這麼認為，儘管他的報告中說貝德克看上去有些緊張不安，但他認為正派的人被警方詢問時通常都會如此。貝德克夫婦看樣子是感情很好的一對。」

「換句話說，那兒的警方認為這案子不是他們的責任。嗯，這案子應該很有意思。我決定下去一趟。長官……」

「好的。最好盡快趕到那兒，戴蒙。你要誰跟你一起去？」

戴蒙考慮了幾秒鐘。

「提德勒，我想。」他沉思道，「他是個好人，更重要的是，他是個影星。這可能會有用。」

副局長點了點頭。

「祝你好運。」他說。

§

「啊！」瑪波小姐驚喜地脹紅了臉叫道，「真是讓人感到意外。你好嗎？我親愛的孩子，雖然現在你已經不是個孩子了。你現在是什麼職位？是探長，還是他們那個新式的叫法：『總指揮』？」

戴蒙解釋了他現在的頭銜。

「我想我幾乎不用問你到這兒來是幹什麼的，」瑪波小姐說，「我們本地的謀殺案受到蘇格蘭警場的關切了。」

「他們把案子移交給我們，」戴蒙說，「所以我一到這兒，就自然而然地來到總部。」

「你是說……」瑪波小姐的心怦怦跳了起來。

「是的，阿姨，」戴蒙調皮地說，「我是說你。」

「恐怕，」瑪波小姐遺憾地說，「我已經不問世事了。我不常出門。」

「你出門次數多得摔了一跤，還被一個十天後被謀殺的女人扶了起來。」蓋達克說。

瑪波小姐發出了嘖嘖聲。

「不曉得這些事你是從哪裡聽來的。」她說。

「你應該很清楚。」戴蒙．蓋達克說，「是你自己告訴我說，在小村子中每個人都知道每件事。我私下向你請教一下，」他加了一句：「你一看見她，是不是就覺得她會被謀殺？」

「當然不是，當然不是！」瑪波小姐尖叫道，「這個想法真可怕！」

「她丈夫的眼神沒讓你聯想起哈利．辛普森或戴維．瓊斯，或者你多年前所認識某個推他太太下懸崖的人嗎？」

「沒有，我沒發現！」瑪波小姐說，「我確定貝德克先生不會做那種邪惡的事情。」她若有所思地補充說：「我幾乎百分之百確定。」

「但人性就是人性。」蓋達克淘氣地嘟囔著說。

「確實。」瑪波小姐進一步說道，「我敢說，在最初自然的悲傷過後，他不會很想念她……」

「為什麼？她欺負他嗎？」

「噢，不是，」瑪波小姐說，「但我認為她，呃……她不是個很體貼的女人。心地善良，沒錯；體貼呢，談不上。她可能喜歡他，在他生病時會照顧他，關心他的飲食，而且是個好主婦，但我認為她不會，呃……唉，我不認為她會知道他的感覺和想法。這樣會讓一個男人的生活很寂寞。」

「啊，」戴蒙說，「難道以後他的生活就比較不寂寞了嗎？」

「我想他會再婚，」瑪波小姐說，「可能會很快。而且遺憾的是，可能還是和一個同樣類型的女人結婚。我是說，他仍會娶一個個性比他強的人。」

「眼前有這麼一個人嗎？」戴蒙問。

「我還不是很清楚。」瑪波小姐說。她接著感嘆道：「不過我知道一點點。」

「那麼，你有什麼想法？」戴蒙．蓋達克催促地說，「你思考問題從來不落人後。」

「我想，」瑪波小姐出人意料地說，「你應該去拜訪一下班崔太太。」

「班崔太太？誰呀？那家電影公司的人嗎？」

「不是。」瑪波小姐說，「她住在戈辛頓莊的東門房裡。那天她也在那個派對上。她以前是戈辛頓莊的主人，她和她丈夫，班崔上校。」

「她也在那個派對上。那麼她看見了什麼嗎？」

「我想她本人會告訴你她看見了什麼。那未必跟這件事有什麼關係，但我想那可能……只是可能，對你有所啟發。告訴她，是我交代你去找她的，然後，啊，對了，也許你最好提一下夏綠蒂小姐。」

戴蒙．蓋達克稍微偏著頭，看著她。

「夏綠蒂小姐，」他說，「這是個暗號，對吧？」

「我不知道這算不算是暗號，」瑪波小姐說，「但她聽了就會明白我的意思。」

戴蒙．蓋達克站起來。

「我會再回來。」他提醒她說。

「那太好了，」瑪波小姐說，「要是你有時間，找一天來和我一起喝杯茶吧……如果你還喝茶的話。」她惆悵地說：「我知道現在的年輕人出去都只是喝酒、吃東西。他們覺得喝下午茶是件很落伍的事。」

「我沒有那麼年輕，」戴蒙．蓋達克說，「好的，我會找一天來這兒陪你喝茶。我們喝茶、聊聊是非、談談這個村子。對了，你認識什麼影星或者電影公司的人嗎？」

「一個也不認識，」瑪波小姐說。「只聽過一些名字而已。」她補充道。

「嗯，你通常會聽到很多事情。」戴蒙．蓋達克說，「再見。很高興見到你。」

§

「噢！您好！」班崔太太說。

戴蒙．蓋達克做了自我介紹，並說明了他的身分，她顯得略微震驚。

「看見您我實在太興奮了。您不總是有個警佐跟著您嗎？」

「是的，我是有個警佐跟隨，」蓋達克說，「但他現在正忙著。」

「在做例行的調查嗎？」班崔太太滿懷好奇地問。

「類似的事情。」戴蒙嚴肅地說。

「珍．瑪波要您來找我，」班崔太太領他走進她那小小的客廳。「我剛才在插花，」她解釋道，「但今天怎麼插就是插不好。不是散開，就是立在不對的地方，而當你要它們橫躺的時候，偏偏又不躺下來。因此我很感激能有這麼個機會分分心，特別是這麼刺激的事情。那麼，那果真是謀殺了，對吧？」

「您認為是謀殺嗎？」

「呃，我猜想可能是個意外。」班崔太太說，「沒人正式說過肯定的結論，我指的是官方。他們只說沒有證據顯示是誰下的毒，或者用什麼方式下毒，這個說法真愚蠢。可是，當然啦，我們都把它當作謀殺案來談。」

「有談到是誰犯案的嗎？」

「這是最奇怪的地方，」班崔太太說，「我們沒談到這個。因為我實在看不出有誰可能下手。」

「您是說，就具體的事實而言，您看不出有誰會下手？」

「噢，不，不是那樣。我想可能很難找出凶手，但並不是不可能。不，我是說我看不出誰想下手。」

「您認為，沒人想謀害希瑟．貝德克？」

「呃，坦白說，」班崔太太說，「我難以想像誰要謀害希瑟．貝德克。我見過她幾次，您知道，在處理本地事務時，女童軍啊、聖約翰流動醫院呀，還有教區裡的各種事務。我發現她是個讓人有點煩的女人。對任何事情都很熱情，有些誇張，還有一點點裝腔作勢。但你不會為了這些原因而殺她。要是在以前的時代，你只要一看到她接近你家大門，你只會飛快地跑去告訴你的客廳女傭，要她對她說『主人不在家』；如果她有所懷疑而追問的話，則要她說『主人不接見訪客』，那是我們那個時代的做法，很有用。」

「您是說，人們會盡力避開貝德克太太，但不會有狠心除掉她的衝動。」

「說得好。」班崔太太贊許地點點頭。

「她沒什麼錢，」戴蒙沉思道，「所以沒人能從她的死亡受益。似乎沒人不喜歡她到了憎恨的程度。我想她沒有敲詐什麼人吧？」

「作夢都不會想到她做那種事情，我很肯定。」班崔太太說，「她是那種認真謹慎，有高度原則的人。」

「那麼她丈夫沒有外遇？」

「我不這麼認為，」班崔太太說，「我在那個派對上第一次見到他。他看起來像一根嚼過的繩子，中看不中用。」

「那這方面就沒什麼值得追究的了，是嗎？」戴蒙·蓋達克說，「那麼，我們假設她知道一些事情。」

「知道一些事情？」

「能夠損害某人利益的事情。」

班崔太太又搖了搖頭。

「我懷疑，」她說，「我非常懷疑。她給我的印象是，如果她真的知道某個人的事，她會忍不住說出來。」

「好吧，排除掉這種可能性。」戴蒙·蓋達克說，「那麼，如果可以，我們要談談我來找您的那個原因了。我最欽佩和尊敬的瑪波小姐告訴我，要我跟您提一提夏綠蒂小姐。」

「噢，那個！」班崔太太叫道。

「是的，」蓋達克說，「那個！不管那是什麼，請說吧。」

「現在人們不怎麼讀丁尼生的詩了。」班崔太太說。

「我想起了幾句，」戴蒙·蓋達克說，「她正在眺望卡米洛[11]，不是嗎？

網子飛了出去，四處飄蕩；
鏡子崩裂，
夏綠蒂小姐發出驚叫：
「詛咒降臨到了我頭上。」

「完全正確。她是那個樣子。」班崔太太說。
「您說什麼？誰是那個樣子？什麼樣子？」
「表情像那個樣子。」班崔太太說。
「誰的表情怎麼樣？」
「瑪力娜．葛雷。」
「啊，瑪力娜．葛雷。什麼時候的事？」
「珍．瑪波沒告訴您嗎？」
「她沒告訴我任何事。她只是要我來找您。」
「她真讓人討厭，」班崔太太說，「因為她一向比我還會敘述事情。我丈夫以前總是說

11 卡米洛（Camelot），傳說中英國亞瑟王的宮廷所在地。

我說話不連貫，他都不明白我在說什麼。總之，那可能只是我的想像。但是當你看見任何人有那樣的表情，你就禁不住會記住它。」

「請您告訴我。」戴蒙．蓋達克說。

「好吧，那是在派對上……我叫它『派對』，是因為還能怎麼叫呢？那只是在一個做成凹室的樓梯平台上所進行的派對罷了。瑪力娜．葛雷和她丈夫一起在那兒。他們來請我們其中一些人進去。他們請了我去，我想是因為我曾經是屋主；他們請了希瑟．貝德克和她丈夫，是因為她安排了整個派對的活動。我們幾乎是同一時間上樓的，所以您明白，當我看到那件事的時候，我就站在那兒。」

「沒錯。您在什麼時候注意到了什麼？」

「嗯，就像一般人見到名人的時候一樣，貝德克太太開始一場滔滔不絕的長篇演講。說什麼實在太棒了，太高興了，他們一直都希望見見他們。接著她開始講起多年前她怎樣遇到她，她當時如何興奮激動什麼什麼的。而我當時心裡想，這些名人真可憐，時時刻刻要保持應對得宜的態度，這是多麼令人厭煩的事。然後我就注意到了瑪力娜．葛雷沒有好好地答話。她只是瞪著眼。」

「瞪著眼，瞪著貝德克太太？」

「不，不是，她看起來好像已經完全忘記了貝德克太太。我是說，我想她甚至連貝德克太太在說什麼都沒聽見。她只是瞪著眼，帶著這種我稱為『夏綠蒂小姐的表情』，彷彿她看見了什麼可怕、令人驚恐的東西，看見了她無法相信而且受不了的東西。」

「『詛咒降臨到了我頭上』？」戴蒙・蓋達克提醒道。

「是的，就是那樣。這就是我稱它為『夏綠蒂小姐的表情』的原因。」

「可是班崔太太，她在看什麼呢？」

「唉，我要是知道就好了。」班崔太太說。

「您是說，她站在樓梯上方？」

「她的目光越過貝德克太太的頭，不，越過肩膀，我想。」

「直盯著樓梯間的中間？」

「可能稍微往一邊偏一點兒。」

「有人上樓嗎？」

「噢，有的，我想應該有五、六個人。」

「她是特地在看他們其中的某一個人嗎？」

「我無法看清楚，」班崔太太說，「您知道，我不是朝著那個方向。我當時正看著她，背對著樓梯。當時我想，她可能是在看一幅畫。」

「但是如果她住在那裡，她應該很熟悉這些畫。」

「是，是，當然。不，我猜她一定是在看某個人。不曉得是誰。」

「我們得試著找出來。」戴蒙・蓋達克說，「您能不能記起那些人是誰？」

「呃，我知道市長是其中之一，和他夫人一起。有一個我想是記者，紅頭髮，因為後來有人介紹我給他認識，但我不記得他的名字了。我從來不聽名字，好像叫賈伯雷什麼的。然後是個大塊頭、長得黑黑的人。不是黑人，只是長得很黑、孔武有力的樣子。和他一起的還有一個女演員，髮色金黃得有些過火，衣著華麗。還有從馬奇班罕來的老巴斯特將軍。他現在真的是老朽了，可憐的老頭。我想他不可能是任何人的災星。噢！還有從農場來的格賴斯一家。」

「這些是您記得起來的所有人嗎？」

「呃，也許還有別人。但是您明白，我當時沒有，呃……我是說我當時沒有特別注意。我知道市長、巴斯特將軍和幾個美國人大約是在那時候到的。還有一些在拍照的人，其中一個我想是本地人，另一個是從倫敦來的女孩，她扛著一架很大的照相機，披著一頭長髮，長相有藝術家的味道。」

「您認為是其中一人讓瑪力娜．葛雷產生那種表情？」

「我當時根本沒什麼想法，」班崔太太十分坦誠地說，「我只是納悶，究竟是什麼事讓她產生那種表情，然後就沒再多想了。是後來我才回想起這些片段。當然，」班崔太太誠實地進一步補充說：「這或許是我的想像罷了。可能她突然牙疼了或是一枚安全別針戳了她一下，或是突然肚子一陣絞痛。碰到這類情況，你會不動聲色地和平時一樣撐下去，但你的臉還是會忍不住露出痛苦的表情。」

戴蒙·蓋達克笑了起來。

「我很高興您是個現實主義者，班崔太太。」他說，「誠如您所說，也許是那種情況。但可以肯定的是，只有一個重要的事實可能是線索。」

他搖了搖頭，便動身前往馬奇班罕，與當地的同行取得聯繫。

09

「所以，在本地你一無所獲？」蓋達克把他的菸盒遞給法蘭克．考尼許並且說道。

「毫無收穫。」考尼許說，「沒有仇敵，沒有爭吵，和丈夫情深意篤。」

「沒牽扯到別的女人或男人？」

考尼許搖搖頭。

「沒那種事。沒有任何醜聞發生。她不是一般人眼中性感的女人。她在很多委員會之類的組織做事，有一些在本地範圍內的小競爭，但是僅此而已。」

「她丈夫沒有想娶別人嗎？他工作的地方沒有這麼一個人？」

「他在比德羅素公司工作，那是房地產評估代理商。一起工作的有得腺性腫的芙洛莉．衛斯，還有葛蘭朵小姐，少說也有五十歲，乾乾癟癟的，長得不怎麼樣，沒什麼好讓男人興奮的。話雖如此，如果他真的再婚我也不會驚訝。」

蓋達克顯得很感興趣。

「一個鄰居，」考尼許解釋說，「一個寡婦。當我跟他一起從審訊庭上回去時，她已經進了他家，正在替他泡茶，替他張羅大小事。他似乎很驚訝，也很感激。如果你問我是怎麼回事，我會說，她已經下定決心要和他結婚了，但是他現在還不知道，可憐的傢伙。」

「她是什麼樣的女人？」

「長得很好看，」考尼許點頭承認，「不年輕了，但挺漂亮，有一種吉普賽人的味道。面色相當紅潤，眼睛顏色很深。」

「她叫什麼名字？」

「彭安，瑪麗．彭安太太，是個寡婦。」

「他丈夫原來是幹什麼的？」

「不知道。她有個兒子在這附近工作，和她住在一起。看來她是個文靜、端莊的女人。不過，我覺得以前好像見過她。」他看了看手錶。「十一點五十分了。我替你與戈辛頓莊的人約了十二點見面。我們最好現在出發。」

§

戴蒙．蓋達克那雙總是顯得有點漫不經心的眼睛，實際上已經暗中仔細記下了戈辛頓莊的特徵。考尼許警官帶他到那兒，把他交給那個叫赫立．普雷斯的年輕人，然後老練地找了個適當的理由離開了。從那時起，戴蒙．蓋達克就頻頻對著普雷斯點頭。他推測赫立．普雷斯是傑森．拉帝的公關或私人助理，或是私人祕書，或者更可能，三重角色兼具。他說個不停，隨心所欲，內容詳盡，而且不可思議的是，沒有太多的重複。他是個令人愉快的年輕人，急於想把自己的觀點與任何一個他偶然碰到的人分享，那些觀點讓人想起龐洛斯醫生[12]，他認為世界上所有存在的東西都是美好的。他用不同的方式說了好幾遍「這是件多麼遺憾的事」，大家是多麼地擔憂，瑪力娜是多麼地一蹶不振，拉帝先生難過得簡直難以言喻，發生了那樣的事完全擊垮了一切，不是嗎？可能是對某種特殊物質過敏？他提出這一點僅供參考，過敏是很不可思議的東西。黑林福斯電影公司或其任何一個員工一定會全力配合蓋達克探長。他可以任意問他想問的問題，去他想去的地方。如果他們幫得上忙，他們一定會幫。他們都非常尊敬貝德克太太，並欽佩她強烈的社會責任感，以及為聖約翰流動醫院組織所做的貢獻。

然後他又開始說了，內容換湯不換藥。說什麼沒有人比他更渴望與警方合作的了，同時他還努力表達說，這事和電影公司的玻璃紙世界是多麼遙遠；傑森．拉帝先生和瑪力娜．葛雷小姐或者這宅子裡的任何人，都一定會竭盡全力以各種可能的方式來幫忙。然後他微微地點了差不多四十四下頭。戴蒙．蓋達克藉此空檔，趁機說：「非常感謝您。」

他的口氣平靜，卻帶著一種宣告結束的意味，赫立．普雷斯因此站了起來說：「呃……」

他住了口，心存疑問。

「您說我可以提問題？」蓋達克問。

「當然，當然啦。您請問吧。」

「她是在這兒死的嗎？」

「貝德克太太？」

「貝德克太太。是在這兒嗎？」

「是的，當然是，就在這兒。實際上，我可以帶您看看她坐過的那張椅子。」

他們正站在樓梯平台的凹室。赫立．普雷斯順著走廊走了幾步，指著一張看起來像是仿製的橡木安樂椅。

「她就坐在那兒，」他說，「她說她不舒服。有人去給她拿藥什麼的，接著她就死了，就在那兒。」

「我明白了。」

「我不知道最近她有沒有看過醫生。要是有人警告她心臟有問題……」

12 龐洛斯醫生（Dr. Pangloss）是法國文學家伏爾泰（Voltaire, 1694-1778）著作《憨第德》（*Candide*）中的哲學家，此人認為世上一切都將臻於至善。後人常用來形容過分樂觀的人。

「她心臟沒問題，」戴蒙‧蓋達克說，「她身體很健康。她死於服用最大劑量六倍的某種物質，我不說它的正式名稱，但我知道它通常叫『卡默』。」

「我知道，我知道。」赫立‧普雷斯說，「我自己有時候也服用。」

「真的？這倒有趣。它的效果很好嗎？」

「好極了，好得不得了，它使你精神振奮，又讓你能鎮靜下來，你知道。當然，」他進而說道，「你必須適量服用。」

「這棟宅子裡有這種藥嗎？」

他其實知道答案，可是他假裝不知道而發問。赫立‧普雷斯的回答也很直率。

「多得很哩。大部分的浴室櫃子裡都有幾瓶。」

「這好像不能使我們的工作更容易些。」

「當然，」赫立‧普雷斯說，「也許她用過那玩意兒，用了一些，然後，我說過，產生了過敏反應。」

蓋達克一臉狐疑，赫立‧普雷斯嘆了口氣說：「您對她服用的劑量那麼肯定嗎？」

「噢，是的，是致命的劑量，而且貝德克太太本人不服用這類藥物。據我們目前的發現，她只服用過小蘇打或者阿斯匹靈。」

赫立‧普雷斯搖搖頭說：「這確實帶來了麻煩。是的，確實是。」

「拉帝先生和葛雷小姐是在哪兒接待客人的？」

「就在這兒。」赫立・普雷斯走到樓梯頂上的那個位置說。

蓋達克探長站到他旁邊。他盯著他對面的那面牆。牆中間是一幅義大利的聖母聖子像。這是幅名畫的優秀複製品，他心想。穿著藍色長袍的聖母瑪利亞向上舉著聖子耶穌，母子兩人都面帶笑容。一小群人在兩邊站著，他們的雙眼都向上看著聖子。戴蒙・蓋達克思忖，這幅聖母像還算討人喜歡。畫的左右兩邊是兩扇窄窗。整個效果頗具張力，但在他看來，裡面顯然沒有什麼能使一個女人露出夏綠蒂小姐警覺詛咒降臨的表情。

「當時一定不斷有人上樓囉？」他問。

「是的，零零星星地上來，您知道。不是一次來很多。我領上來一些，艾拉・齊琳思——拉帝先生的祕書——帶來另一些。我們想盡力使氣氛愉快一些，輕鬆一點。」

「貝德克太太上來時您在這兒嗎？」

「說來真不好意思，蓋達克探長，我怎麼也想不起來。當時我有一份賓客的名單，我出去把客人領進來。介紹他們，關照一下水酒，然後再出去帶下一批人上來。那時我沒看見貝德克太太，她也不在我負責的名單裡面。」

「那麼班崔太太呢？」

「啊，是的，她是這地方以前的主人，對吧？我想班崔太太、貝德克太太和她丈夫確實是同時上樓的，」他頓了一下。「而且市長也是在那時候來的。他戴著官職項鍊，市長夫人一頭金髮，穿著一身深藍色打著褶邊的衣服。我記得這些人。我沒替他們任何一個倒酒，因為我要下樓去領下一批人。」

「誰給他們倒的酒？」

「我不清楚。我們有三、四個人負責招待。我知道我下樓時市長正好上樓。」

「您下樓時還有誰在樓梯上，您記得嗎？」

「吉姆．賈伯雷，是來採訪這次派對的一個記者。還有三、四個我不認識的人。有一對攝影師，一個是本地的，我忘了他的名字；還有一個從倫敦來、自以為是藝術家的女孩子，特別擅長拍攝怪角度鏡頭。她的照相機就立在那個角落裡，那樣她就可以拍下葛雷小姐接待賓客的畫面。啊，讓我想想……我想亞威克．芬恩正好在這時候抵達。」

「誰是亞威克．芬恩？」

赫立．普雷斯一臉震驚。

「他是個大人物哪，探長，是在影視界很有名的一個人。我們當時還不知道他人在英國哩。」

「他的出現讓人訝異嗎？」

「我認為是，」普雷斯說，「他大駕光臨，相當出人意料。」

「他是葛雷小姐和拉帝先生的老朋友嗎？」

「很多年前瑪力娜跟她的第二任丈夫結婚時，他就是她的老朋友了。我不知道傑森和他熟不熟。」

「不管怎麼說，他的到來都是個驚喜？」

「當然是。我們都很高興。」

蓋達克點點頭，轉移了話題。他謹慎詳細地問了飲料的問題：飲料的成分，飲料的招待方式，由誰招待，以及有哪些傭人和雇傭在場工作。答案不出考尼許警官所料，看來，雖然三十人中的任何一個都有可能輕易毒死希瑟．貝德克，但是同時間，三十人中的任何一個都可能被看個正著！蓋達克想，這個險冒得很大。

「謝謝您，」最後他說，「如果可以，現在我想和瑪力娜．葛雷小姐談談。」

赫立．普雷斯搖搖頭。

「對不起，」他說，「實在很抱歉，那是不可能的。」

蓋達克揚了揚眉毛。

「是嗎？」

「她的身體極度虛弱，虛弱不堪。她已經叫了自己的醫生來這兒照顧她。他寫了一份證明，就在我這兒。我拿給您看。」

蓋達克拿過來看了。

「我明白了。」他說，又問：「瑪力娜．葛雷一向都有醫生隨行嗎？」

「這些男女演員都有嚴重的神經緊張。這種生活壓力很人。這些檯面人物極需有一個了解他們體質和心理的醫生。默理斯．吉奎名氣很大，他照顧葛雷小姐已經很多年了。您可能已經看到了證明書上寫的，最近四年她患過很多病。她住院住了很長一段時間，大約一年前才恢復了體力和健康。」

「我明白。」

蓋達克沒再提出異議，赫立．普雷斯似乎鬆了口氣。

「您想見見拉帝先生嗎？」他建議道，「他會在，」他看了看錶。「他大約十分鐘之後會從電影公司回來，如果這個時間您覺得沒問題的話。」

「太好了。」蓋達克說，「現在吉奎醫生在嗎？」

「在。」

「那麼我想跟他談談話。」

「噢，當然可以。我立刻去請他來。」

這個年輕人匆匆走了。戴蒙．蓋達克站在樓梯頂上，陷入了沉思。當然，班崔太太描述的「凝固的表情」也許完全是她的想像。他認為她是個武斷的人，同時他想，也很可能她的武斷相當正確。雖不至於像夏綠蒂小姐看見了厄運降臨那麼嚴重，但瑪力娜．葛雷的確看見了某樣讓她惱怒心煩的東西。那東西讓她忽略了正在跟她說話的客人。有人正在上樓，也許，是個不速之客……一個不受歡迎的客人？

他聽見腳步聲，轉過身去。赫立．普雷斯回來了。跟他一起來的是默理斯．吉奎醫生。吉奎醫生的模樣完全不符合他的想像。他不像個探視病人的和藹醫生，外表也不起眼，看起來似乎是個直率、熱心、實事求是的人。他身穿一套花呢服裝，在英國人看來過於華麗了點，還有一頭濃密的棕髮和一雙觀察力敏銳、犀利的眼睛。

「吉奎醫生嗎？我是戴蒙．蓋達克探長。我能和您單獨說幾句話嗎？」

醫生點點頭。他轉過身，沿著走廊一直走到盡頭，推開門，請蓋達克進去。

「在這兒沒人會打擾我們。」他說。

很顯然這是醫生自己的房間，設備很舒適。吉奎醫生給蓋達克指了一張椅子，然後自己坐下了。

「我聽說，」蓋達克說，「根據您的建議，瑪力娜．葛雷小姐不能接受訪談。她怎麼了，醫生？」

吉奎微微聳了聳肩。

「精神緊張，」他說，「如果您現在去問她問題，她會在十分鐘之內達到近似歇斯底里的狀態。我不允許那種情況發生。如果您想叫您的警醫來找我，我願意向他提供我的意見。而且，出於同樣的原因，她也無法出席驗屍審訊。」

「這種狀態可能會持續多久？」蓋達克問。

吉奎醫生看著他，笑了。這是個和藹可親的微笑。

「如果您想知道我的看法，」他說，「從人的角度，而不是從醫學角度來看，那就是，在接下來的四十八小時內，任何一個時間，她不但願意而且會要求見您！她會想提問題，她會想回答您的問題。他們都是這樣！」他向前傾了傾身子。「如果可以，我願意試著讓您稍微了解一下這些人的行為因素。電影人的生活是處在一種持續不斷的壓力之下，而且你愈是成功，壓力就愈大，必須整天生活在公眾的注視之下。當你出外景的時候，當你在工作的時候，工作艱苦，單調乏味，工時很長。你早上在那兒坐著、等著。你拍了你的一點戲，拍了一遍又一遍。如果你在舞台上排演，很可能會排演一整幕戲，或者也是其中一部分，事情會按順序進行，或多或少有些人情味。但當你在拍電影時，每件事都毫無順序可言。這是個千篇一律、枯燥乏味的工作，使人筋疲力盡。當然，你生活得很奢華，你服用鎮靜劑，你能享受盆浴，用護膚霜、蜜粉和醫療照顧，你擁有娛樂、派對和人群的簇擁，但你總是在公眾注視之下，你不能靜靜地享受獨處的快樂。你從來不能真正的放鬆。」

「這點我能理解，」戴蒙說，「是的，我能理解。」

「而且還有一點，」吉奎接著說，「如果你選定了這個職業，特別是，如果你又能勝任它，那麼你就是某種特定類型的人。你是那種——或者說憑我膚淺貧乏的經驗而言——被缺乏自信所困擾的人。終日圍繞一種無法勝任、達不到要求的可怕感覺。人們說演員們是自負的，這不正確。他們對自己並不自負；他們自戀，沒錯，但他們時時刻刻都需要別人的肯定。他們必須不斷受到肯定。去問問傑森．拉帝，他也會這麼說。你必須使他們覺得他們能夠做到，向他們保證他們能夠做到，一遍又一遍地鼓勵他們，直到獲得你想要的效果。但他們總是懷疑自己，而且這讓他們——用一個普通人的外行說法就是——緊張。該死的緊張！

總是神經緊張。而且他們緊張得愈厲害，工作表現就愈好。」

「這很有意思，」蓋達克說。「非常有意思。」他頓了一下，補充說：「儘管我不明白為什麼您……」

「我在試圖讓您理解瑪力娜・葛雷，」默理斯・吉奎說，「毫無疑問，您看過她演的電影。」

「她是個出色的女演員，」戴蒙說，「很出色。她具有個性，美貌，還有同情心。」

「是的，」吉奎說，「她具備所有這些特質，而且她不得不拚命工作，以繼續製造她所產生的影響。在這個過程中，她的神經近乎崩潰，實際上她的身體也不強健。她的情緒喜怒無常，容易激動，總是在絕望和狂喜之間來回搖擺不定。她控制不住自己，她生性如此。她這一生遭受過許多痛苦，大部分的痛苦是她自找的，但有一些不是。她的婚姻沒有一次是幸福的，除了，我認為，最後這次。她現在嫁給了一個深愛她多年的男人。她在這愛情中得到了庇護，享受了幸福。至少，目前她很幸福，但不曉得這一切會持續多久。她的問題是，她一方面認為她這一生終於得以每件事都像童話故事般實現，一切順利，再也不會遇見不幸；另一方面又認為她潦倒一生，是個生活被毀了的女人，是個從未嘗過愛和幸福的滋味、今後也永遠不能得嘗的女人。」

他一本正經地補充道：「如果她能夠不在這兩者之間徘徊，對她來說就會趨於美滿；但同時世界上就會失去一個好演員。」

他停頓了一會兒，戴蒙．蓋達克一語未發。他很納悶默理斯．吉奎為什麼說這番話。為什麼要如此仔細詳盡地分析瑪力娜．葛雷？吉奎看著他，似乎在鼓勵戴蒙問一個特殊問題。戴蒙非常想知道他應該問什麼。最後，他慢慢地說出來，口氣很小心。

「這兒發生的慘劇讓她心煩意亂了？」

「是的，」吉奎說，「她是心煩意亂。」

「這種情況不太正常？」

「那得看情況而定。」吉奎醫生說。

「取決於什麼情況？」

「取決於她這麼心煩意亂的原因。」

「我猜想，」戴蒙小心翼翼地說，「一個突發的死亡事件在盛會中發生，是很讓人震驚的。」

對面那張臉上沒什麼反應。

「或者，」他說，「是某件更重要的事情？」

「當然，」吉奎醫生說，「你猜不到人會有什麼樣的反應。不管你和他們有多熟，你依然料不準。他們總是令你吃驚。瑪力娜也許一下就克服過去了。她是個心腸很軟的女人。她會說：『噢，可憐的女人，多麼悲慘。怎麼會發生這件事。』她可能會很同情但並不真正關心，畢竟，在電影界的派對上偶爾也會發生死亡事件。或者，如果沒什麼有趣的事發生，她也許會選擇——提醒你，是不知不覺地選擇——誇張自己對這件事的感覺。她也許會決定大吵大鬧。當然，或者是某種很不一樣的原因吧。」

戴蒙下定決心不畏艱難，繼續追根究柢。

「我希望，」他說，「您告訴我您真正的想法好嗎？」

「我不知道，」吉奎醫生說，「我不能肯定。」他頓了一下然後說：「您知道，這是有行規的，牽涉到醫生與病人之間的誠信問題。」

「她對您說了什麼？」

「我想我不能跟您說那麼多。」

「瑪力娜．葛雷認識這個叫希瑟．貝德克的女人嗎？她以前見過她嗎？」

「我想她根本不認識她，」吉奎醫生說，「沒有，問題不在這兒。我可以告訴您，這件事與希瑟．貝德克無關。」

戴蒙說：「這個叫卡默的東西，瑪力娜．葛雷自己曾經服用過嗎？」

「根本是靠它過活，這不用說，」吉奎醫生說，「這兒的每個人都這樣。」

他補充說：「艾拉．齊琳思服用它，赫立．普雷斯服用它，有一半的人都服用它，現在這是流行。這些藥物都一樣。人們厭倦了一種就去試新出品的另一種，而且他們認為它很棒，效果獨特。」

「那麼它效果真的那麼獨特嗎？」

「呃，」吉奎說，「它有一些作用，有一定的效果。它可以令你鎮靜下來，或者使你充滿活力，讓你感到你能夠做到一些事情，否則你可能以為你做不到。我盡量不開這種藥，但適量服用沒有危險。它幫助那些無法自助的人。」

「希望我能明白您試圖告訴我什麼。」戴蒙．蓋達克說。

「我試圖決定我的職責所在，」吉奎說，「有兩種職責。一種是一個醫生對他病人的責任。病人跟他說的祕密，必須保密。可是還有另一種觀點。你預料到病人有危險，你必須採取行動去避免這種危險。」

他停下來。蓋達克看著他，等著。

「好了，」吉奎說，「我想我知道該怎麼做了。我必須要求您，蓋達克探長，關於我下面要告訴您的事情，請你保密。當然不是指對您的同事，但是要考慮到外界，尤其是這棟屋子裡的人，您同意嗎？」

「我不能保證，」蓋達克說，「我不知道會發生什麼狀況。大致而言，好，我同意。也就是說，我想您提供給我的任何消息，我都應該保留在我自己和我同事之間。」

「好，聽著，」吉奎說，「這可能不代表什麼，女人在瑪力娜．葛雷這樣神經緊張的狀態下，什麼事都說得出來。我待會兒要告訴您的，就是一些她跟我說過的話。也許裡面根本沒什麼重要的。」

「她說了什麼？」蓋達克問。

「事情發生後，她崩潰了。她把我叫去。我給她服了鎮靜劑。我在她旁邊待著，握住她的手，告訴她冷靜下來，告訴她不會有什麼事。然後就在她快要失去知覺之前，她說：『這是衝著我來的，醫生。』」

蓋達克瞪大了眼睛。

「她是那麼說的嗎？後來，第二天呢？」

「她再也沒提過了。有一次我提起來，她刻意迴避。她說：『噢，您一定是弄錯了。我保證我從未說過那樣的話。我想我當時是吃多了藥，糊塗了。』」

「可是您認為她是認真的？」

「她是認真的，沒錯，」吉奎說，「這並不是說，事實就是這樣，」他警告道，「有人是想毒死她還是想毒死希瑟．貝德克，我不知道。對於這一點，可能您比我更清楚。我要說的只是，瑪力娜．葛雷確實認為並且相信那藥是衝著她下的。」

蓋達克沉默了一會兒，然後說：「謝謝您，吉奎醫生。很感激您告訴我這些事情，我了解您的動機。如果瑪力娜．葛雷對您說的事情確有事實根據，那麼這就意味著她仍然有危險？」

「這是重點，」吉奎說，「是整個事情的重點。」

「您知道有什麼理由可以支持這個說法嗎？」

「不，我不知道。」

「不曉得她為什麼這麼想嗎？」

「不曉得。」

「謝謝您。」蓋達克站起身。「我只剩一個問題，醫生。您知不知道，她是否也對她丈夫說了同樣的事？」

吉奎緩緩地搖頭。

「沒有，」他說，「我很肯定，她沒告訴她丈夫。」

他與戴蒙對視了一會兒，然後他稍微點了一下頭說：「您不需要我了吧？好了，我要回去看一看我的病人。一有可能，您就可以去和她談話。」

他離開了房間，蓋達克留在那兒，噘起嘴，輕輕地吹起了口哨。

10

「傑森回來了，」赫立・普雷斯說，「請跟我來，探長，我帶你去他的房間。」

這個房間在二樓，部分用作辦公室，部分當成客廳。家具布置得很舒適但不奢華。房間沒什麼風格，看不出使用人的個人興趣或偏好。傑森・拉帝從書桌旁站起來，上前來迎接戴蒙。這個房間完全不必有風格，戴蒙心想，它的使用人本身就充滿個性。赫立・普雷斯是個效率十足、健談、喋喋不休的人；吉奎頗有說服力和吸引力。戴蒙當下暗自坦承，此刻他面對的是一個莫測高深的人。在他的職業生涯中，蓋達克遇到並判斷過很多人。到現在他已經能完全內行地了解人們性格中潛在的特質，並且經常能理解他人的想法。但他立刻感覺到別人只能揣測到傑森・拉帝在本人允許範圍內的想法。他眼睛深沉，善於觀察卻不輕易洩漏情感。醜陋、凹凸不平的腦袋說出的話具有極高的知識水準。小丑的臉可以拒絕你，也可以吸引你。戴蒙・蓋達克思忖，這裡將是我應該坐著傾聽並用心記住的地方。

「對不起，探長，讓您久等了。我被電影公司的一些小麻煩耽擱了。您要喝一杯嗎？」

「現在不要，謝謝您，拉帝先生。」

小丑的臉突然皺了起來，那表情讓人啼笑皆非。

「這房子不是喝酒的地方，您是這麼想的嗎？」

「我並沒這麼想。」

「是呀，我想也是。好吧，探長，您想知道些什麼？我能告訴您什麼？」

「普雷斯先生非常周全地答覆了我所提的問題。」

「那些對您有幫助嗎？」

「沒有我想像的那麼有幫助。」

傑森．拉帝滿臉疑問。

「我也見了吉奎醫生。他告訴我您太太身體還很虛弱，不能回答問題。」

「瑪力娜，」傑森．拉帝說，「她很敏感。坦白說，她遭受了一場精神風暴。近在咫尺的謀殺案很可能會引起一場精神風暴，我想這點您也會承認。」

「這不是個愉快的經歷。」戴蒙．蓋達克冷冷地表示同意。

「不管怎樣，我懷疑有什麼事是我太太可以告訴您但不能從我這兒知道的。事情發生時我就在她旁邊，老實說，我比我太太觀察得更清楚。」

「我想問您的第一件事是……」戴蒙．蓋達克說，「這個問題您可能已經回答過了，但儘管如此，我還是想再問您一次……您或您的夫人以前認識希瑟・貝德克嗎？」

傑森・拉帝搖搖頭。

「根本不認識。我確定我一生中從未見過這個女人。我收到過她代表聖約翰流動醫院協會寄來的兩封信，但我直到她死前五分鐘才見到她本人。」

「可是她聲稱見過您太太。」

傑森・拉帝點點頭。

「是的，我想是在十二、三年前左右，在百慕達。一個為了支援流動醫院的大型花園派對，我想是瑪力娜主持開幕式。那天貝德克太太剛被引介過，就開始滔滔不絕地講起一段冗長離題的經歷，說什麼她雖然感冒在床但仍設法來到派對，並得到了我太太的親筆簽名。」

他臉上又一次皺起了令人啼笑皆非的微笑。

「我認為那樣很正常，探長。總有一大群人為了得到我太太的親筆簽名而大排長龍，那是他們永遠珍惜和牢記在心的一刻。這很容易理解，那是他們的生命大事。同樣很自然地，我太太不可能從上千個要求簽名的人中記得誰。坦白說，她沒有見過貝德克太太的記憶。」

「這個我十分了解，」蓋達克說，「拉帝先生，一個旁觀者告訴我，在貝德克太太跟您夫人說話的幾分鐘內，她有點心不在焉。您認為是這樣的嗎？」

「有可能，」傑森・拉帝說，「瑪力娜身體不怎麼強壯。當然她已習慣那些我所謂『做公關』的事，並且不自覺地履行她的職責。但當漫長的一天快結束時，她偶爾會感到疲勞。

當時可能就是她疲勞的時候。但我自己沒發現這個情況。不，等一等，不對……我確實記得她回答貝德克太太的話時反應慢了點。事實上，我想我輕輕碰了碰她的腹側。」

「可能有什麼讓她分了心？」戴蒙說。

「可能，但也許那只是因為疲勞而一時發生的差錯。」

戴蒙．蓋達克沉默了幾分鐘。他向窗外看去，天空陰沉沉的，籠罩著戈辛頓莊周圍的樹林。他看看牆上的畫，最後他看看傑森．拉帝。傑森．拉帝神情專注，但除此之外，沒有別的表情。沒有什麼跡象可以察覺出他的感覺。他表現得彬彬有禮，一派輕鬆自如，不過蓋達克心想，有可能完全不是這麼回事。這是個智力聰穎的人。戴蒙想，任何人都不可能從他嘴裡套出他不準備說的事，除非和他攤牌。戴蒙做了個決定。他乾脆直搗黃龍。

「拉帝先生，您是否想到過，希瑟．貝德克被毒死可能是個偶然？而凶手真正的下手對象是您夫人？」

一片沉默。傑森．拉帝的表情沒有變化。戴蒙等待著。終於傑森．拉帝重重地嘆了口氣，露出了輕鬆的神情。

「是的，」他輕聲地說道，「您說得很正確，探長。我一直都相信事情正是如此。」

「但您沒有說出這個看法，無論是對考尼許警官還是在審訊庭上？」

「是的，沒有。」

「為什麼，拉帝先生？」

「我有充分理由回答您說，這純粹是我個人一個沒有根據的想法。引導我做出這種推斷的理由會被法律所理解，而法律卻可能比我更有資格做出決定。我一點都不了解貝德克太太本人。她也許有仇家，有人可能決定在這種特殊場合上給她下致命劑量的藥物，儘管這似乎是一個非常奇怪又令人難以置信的做法。但也許這個做法的動機是，在這種公眾場合上，場面比較混亂，到場的陌生人會很多，也正因此，讓人比較難以確定下手的嫌犯是誰。我說的都是真的。但我要坦白跟您說，探長，這些不是我保持沉默的原因。我來告訴您真正的原因：因為我不希望我太太有片刻的懷疑，懷疑是她僥倖逃過了被毒死的厄運。」

「謝謝您的坦誠，」戴蒙說，「但我還是不大了解這個動機。」

「不了解嗎？可能解釋起來有點難。您必須了解瑪力娜本人，才能理解。她是個非常需要幸福和安全感的人。從物質方面來看，她的生活很成功。她在藝術上贏得了聲譽。但她個人的生活非常不幸。她一次又一次地以為自己找到了幸福而過度興奮，接著她的希望又突然間破滅，跌得粉碎。她無法過理性、謹慎的生活，蓋達克先生。在先前的婚姻生活中，她總像個讀童話故事的孩子一樣，希望以後能過著永遠幸福快樂的日子。」

令人啼笑皆非的微笑再度出現，使他醜陋的小丑臉龐突然有了一種奇怪的甜蜜感。

「然而婚姻不是那樣的，探長。它沒有永遠的狂熱。如果我們能從中獲得滿足、關愛、寧靜、樸實的幸福生活，那就很幸運了。」他補充了一句：「可能您已經結婚了，探長？」

戴蒙．蓋達克搖搖頭。

「我還沒走到那麼幸運或是不幸的地步。」他低聲說道。

「在我們生活的世界……電影界中，婚姻根本是一種職業上的危險。電影明星們經常結婚。有時幸福，有時悲慘，但婚姻很少持久。在那方面，我認為瑪力娜沒有太多的理由可以抱怨，但對一個像她這種個性的人來說，那種事就有極大的影響。她總是覺得自己很不幸，做什麼都不對勁。她總是迫切地尋找著同樣的東西：愛情、幸福、關愛和安全感。她瘋狂地想要個孩子。根據一些醫學上的看法，那種過度焦慮會阻礙目的的實現。一個非常著名的醫生建議她領養一個孩子。他說，通常領養一個孩子就會緩解她做母親的強烈願望，不久以後自然就會生個孩子。瑪力娜收養了不只三個孩子。有一段時間，她擁有了某種程度的幸福與安寧，但這感覺不踏實。您可以想像，十一年前當她發現自己懷孕時有多麼高興。她的愉悅和快樂很難形容。她當時身體狀況很好，醫生向她保證一切會順利進行。結果，您也許知道、也許不知道，她又遭遇不測。孩子，一個男孩，天生有智力缺陷，是個低能兒。這個結果很不幸，瑪力娜整個人崩潰了，大病了好多年，一直待在療養院。雖然她復元得很慢，但畢竟復元了。不久，我們結婚了，她又一次開始對生活感興趣，並且感到她可能會幸福。一開始，她要得到一份有價值的電影合約很難，每個人都懷疑她的健康狀況是否能承受得住壓力，我必須進行抗爭。」傑森．拉帝的嘴唇緊緊地闔了起來。「呃，這場抗爭成功了。我們已經開始拍片了。同時，我們買了這棟房子並著手翻修它。就在兩星期前，瑪力娜還跟我說，她是多麼幸福，說她感覺終於能夠安頓下來過過幸福快樂的家庭生活了，誰知麻煩就跟著她來了。我有一點緊張，因為通常她的希望都太樂觀。但毫無疑問，她是快樂的。她神經緊張的症狀消失了，有一種我從未見過的平靜祥和。每件事都很順利，直到……」他頓了一下，聲音突然苦澀起來。「直到這件事發生！那女人竟然死了，死在這兒！這件事本身已經夠讓人震驚的了。我不能冒險，我決心不冒這個險，不讓瑪力娜知道有人企圖要她的命。那勢必又是一次……也許是致命的打擊。那可能會促使她再一次精神崩潰。」

他直盯著戴蒙。

「現在，您了解了嗎？」

「我明白您的想法，」蓋達克說，「但是請原諒，您是不是忽略了一個問題？您告訴我，您堅信有人企圖毒死您夫人。難道這危險已不存在了嗎？如果下毒者沒成功，這種企圖不可能再重複一次嗎？」

「我當然考慮到了這一點，」傑森．拉帝說，「但我有自信……也可以說是因為有人預先警告過我了，我能夠採取一切的預防措施來保護我太太。我會注意她並安排別人看著她。最重要的是，她本人不能知道有任何危險在威脅著她。」

「那麼您認為，」戴蒙謹慎地說，「她不知道？」

「當然，她一點都不知道。」

「您能肯定？」

「當然。她怎麼也想不到有這種事。」

「可是您想到了。」戴蒙指出。

「這情況不同，」傑森．拉帝說，「從邏輯上看，這是唯一的答案。我太太沒有推理能力，而且，她猜不到有人想要除掉她。她絕對不會想到這種可能性。」

「您也許是對的，」戴蒙緩緩地說，「但這樣一來便產生了另外幾個問題。再一次，恕我直言，您懷疑是誰？」

「我無法告訴您。」

「對不起，拉帝先生，您這麼說意思是，您不能夠還是不想告訴我？」

傑森．拉帝立即表示：「不能。什麼時候都不能。我和她同樣覺得這事有些不可思議，竟然有人會討厭她，嫉恨她到做出這種事。另一方面，根據絕對充分的證據顯示，這種事的確是發生了。」

「您可以敘述一下現場的大致情況嗎？」

「如果您想要我說，可以。過程很清楚。我從一個已經準備好的酒瓶裡倒了兩杯黛綺莉酒。我拿給瑪力娜和貝德克太太。貝德克太太做了什麼我不知道。我猜她向前走了，去和她認識的某個人說話。我太太手上拿著她的酒。那時市長和他夫人到了。她放下酒杯，酒還沒碰過就去迎接他們。然後就是更多的迎接問候，一個是我們多年未見的老朋友，其他一些是本地人和一兩個電影公司的人。那段時間盛著雞尾酒的杯子就在桌子上，因為我們向樓梯頂端方向移前一點，所以當時桌子在我們身後。一兩個攝影師拍了我太太與市長談話的照片，這是在本地媒體的特別要求下拍的，我想是為了迎合本地人的喜好。拍照的時候，我拿了一些新倒的酒給幾個最後到來的客人。我太太的酒杯一定是在那段時間內被下毒的。別問我是怎麼下手的，這不可能很容易。另一方面，令人吃驚的是，如果有人膽敢公開而坦然地採取這種行動，那麼又有幾個人可能注意到呢！您問我是否懷疑某個人，我只能說，至少二十個人中的某一個可能幹了這事。您知道，人們一小堆一小堆地走動、談話，偶爾走開去看一眼房子的新裝潢。人們來來往往，川流不息。我想了又想，絞盡腦汁，實在沒有什麼特殊情況，沒有任何異樣使我懷疑某個特定的人。」

他頓了一下，滿臉怒火地嘆了口氣。

「我了解。」戴蒙說，「請說下去。」

「我敢說，下面這個部分您已經聽過了。」

「我願意從您這兒再聽一遍。」

「好吧，我回到了樓梯頂端。我太太轉身向著桌子，正拿起她的酒杯，這時貝德克太太發出一聲輕微的尖叫。一定是有人撞了她的手，酒杯從她手上掉了下來，落到地上摔碎了。瑪力娜做了女主人該做的事，她自己的洋裝也被濺上了一點酒，但她堅持說沒什麼妨礙，並拿她自己的手帕去擦貝德克太太的洋裝，還堅持讓貝德克太太喝她自己的那杯酒。我如果沒記錯，她說的是『我已經喝很多了』，情況就是那樣。但我能向您保證一點：那致命的毒藥不可能是在這之後下的，因為貝德克太太馬上就喝了那杯酒了。您知道，四、五分鐘後她就死了。我想知道，我很想知道，當下毒的人發現他的計畫全然失敗的時候，他會做何感想。」

「所有這些都是您當時想到的嗎？」

「當然不是。當時非常自然地，我推斷這女人是發生痙攣。可能是心臟病、冠狀動脈血栓，諸如此類的病。我當時沒想到是下毒。您想得到嗎？任何人想得到嗎？」

「可能想不到，」戴蒙說，「呃，您的敘述已經夠清楚了，而且您似乎對您說的事非常肯定。只是您說您並未懷疑任何特定的人，我完全不能接受這一點，您知道。」

「我向您保證這是實話。」

「我們從另一個角度來討論這個問題。在那兒有誰可能想害您太太——這麼說聽起來有點像煽情劇——她有什麼樣的仇家？」

傑森．拉帝聳了聳肩。

「仇家？仇家？很難定義仇家是什麼意思。我太太和我所處的圈子存在著許多羨慕和嫉妒。如果有機會，總是有人製造惡毒謠言，散布流言敗壞別人聲譽，做損害他人的事。但那並不意味著那些人是殺人犯，甚至是嫌犯。難道您不同意嗎？」

「是的，我同意。除了非常厭惡或嫉妒以外，一定還有別的什麼原因。過去您太太傷害過什麼人嗎？」

傑森．拉帝沒有馬上反駁，而是皺起眉頭。

「說實話，我不這麼認為。」他最後說，「而且可以說，我對這一點也想過很多次。」

「有沒有一些風流韻事，和男人的關係處不好呢？」

「當然有那種事情。我猜想，人們可能會認為，瑪力娜曾經對某個男人很不好。但沒什麼大不了的事會引起別人懷恨在心。我能肯定這一點。」

「女人呢？有女人對葛雷小姐嫉妒已久嗎？」

「呃，」傑森．拉帝說，「女人無法捉摸。我一時想不起任何特定的女人。」

「從經濟層面講，誰會從您太太的死亡中受益？」

「她的遺囑會讓很多人受益，但金額都不大。誠如您所說，在經濟方面受益的人，我想會是身為她丈夫的我；但從另一個角度說，可能是在這部片子中代替她出演的影星。當然，儘管這片子可能會叫停。這些事情都很難說。」

「嗯，我們現在不需要深入調查那些。」戴蒙說。

「您這是在向我保證，瑪力娜不會得知她處在可能的危險之中囉？」

「我們會深入調查這件事，」戴蒙說，「請您牢記，您正在冒一個相當大的險。但事情在短時間內還不會發生，因為您的夫人還在治療的過程中。現在我還想請您做一件事。請您替我盡可能準確寫下那些在樓梯頂端凹室內，或是謀殺案發生之時正在上樓的人的名字。」

「我會盡力而為，但我懷疑我做不做得到。您最好去問我的祕書艾拉．齊琳思。她記憶力非常好，而且她還有一份到場的本地人名單。如果您現在想見她……」

「我非常樂意跟艾拉．齊琳思小姐談談。」戴蒙說。

11

齊琳思面無表情地透過她的角質鏡框大眼鏡打量著戴蒙．蓋達克，對他而言，她看起來幾乎完美得不近真實。像處理公事般，她熟練爽快地從抽屜裡抽出一張打了字的紙遞給他。

「我敢確定沒有遺漏，」她說，「但可能加上一兩個當時並不在場的本地人。也就是那些可能提前離開或者沒被找到而沒被帶上樓的人。實際上，我很確定這份名單是正確的。」

「您真是非常有效率。」戴蒙說。

「謝謝。」

「在這類事情上，我完全是個無知的人……我猜您的工作要求具備很高的效率吧？」

「是的，我必須對事情一清二楚。」

「您的工作還包括什麼？您算是電影公司和戈辛頓莊之間的『聯絡員』嗎？」

「不，儘管我自然會透過電話從那兒得到消息或送出消息，但實際上我和電影公司沒有任何關係。我的工作是照顧葛雷小姐的社交生活、安排公私事，以及在某種程度上管理這棟房子。」

「您喜歡這份工作？」

「這工作的報酬很高，而且我發現它相當有趣……但沒料到會發生謀殺案。」她一本正經地補充說。

「這件事對您來說很不可思議嗎？」

「非常不可思議，以至於我要問您，您真的確定這是謀殺？」

「六倍於正常劑量的氫乙基什麼的，幾乎不可能是其他情況。」

「也許是某種意外。」

「那麼您認為這是什麼樣的意外呢？」

「比您想像的簡單，因為您不知道這裡的情況。這棟房子裡充滿了各式各樣的藥物。我說的藥物，不是指毒品。我是指適量的處方。但是我明白，大部分這類東西的致命劑量和治療的劑量相差不遠。」

戴蒙點點頭。

「這些戲劇界、電影界的人，智力都有很奇怪的偏差。有時候在我看來，你愈是個藝術天才，你日常生活的常識就愈少。」

「可能是這樣。」

「他們隨身帶著瓶瓶罐罐，藥粉、膠囊和小盒子，東一罐鎮靜劑，西一瓶補藥，什麼地方又放了提神劑，您不認為這樣非常容易把所有東西都弄混嗎？」

「我看不出這和這件案子有什麼關係。」

「嗯，我認為有關。有人，一個客人，可能想服用鎮靜劑，或者提神劑，就隨手掏出他們攜帶的小瓶子，而且可能因為他們有段時間沒服用而忘了劑量，因此就往一個杯子裡放了過多的劑量。然後他們分了神，去了別的地方，而這個叫什麼來著的太太走了過來，以為這是她的酒杯，拿起來就喝了。這不是比其他情況更可能嗎？」

「您該不會認為，這些可能性我們都沒去調查吧？」

「不，我不是這個意思。可是當時那兒有很多人，還有很多盛了酒的酒杯。您知道，拿錯酒杯並喝錯酒，這種事經常發生。」

「那麼您認為希瑟．貝德克不是被蓄意毒死的？您認為她是喝了別人杯子裡的酒？」

「我想不出有什麼比這個更可能。」

「那樣的話，」戴蒙小心地說，「那就是瑪力娜．葛雷的酒杯了。您明白嗎？瑪力娜把自己的酒杯遞給了貝德克太太。」

「或者她以為是她自己的杯子。」艾拉．齊琳思糾正他說，「您還沒和瑪力娜談過吧？她會隨手拿起任何看來像是她酒杯的杯子舉口就喝。我常常看見她這麼做。」

「她服用卡默？」

「噢，是的，我們都服用。」

「您也服用，齊琳思小姐？」

「我有時候會忍不住服用。」艾拉．齊琳思小姐說，「這些事情會耳濡目染，您知道。」

「若能和葛雷小姐談談話，我會很高興。」戴蒙說，「她……呃，似乎有好長一陣子身體非常虛弱。」

「她只是耍性子，」艾拉．齊琳思說，「誇張自己的情緒罷了，您知道，她根本沒辦法承受一樁謀殺案。」

「而您就可以承受，齊琳思小姐？」

「當你周圍的人都處在持續的激動狀態中，」艾拉冷冷地說，「你心裡會形成一股走向相反極端的欲望。」

「您學會在發生驚人慘劇時保持處變不驚，而且深感自豪？」

她思索著。

「也許，這其實不是好的性格。但我想如果不培養那種能力，你可能會把自己弄瘋。」

「葛雷小姐是個很難相處的主人嗎？」

這在一定意義上說是個私人問題，但戴蒙．蓋達克把它當作一種測試。

如果艾拉．齊琳思揚起眉毛，保持緘默，問這跟貝德克太太的謀殺案有什麼關係，他就不得不承認沒什麼關係。但是他想艾拉．齊琳思或許樂意告訴他她對瑪力娜．葛雷的想法。

「她是個偉大的藝術家，有一種個人魅力，以最不可思議的方式透過銀幕散發出來。因為這點，我覺得和她一起工作是種殊榮。但純粹從她本人的角度而言，當然，她糟透了！」

「啊。」戴蒙說。

「她不是懂得抑制感情的人。她不是興奮得像在天堂，就是情緒低落得像入了地獄，每件事都被極度誇張了。她反覆不定，而且在她面前有一大堆事情不能提起或者暗示，因為那會讓她心煩意亂。」

「比如說？」

「嗯，像是精神崩潰，或者精神病院。我想她對這點很敏感，這當然情有可原。還有任何跟孩子有關的事。」

「孩子？怎麼說？」

「呃，看見孩子或聽說別人和孩子在一起很快樂，就會讓她十分沮喪。如果她聽說有人要生孩子或剛生了孩子，會立即陷入痛苦的深淵。您知道，她自己永遠也不可能再生小孩了，而她唯一親生的小孩又有點不正常。您是不是知道那件事？」

「我已經聽說了，是的。這實在很悲慘、很不幸。但是過了這麼多年，她應該會稍微遺忘吧。」

「她沒忘，她一直為這件事所困擾。她總是想著它，鬱鬱寡歡。」

「拉帝先生對這件事怎麼想？」

「噢，那不是他的孩子。那是她的前夫伊西多．賴特的。」

「啊，對了，她的前夫。他現在住在哪兒？」

「他再婚了，住在佛羅里達。」艾拉．齊琳思立刻說道。

「您認為瑪力娜．葛雷的一生中結了很多仇家嗎？」

「不是特別多。也就是說，不是很多。你總是會和別的女人或男人爭吵，為了合約或爭風吃醋而吵，都是這些事情。」

「就您所知，她有害怕什麼人嗎？」

「瑪力娜？害怕什麼人？我不這麼認為。為什麼？她應該害怕嗎？」

「我不知道。」戴蒙說，他拿起名單。「非常感謝您，齊琳思小姐。如果還有其他我想了解的事，我會再來的，可以嗎？」

「當然可以。我非常想……我們都希望幫上忙。」

§

「好了，湯姆，你給我帶了什麼來呀？」

提德勒警佐會意地咧開嘴笑了笑。他的名字不叫湯姆，而叫威廉，然而湯姆．提德勒這個全名，他的同事總是記不牢。

「你給我蒐集了什麼有價值的東西回來？」蓋達克繼續說道。

這兩人正在藍野豬旅館的酒吧，提德勒在電影公司待了一天，剛從那兒回來。

「有價值的東西很少。」提德勒說，「沒什麼街談巷議，沒有驚人的謠言。有一兩個自殺的說法。」

「為什麼是自殺？」

「他們認為也許她和丈夫吵了架，故意要讓他感到歉疚……這是村民的看法，但她其實不打算自殺。」

「我不認為這是個非常有用的線索。」戴蒙說。

「是的，當然沒用。他們根本不知道這件事。除了他們自己在忙的事，他們什麼都不知道。那都是些非常專業的東西，那兒充滿了『節目必須繼續下去』的氣氛，或者應該說『電影必須繼續下去』或『拍攝必須繼續』……我不知道正確的術語怎麼說。他們只關心瑪力娜．葛雷什麼時候能回來拍片。她以前曾有一兩次由於精神崩潰搞砸了片子。」

「整體而言，他們喜歡她嗎？」

「我想他們認為她是討厭鬼，但儘管那樣，在她有心情迷住他們的時候，他們就是會被她弄得神魂顛倒。對了，她丈夫對她相當關愛。」

「他們認為他怎麼樣？」

「他們認為他是有史以來最好的導演還是製片人什麼的。」

「沒有他和別的影星或女人搞在一起的傳聞嗎？」

湯姆．提德勒瞪大了眼睛。

「沒有，」他說，「沒有。沒有半點這類跡象。怎麼，你認為可能有嗎？」

「我懷疑，」戴蒙說，「瑪力娜．葛雷相信那個致命的藥物是衝著她放的。」

「她這麼認為？她的想法正確嗎？」

「我想，幾乎確定是這樣，」戴蒙說，「不過這不是重點，重點是她沒告訴丈夫這個想法，而只告訴了她的醫生。」

「你認為她不告訴他，是因為……」

「我只是懷疑，」蓋達克說，「她是不是在潛意識裡認為是她丈夫下的手。醫生的態度有點奇怪。我之前應該想到這點，但我當時沒想到。」

「呃，電影公司沒有這種傳聞，」湯姆說，「這種事傳得很快。」

「她自己沒有和其他男人糾纏在一起嗎？」

「沒有，她好像對拉帝很專情。」

「沒有關於她過去的小道消息嗎？」

提德勒咧嘴笑了。

「沒有任何你每天在電影雜誌上看不到的東西。」

「我想我得去看一點，」戴蒙說，「感受一下氣氛。」

「他們說的以及影射的事情可多的哩！」提德勒說。

「不曉得，」戴蒙若有所思地說，「我的瑪波小姐看不看那些電影雜誌。」

「是住在教堂旁邊那棟房子裡的老太太嗎？」

「是的。」

「他們說她很厲害，」提德勒說，「說這兒沒有瑪波小姐不知道的事情。也許她不怎麼了解電影界的人，但她應該能給您一些和貝德克家有關的內幕。」

「不像從前那麼簡單了。」戴蒙說，「這兒崛起了一個新的社交圈。一個住宅區，大型社區。貝德克家是新搬來的，住在那兒。」

「我沒怎麼打聽本地人的事，」提德勒說，「我把注意力集中在影星的性生活以及類似的事情上。」

「你沒帶回什麼線索，」戴蒙咕噥道，「瑪力娜．葛雷的過去怎麼樣？有關於這方面的事嗎？」

「她結了很多次婚，但也沒有太多。據說她的第一任丈夫不想和她分手，但他是個很普通的傢伙，是個 realtor[13] 或類似的什麼。對了，什麼是 realtor？」

「我想意思是在房地產業界工作。」

「噢，唉，反正他的前途不怎麼看好，因此她擺脫他，嫁給一個外國的伯爵還是貴族。那沒持續多久，但似乎沒受什麼傷害。她一下就甩了他又與第三個人結婚。是影星羅伯．楚斯克。據說兩人天雷勾動地火。他的太太不想放他走，但最後不得不接受事實。他付了一大筆贍養費。就我的理解，他們每個人手頭都很拮据，因為都得付給前妻很多贍養費。」

「但是這次婚姻也出問題了？」

「是的。我想，她是被拋棄的一方。不過一兩年後又有了另一個驚天動地的愛情故事，對方是一個叫伊西多什麼的人，一位劇作家。」

「真是奇特的一生。」戴蒙說，「好了，我們現在暫時打住吧。從明天開始，我們要做一些艱苦的工作。」

「比如說？」

「比如說檢查一下我手上這份名單。我們應該能夠從二十個古怪的名字中排除掉一些，然後從剩下的人當中尋找這個X。」

「知道X是誰了嗎？」

「不知道。那是說如果不算傑森・拉帝的話。」

他苦笑著補充了一句：「我必須去瑪波小姐那兒了解一下本地的情況。」

13 realtor 為美式用法，意為房地產經紀人。

12

瑪波小姐正在進行她自己的調查。

「您真好，詹森太太，您太親切了。真是感激不盡。」

「噢，別客氣，瑪波小姐。我很高興能滿足您的要求。我想您想要最近幾期的？」

「不，不，不一定，」瑪波小姐說，「事實上我比較想要舊幾期的。」

「好吧，那麼就給您這些，」詹森太太說，「這兒有一疊。而且您放心，少了這些對我們沒關係。您想看多久就看多久。噢，您拿著太重了。珍妮，你的頭髮燙得怎麼樣了？」

「她已經燙好了，詹森太太。已經沖洗過，現在正在吹乾。」

「那樣的話，親愛的，你乾脆陪瑪波小姐走一趟，幫她拿這些雜誌。不，真的，瑪波小姐，一點都不麻煩。我們向來樂意幫您忙。」

瑪波小姐心想，人們真是善良啊，尤其是，他們已經認識你一輩子了。詹森太太在經營了多年的髮廊之後，卯足勁繼續在她經營的事業中前進，重新油漆了招牌，還稱自己為「黛安，髮型設計師」。這個髮廊保留了很多以前的東西，並且以同樣的方式滿足顧客的需要。它讓你的頭髮燙得漂亮又定型；它也替年輕一代做造型和修剪，即使弄得一團糟，也會被接受而不致遭到太多責備。但是詹森太太的顧客群仍是那票頑固守舊的中年婦女，她們在其他地方很難做出想要的髮型。

「哎呀，乖乖。」雀莉說。這是第二天早晨，她正準備在交誼廳——她在心中仍然這麼稱呼它——用那台要命的胡佛真空吸塵器。「這些是什麼？」

「我正在試著，」瑪波小姐說，「自修一點電影圈的知識。」

她說著把《電影新聞》放到了一邊，又拿起《群星璀璨》。

「這實在非常有趣。讓人想起那麼多的事。」

「他們的生活一定很棒。」雀莉說。

「專業化的生活，」瑪波小姐說，「高度專業化。它讓我想起一個朋友以前告訴我的事情。她是個醫院護士。同樣單純的情節，同樣流言蜚語和謠言滿天飛，那種英俊醫生製造的浩劫。」

「您這個興趣來得相當突然，不是嗎？」雀莉說。

「現在要打毛衣已經很費勁了。」瑪波小姐說，「當然這些印刷字體相當小，但我還是能用放大鏡看。」

雀莉在一旁奇怪地看著。

「那些您感興趣的東西，」她說，「總是讓我吃驚。」

「我對每件事情都感興趣。」瑪波小姐說。

「我是指，在您這樣的年紀還研究新的學科。」

瑪波小姐搖搖頭。

「它們其實不是新學科。我感興趣的是人性，你知道，而人性是大致相同的。無論是電影明星、醫院護士還是聖瑪莉米德的人，或者，」她深思著補充道：「住在新社區的人。」

「我看不出我和一個影星會有什麼相似之處，」雀莉哈哈大笑。「太可惜了。我猜是瑪力娜・葛雷和她丈夫到戈辛頓莊來住這件事，讓您開始關注這些。」

「是那件事以及那兒發生的悲慘事件。」瑪波小姐說。

「您是指，貝德克太太？她真是倒楣。」

「你認為在……」瑪波小姐頓住了，把「新社區」收回嘴邊。「你和你的朋友怎麼看這件事？」她把問題修改了一下。

「這是件怪事，」雀莉說，「看起來好像是謀殺，儘管警方很小心翼翼，不敢說得這麼直接。可是，看起來就像謀殺案。」

「我看不出有其他可能。」瑪波小姐說。

「不可能是自殺，」雀莉也同意，「希瑟・貝德克不會自殺。」

「你和她很熟嗎？」

「不，不怎麼熟，根本不熟。她是個有點愛管閒事的人，您知道。總是要你參加這個，參加那個，或出席某某會議什麼的。她有太多的精力，我想，她丈夫有時會有點厭煩。」

「她似乎沒有什麼真正的仇敵。」

「以前人們有時會受不了她。問題是，除非是她丈夫，我不知道還有誰可能謀殺她。而他是很謙和溫順的那種人。不過，據說懦夫也有反抗的時候。我聽說克里本[14]是個很和善的男人，還有那個叫黑格[15]的……那個把被害人用強酸醃起來的人，他們說他非常有魅力！所以世事難料，不是嗎？」

「可憐的貝德克先生。」瑪波小姐說。

「而且大家說那天在派對上他心煩意亂，表情緊張，我是說在那件事發生之前，但是人們總是在事後才繪聲繪影。如果您問我，我會說，他現在的氣色看來比他這些年來都要好，似乎更有精神和幹勁了。」

「真的嗎？」瑪波小姐問。

14 克里本（Hawley Harvey Crippen），英國一九一〇年著名的殺妻案凶手，案發後偽裝逃逸，在乘往美洲的輪船上被逮捕。

15 黑格（John George Haigh），英國連續殺人犯。

「沒人真的認為是他下的手。」雀莉說，「只是如果不是他，那是誰？我忍不住認為一定是某種意外事故。意外確實在所難免。比如說，你認為你知道蘑菇的一切知識，就出去採了一些。一個毒蘑菇混了進去，然後呢，你極為痛苦地滾來滾去。如果醫生及時趕到，那就算你走運。」

「雞尾酒和雪利酒杯似乎不會造成意外。」瑪波小姐說。

「噢，這我不知道，」雀莉說，「一瓶什麼液體或者別的什麼，可能會不小心混進來。我認識的一個人，有一次喝了一劑濃縮滴滴涕[16]，後來病得非常厲害。」

「意外，」瑪波小姐沉思道，「是的，當然這似乎是最好的結果。我必須說，我不相信希瑟·貝德克這件案子是蓄意謀殺。我不會說那不可能，沒有什麼事是不可能。但這件事又好像不是那樣。不，我想真相在這裡的某個地方。」

她沙沙地翻著她的雜誌，又拿起了另一本。

「您是說，您在尋找某人的某個特別故事嗎？」

「不是，」瑪波小姐說，「我只是在尋找奇聞妙事，還有某些……某些也許有幫助的小事情。」

她又回去細細閱讀雜誌，雀莉把吸塵器移到了樓上。瑪波小姐的臉紅撲撲的，讀得津津有味。因為她現在已經有些輕微的重聽，所以沒聽見有個腳步聲穿過花園小徑朝著客廳窗口而來。直到一絲陰影投到書頁上，她才抬起頭。戴蒙·蓋達克站在那兒，對著她微笑。

「在做你的家庭作業吧，我想。」他說。

「蓋達克警官，見到你真高興。你抽空來看我真是太好了。要來杯咖啡還是雪利酒？」

「來杯雪利酒好了。」戴蒙說。「你別起來。」他又說，「我自己進去要。」

他繞道走了側門。不久就回來和瑪波小姐坐在一起了。

「好了，」他說，「這些東西給了你什麼想法嗎？」

「太多的想法了。」瑪波小姐說，「我很少感到震驚，你知道，但是這次確實讓我有點震驚。」

「什麼，電影明星們的私生活嗎？」

「噢，不是，」瑪波小姐說，「不是那個！那樣的環境，還涉及了金錢以及相互親近的機會，那一切似乎再自然不過了。哦，那是非常自然的。我是指他們的寫法，你知道我相當傳統，而我覺得這應該禁止。」

「這就是新聞，」戴蒙．蓋達克說，「一些十分下流的事情能用合理的評論方式說出來。」

「我知道，」瑪波小姐說，「這有時候讓我非常生氣。我想，你認為我讀這些東西非常

16　滴滴涕（Dichloro-Diphenyl-Trichloroethane, DDT），一種強效殺蟲劑。

愚蠢，可是我確實想親身體驗各種經歷，但光坐在這房子裡，我實在是無法獲知我想知道的訊息。」

「這也正是我的想法，」戴蒙・蓋達克說，「所以我來告訴你一些消息。」

「但是，我親愛的孩子，請問，你的上級真的同意你這麼做嗎？」

「我看不出這有何不可。」戴蒙說，「我這兒有一份名單。上面是在希瑟・貝德克到達至她死亡這一小段時間內，在樓梯平台上的人的名字。我們已經排除了很多人……可能有些魯莽，但我不這麼認為。我們排除了市長和他夫人、某位郡議會參事和他夫人，以及許多本地人，不過我們保留了她丈夫。要是我沒記錯，你總是對死者丈夫非常懷疑。」

「他們經常是明顯的嫌犯，」瑪波小姐頗感歉意地說，「而明顯的事，事後常常證明是正確的。」

「我完全贊同你的意見。」蓋達克說。

「但你指的是誰的丈夫，我親愛的孩子？」

「你認為是哪個？」戴蒙問。

他銳利的目光直視著她。

瑪波小姐看著他。

「傑森・拉帝？」她問。

「啊！」蓋達克說，「你的想法和我不謀而合。我認為不是亞瑟・貝德克，因為你知道，我認為希瑟・貝德克不是蓄意被殺的。我認為凶手的目標是瑪力娜・葛雷。」

「那看來幾乎是肯定的，不是嗎？」瑪波小姐說。

「既然，」蓋達克說，「我們都同意這一點，範圍就拓寬了。告訴你那天誰在那兒，他們看見了誰或者說是看見了誰，他們在哪兒或者說是在哪兒，這些事是如果你在那兒，你自己也可能觀察到。因而我的上司們，如你所稱，不可能反對我和你討論，對吧？」

「說得非常好，我親愛的孩子。」瑪波小姐說。

「我來說說我聽到的大致情況，然後我們再來看名單。」

他簡略地說了一下他打聽到的情況，然後出示了名單。

「凶手一定在這些人當中，」他說，「我的教父亨利・克什林爵士告訴過我，說你曾經在這兒發起一個俱樂部。你們把它叫作『週二夜間俱樂部』。你們一起吃晚飯，然後有人會講個故事，一個發生在真實生活中、結局成謎的故事，只有講故事的人知道答案。我的教父說，每次你都猜對了。所以今天早上，我想要過來看看你能否幫我猜一猜。」

「那些根本不值一提，」瑪波小姐語帶責怪地說，「但是我有一個問題要問。」

「是什麼問題？」

「孩子們怎麼樣了？」

「孩子們？她只有一個孩子啊。在美國療養院裡，是個低能兒。你是指那個嗎？」

「不是，」瑪波小姐說，「我不是指那個。當然，那很悲慘，是一個偶然發生的悲劇，不是任何人的責任。不，我是指，在這篇文章中提到的孩子。」

她輕輕敲著面前的雜誌。

「瑪力娜收養的孩子。我想，是兩個男孩，一個女孩。其中一個孩子是來自英國，一個生了很多孩子但沒錢撫養他們的母親寫信給她，問她是否能收養一個孩子。文章中充斥著愚蠢虛假的感情，說什麼這位母親很偉大無私，還有這個嬰兒將擁有美好的家庭、教育和未來。我找不到另外兩個孩子的深入報導。一個我想是個外國難民，另一個是個美國兒童。瑪力娜．葛雷先後收養了他們。我想知道他們後來怎麼樣了。」

戴蒙．蓋達克好奇地看著她。

「你會想到這個真是奇怪。」他說，「我自己對那些孩子隱隱約約也有點好奇。但您是怎麼把他們串聯起來的？」

「呃，」瑪波小姐說，「就我所知，他們現在沒和她住在一起，對吧？」

「我想他們還受她撫養。」蓋達克說，「我想收養孩子的法律會堅持這一點。可能有人託管著移交給他們的錢。」

「所以當她……厭倦了他們的時候，」瑪波小姐在說「厭倦」這個詞之前稍微頓了頓。「他們就被打發走了，在幫他們準備了條件優越的奢華環境之後。是這樣嗎？」

「也許，」蓋達克說，「我不十分清楚。」他驚訝地看著她。

「孩子的心思很細密，你知道，」瑪波小姐點著頭。「他們對事物的感受力比我們想像的要強烈。受傷害的感覺，被拒絕的感覺，沒有歸屬的感覺，這些痛苦不會因為優越的物質條件而平復。教育無法彌補，舒適的生活、有保障的收入、就業的順利，都無法補償回來。這是會一直痛苦下去的事。」

「是的。但這麼想是不是太離譜了？好了，你的想法到底如何？」

「我沒想那麼遠，」瑪波小姐說，「我只是想知道他們現在在哪兒，還有他們多大了？從這兒寫的來看，我想他們已經成年了。」

「噢，我想我能查清楚。」戴蒙．蓋達克緩緩說道。

「噢，我不是想干擾你，也不是在暗示你我的小小想法非常有價值。」

「去查證一下也沒什麼害處。」戴蒙．蓋達克說。

他在他的小本子上做了個記號。

「現在你想看看我的名單嗎？」

「我真的不認為在這件事上我派得上用場。你明白，我不知道這些人是誰。」

「噢，我可以給你來個現場評述。」蓋達克說，「我們開始吧。傑森．拉帝，她丈夫（丈夫總是有很大的嫌疑），每個人都說傑森．拉帝很愛她。這事本身就可疑，你不這麼認為嗎？」

「不一定。」瑪波小姐鄭重地說。

「他非常積極地隱藏他太太是攻擊目標這個事實。他絲毫沒有將這種懷疑對警方暗示過。我不知道他為什麼認為我們傻得想不到這件事。我們從一開始就考慮到這點了。不管怎麼說，那是他的說法。他害怕那個事情會傳到他太太的耳朵裡，導致她產生心理恐慌。」

「她是那種會恐慌的女人嗎？」

「是的，她有神經衰弱，精神容易崩潰，喜怒無常，情緒波動得非常厲害。」

「這並不表示她缺乏勇氣。」瑪波小姐反駁道。

「另一方面，」蓋達克說，「如果她很清楚她是攻擊目標，也有可能她知道是誰幹的。」

「你是說，她知道是誰幹的，但不想揭露出事實真相？」

「我只是說有這個可能性。如果是這樣，我很納悶她為什麼不說出來？看起來她的動機也就是事情的根源，因為她不想讓她丈夫知道一些事。」

「這是個有趣的想法。」瑪波小姐說。

「這兒還有幾個名字。祕書，艾拉．齊琳思。一個極為有能力、效率高超的年輕女性。」

「你認為她愛著那個丈夫？」瑪波小姐問。

「我是這麼認為。」蓋達克說，「可是為什麼你也會這麼想？」

「呃，這種事經常發生，」瑪波小姐說，「而且我想，她因此不很喜歡可憐的瑪力娜．葛雷？」

「所以可能有謀殺的動機。」蓋達克說。

「很多祕書和傭人都和她們女主人的丈夫相愛，」瑪波小姐說，「但只有非常、非常少的人試圖毒死她們。」

「嗯，我們必須容許例外的存在，」蓋達克說，「然後，有兩個本地和一個倫敦來的攝影師、兩名報社的人。他們似乎都沒有嫌疑，但我們會追查到底。有個女人是瑪力娜的第二任還是第三任丈夫的前妻。瑪力娜搶走她的丈夫時她很不高興。不過這已經是十一、二年前的事了。她似乎不可能在這個時候才懷著毒死瑪力娜的目的造訪此地。還有個叫亞威克．芬恩的男人。他曾是瑪力娜．葛雷的一個密友。他已經有很多年沒見她了，沒人知道他人在英國，當天他在這個場合出現時引起眾人譁然。」

「她看見他會嚇一跳嗎？」

「大概會。」

「嚇一跳……或許更感到恐懼。」

「『厄運降臨到了我頭上，』」蓋達克說，「就是這個意思。再接著是叫赫立．普雷斯的青年，那天他躲在一邊做他的事情。他說了一堆，但什麼也沒聽見，什麼也沒看見，毫不知情。他似乎太急於表達這種意思。這能讓你想起什麼嗎？」

「沒有，」瑪波小姐說，「有很多有趣的可能性。但我仍想了解那些孩子更多的情況。」

他驚詫地看著她。

「對這件事你相當堅持，是嗎？」他說，「好吧，我會查出來。」

13

「我想不可能是市長吧？」考尼許警官悵然地說。

他拿鉛筆輕輕敲著那張列了名單的紙。戴蒙咧開嘴笑了。

「你失望了嗎？」他問。

「我當然失望。」考尼許說，「那個自大、假仁假義的偽君子！只要有機會，人人莫不喊打。多年來，他仗勢欺人，耍威風、擺架子，貪汙到了極點！」

「你們沒辦法讓他下台嗎？」

「沒有。」考尼許說，「他非常滑頭。他在法律上總是站得住腳。」

「這個想法很棒，我同意。」戴蒙．蓋達克說，「但是法蘭克，我認為你必須把這個假想從你腦海裡除掉。」

「我知道，我知道。」考尼許說，「他是一種可能性，但這種可能性過於不切實際。還有什麼人？」

兩人再次研究那份名單。上面還有八個名字。

「確定沒有人被漏掉嗎？」蓋達克說，語氣帶著隱約的疑問。

考尼許答說：「我想可以肯定所有的人都在這兒了。班崔太太之後是牧師，再之後是貝德克夫婦。那時樓梯上有八個人。市長夫婦，南方農場的約書亞．格賴斯和他太太。馬奇班罕赫勒德—阿格斯公司的唐諾．麥尼爾。美國的亞威克．芬恩。美國的蘿拉．布魯斯，電影明星。都在這兒。另外，一個自認為是藝術家的倫敦攝影師，在樓梯角上擺了一架照相機。如果照你所說，班崔太太形容瑪力娜．葛雷那『凝固的表情』是因她在樓梯上看見了某個人，那麼你就得在這些人之中選擇。很遺憾，市長被排除在外了。格賴斯夫婦也是，我想他們從未離開過聖瑪莉米德。那就剩下四個人。本地記者不太可能，女攝影師在那兒已有半小時，所以這天瑪力娜．葛雷反應為什麼這麼慢？還剩下誰？」

「從美國來的不祥陌生人。」蓋達克微微地笑了笑。

「你說對了。」

「我同意，目前為止他們是最可疑的份子，」蓋達克說，「他們出人意料地出現。亞威克．芬恩是瑪力娜多年未見的舊情人。蘿拉．布魯斯是瑪力娜．葛雷第三任丈夫的前妻，他為了娶瑪力娜而和她離了婚。我想，離得不是很愉快。」

「我把她當作頭號嫌疑犯。」考尼許說。

「是嗎，法蘭克？在隔了十五年，並且自己也結了兩次婚之後？」

考尼許說，女人心海底針。戴蒙接受了這句格言，但表示對他來說這還是相當怪異。

「但你同意兇手就是他們其中一個？」

「有可能。但我不喜歡這個想法。那些請來負責招待飲料的人呢？」

「不考慮我們聽過那麼多次的『凝固的表情』了嗎？嗯，我們已經大致調查過了。貝辛市場的外燴公司負責這項工作，我是說，這個派對。事實上在這棟房子裡由管家朱塞佩負責，還有兩個電影公司餐廳來的本地女孩。她們兩個我都認識，不太聰明，但是絕對無害。」

「又把事情推回給我了，是嗎？我要去和那位年輕記者談談。他也許看見了什麼有用的事。然後我要去倫敦。亞威克．芬恩，蘿拉．布魯斯，還有女攝影師，她叫什麼名字？瑪歌．彭絲。她也可能看見了什麼。」

考尼許點點頭。

「蘿拉．布魯斯是我最大的賭注。」他說，他奇怪地看著蓋達克。「你似乎不像我這麼懷疑她。」

「我只是在考慮它的困難性。」戴蒙緩緩說道。

「困難性？」

「把毒藥放進瑪力娜的酒杯而不讓任何人看見。」

「這，對每個人不都是一樣困難嗎？這是個瘋狂的舉動。」

「我同意這是個瘋狂的舉動，但是對蘿拉．布魯斯這樣的人來說，這是個比其他人更瘋狂的舉動。」

「為什麼？」考尼許問。

「因為她是位貴賓，她是個名人，大人物，每個人都會看著她。」

「這倒是。」考尼許坦承。

「本地人會用手肘碰碰彼此，互相提醒，竊竊私語並盯著她看，而且在瑪力娜．葛雷和傑森．拉帝迎接她之後，她會由祕書來照顧。那很不容易，法蘭克。無論你多麼機敏，都不能保證沒有人看見你。這兒有個潛伏的障礙，而且是個大障礙。」

「我說過，那個障礙不是對任何人都一樣嗎？」

「不，」蓋達克說，「噢，不，絕非如此。想想管家朱塞佩吧。他在忙著準備飲料和酒杯，忙著倒飲料、遞飲料。他可以在酒裡放一撮或一兩片卡默，而且非常容易。」

「朱塞佩？」法蘭克．考尼許表示，「你認為是他幹的？」

「這個想法沒有根據，」蓋達克說，「但我們可以找出一個根據。換句話說，一個明顯的動機。是的，可能是他下的手。或者可能是外燴公司的一名工作人員幹的，不幸的是他們不在場，很可惜。」

「也許有人為了這個目的而故意混進外燴公司內部？」

「你的意思是，事情也許是預謀？」

「我們還不知道任何相關情況，」蓋達克惱怒地說，「我們什麼也不知道。非得從瑪力娜．葛雷或者她丈夫嘴裡挖出我們想知道的事不可。他們一定知道或者有懷疑，但是他們不說。而我們還不知道他們為什麼不說。我們還有很長的路要走。」他頓了一下，接著繼續說：「別太相信那個『凝固的表情』，那可能純粹是個巧合，還有其他人有可能輕鬆地幹下這件事。祕書小姐艾拉．齊琳思，她也在忙著張羅酒杯，忙著把飲料遞給客人，沒人會特別注意她。這同樣也適用於那個瘦得像竹竿似的年輕人，我忘了他的名字。赫立……赫立．普雷斯？對。他們都有很好的機會。事實上，如果他們想除掉瑪力娜．葛雷，那麼在公共場合會安全得多。」

「還有別人嗎？」

「呃，丈夫總是包括在內。」蓋達克說。

「又回到了丈夫的身上。」考尼許微微一笑說，「在還未意識到瑪力娜．葛雷是預定的受害者之前，我們懷疑是那個可憐的傢伙——貝德克下的手。現在我們又把懷疑轉移到了傑森．拉帝身上。但是我想，他看起來非常忠心。」

「他的忠心是出了名的，」蓋達克說，「不過事情很難說。」

「要是他想擺脫她，離婚不是更容易嗎？」

「這樣就太尋常了，」戴蒙說，「也許這件事有很多我們還不知道的內幕。」

電話鈴響了。考尼許拿起話筒。

「什麼？是嗎？給我接通。是的，他在這兒。」

他聽了一會兒，然後用手捂住話筒看著戴蒙。

「瑪力娜．葛雷小姐現在覺得好多了，」他說，「她已經準備好接受訊問了。」

「在她改變主意之前，我最好趕快去。」戴蒙．蓋達克說。

§

艾拉．齊琳思在戈辛頓莊接待了戴蒙．蓋達克。她和以往一樣，精力充沛，效率十足。

「葛雷小姐正等著您，蓋達克先生。」她說。

戴蒙饒有興致地看著她。從一開始他就發現艾拉．齊琳思的個性耐人尋味。他曾暗忖「撲克臉也不過如此」。她極度流暢地回答了他提出的所有問題，沒有顯出隱瞞的態度，但是她究竟對於這件事有何看法、做何感想，甚至知道些什麼，他仍然毫無概念。在她聰明而高效率的盔甲下似乎沒什麼漏洞。她實際知道的也許比她說的要多；搞不好她知道得很多。他唯一能肯定的是，她愛著傑森．拉帝，但他不得不暗自坦承，他並沒有什麼理由可以證明。他以前就說過，這是祕書的職業病。這很可能並不意味什麼，但是，這至少提供了一個動機，並且他肯定，相當肯定，她隱瞞著什麼。也許是愛，也許是恨，也許，非常單純地，是罪惡感。她也許在那個下午趁機動手，或是事前經過詳細謀畫。他可以想像著她輕鬆自如地扮演凶手的角色，直到行凶完畢。她態度從容，動作迅速，四處走動，招待賓客，替賓客遞酒杯，拿走杯子，她的眼睛記下瑪力娜放下酒杯的位置。然後，也許就在瑪力娜迎接美國來客、周圍充滿驚訝和歡樂的叫聲，而且每個人的眼睛都轉向他們的時候，她悄悄地把致命劑量的藥物放入那個酒杯。這需要大膽、沉著、敏捷……所有這些特質她都具備了。無論她做了什麼，在她進行的時候絕不會顯出內疚的表情。做案手法簡單、高明，幾乎篤定成功。但是百密一疏。在相當擁擠的場地有人輕輕撞了一下貝德克太太的手臂。她的酒打翻了，生性大方的瑪力娜．葛雷迅速端出自己那杯沒動過的酒。於是，另一個女人當了替死鬼。

太多純粹的推理，所以很可能就此事而言是一派胡言，戴蒙．蓋達克暗自想道。他禮貌地詢問了一下艾拉．齊琳思。

「齊琳思小姐，有件事想問您。那天的餐飲是貝辛市場的一個公司包辦的，對吧？」

「對。」

「為什麼選了那家公司？」

「我也不知道，」艾拉說，「那不屬於我的職責範圍。我知道拉帝先生認為雇用本地人比雇用倫敦的公司要合適。在我們看來，這只是小事一樁。」

「確實。」

他注視著她，她站在那兒微微蹙著眉頭，眼睛朝下看著。一個光滑飽滿的額頭，堅毅的下巴，相當性感的輪廓……如果可以這麼說的話。嘴的線條很硬，充滿著渴望。眼睛？他驚訝地看著。她的眼眶紅了。他很納悶。她哭過了嗎？看起來像是。不過他打賭她不是那種會哭的年輕女性。她抬起頭來，好像明白了他的想法，掏出手帕狠狠地擤起鼻涕來。

「您感冒了。」他說。

「不是感冒，是花粉症，一種過敏症，真的。每年這個時候我總是要犯一次。」

一陣輕輕的鈴聲傳了過來，這房間內有兩支電話，一支在桌上，另一支在角落的桌上。響的是在角落的那支。艾拉·齊琳思走過去拿起話筒。

「是的，」她說，「他在這兒。我立刻就帶他上來。」

她放下話筒。

「瑪力娜準備見您了。」她說。

§

瑪力娜·葛雷在二樓的一個房間內接待了蓋達克，這顯然是她臥室外面的私人客廳。聽過別人對她虛弱身體和精神狀態的描述，戴蒙·蓋達克原本以為會見到一個令人不安、病懨懨的人。但是儘管瑪力娜半靠著沙發，她的聲音卻洪亮有力，眼睛也炯炯有神。她沒上什麼妝，卻也看不出她的年齡。他被她那已經淡化卻仍光芒四射的美豔震懾住了。她臉頰和下巴的曲線細緻優美，頭髮那樣蓬鬆而自然地垂下來，勾勒出臉部的輪廓，長長的海水綠雙眼，描過的眉毛有某種人工美，但麗質天生占了大半，還有熱情甜美的微笑，所有這一切都有一種難以形容的魅力。她說：

「您是蓋達克探長？我表現得太丟人了，我真心道歉。在這件可怕的事情發生後，我精神崩潰了。本來應該振作起來，但我沒有。我為自己感到羞恥。」

一個帶有悔意卻甜蜜的微笑在嘴角漾起。她伸出一隻手，他與她握了手。

「您感到心煩意亂是自然的。」他說。

「大家都心煩意亂。」瑪力娜說，「我無權抱怨我比其他人更為困擾。」

「是嗎？」

她看了他一會兒，然後點點頭。

「是的，」她說，「您真是明察秋毫。是的，是這樣。」

她眼睛向下看著，細長的食指輕輕敲著沙發扶手。這個手勢他在她的一部片子裡見過。這是個沒有意義的動作，但似乎又意味深長。它帶著一種沉思的溫柔。

「我是個懦弱的人。」她說，仍然低垂著眼簾。「有人想殺我而我不想死。」

「為什麼您認為有人想殺您？」

她的眼睛睜得大大的。

「因為那是我的酒杯，我的酒，被動了手腳。那個可憐的傻女人喝了它只是個偶然的錯誤。正因如此，此事才令人感到如此恐怖又悲慘。而且……」

「而且什麼，葛雷小姐？」

她好像有點猶豫該不該再說下去。

「您還有其他理由判斷您是原定的受害者？」

她點點頭。

「什麼理由，葛雷小姐？」

她頓了好一會兒，才說：「傑森說，我必須把相關的一切都告訴您。」

「那麼您已經向他吐露實情了？」

「是的，起初我不想告訴他，但吉奎醫生叫我必須說。後來我發現他也這麼認為，他一直都有這個想法。可是，說來實在好笑，」一個充滿遺憾的苦笑再次在她的嘴角浮起，「他不想告訴我，為了怕我受打擊。真是的！」瑪力娜突然用力坐了起來。「親愛的金克！他以為我是個什麼都不懂的傻瓜嗎？」

「葛雷小姐，您還沒說為什麼您認為有人想殺您。」

她沉默了一會兒，接著突然身子一動，一把抓過她的手提包，打開，掏出一張紙，塞到他手中。他看了，上面打著一行字：

別以為你下次逃得過。

蓋達克機警地問：「您是什麼時候收到它的？」

「我洗完澡回來時，它就放在我的梳妝台上。」

「那麼是這屋子裡的某個人？」

「不一定。可能有人爬上我窗戶外面的陽台，把它放在那兒。我想他們是想繼續恐嚇我，但實際上我並不害怕，只是覺得非常氣憤，才捎信讓您來見我。」

戴蒙・蓋達克笑了。

「到底是誰送的紙條，結果可能出人意料。您是第一次收到類似的紙條嗎？」

瑪力娜又猶豫了一下，然後說：「不，不是。」

「您能告訴我其他字條的情況嗎？」

「那是三個星期前我第一次到這兒來的時候。是在電影公司，不是這裡。非常可笑，只是一張紙條。那次不是用打字機打的，是用大寫字母寫的。上面說：『準備去死吧。』」

她大聲笑了起來，笑聲中微微帶著歇斯底里，卻十分真實。

「可笑極了，」她說，「當然，我們總會收到奇怪的紙條，恐嚇什麼的。我認為這可能是認真的，您知道。是那些不喜歡女影星的人寫的。我就把它撕了，扔進廢紙簍裡。」

「這件事您告訴過任何人嗎，葛雷小姐？」

瑪力娜搖搖頭。

「沒有，我從未對任何人說過。事實上，那時我們正為拍攝中的那部片子苦惱。除了片子，我不可能考慮任何事情。不管怎樣，我說過，那要不是一個愚蠢無聊的玩笑，就是一個不贊成演戲的嚴肅的怪人寫來的。」

「在那之後，有別的紙條嗎？」

「有。在派對那天。我想，是一個園丁帶給我的。他說有人留給我一張紙條，還問我要不要答覆。我想可能是有關派對流程的事，就拆開它，上面寫著：『今天將是你在世的最後一天。』我立刻把它揉成一團，說：『沒有答覆。』然後我叫回那人，問他是誰將字條交給他的，他說是個騎自行車、戴眼鏡的男人。好了，我是說，對於這一次您怎麼解釋？我認為這更可笑。我不認為，我根本不認為，這是個真正的恐嚇。」

「那張字條現在在哪兒，葛雷小姐？」

「我不知道。我想，當時我穿著一件彩色的義大利絲綢外套，我記得，我把它揉成一團，塞進了外套口袋裡。但現在它不在那兒了，可能是掉了。」

「而您絲毫不知道這些可笑的紙條是誰寫的，葛雷小姐？或者是誰唆使的？到現在都不知道？」

她睜大了眼睛。他注意到她的目光中有一種無辜的驚訝。他很欣賞，但不相信。

「我怎麼會知道？我怎麼可能知道？」

「我想您也許非常清楚，葛雷小姐。」

「我不知道。我向您保證我不知道。」

「您是個非常有名的人物，」戴蒙說，「您很成功，事業成功，個人也成功。男人愛上您，想和您結婚，也和您結了婚。女人們嫉妒您，羨慕您。男人們愛上您而被您斷然拒絕。這個範圍很大，我同意，我認為您一定多少知道誰可能寫這些紙條。」

「任何人都有可能。」

「不，瑪力娜小姐，不可能是任何人。只可能是很多人中的一個。可能是個地位卑下的人，服裝師、水電工、傭人；或者可能是您的朋友……或者所謂的朋友。但是您一定有某種想法，您能說出某個人，或者不止一個人。」

門開了，傑森・拉帝走進來。瑪力娜轉過身去面向著他，求助地伸出一隻手臂。

「金克，親愛的，蓋達克先生堅持說我知道那些討厭的紙條是誰寫的。但我並不知道。你知道我是不知道的。我們倆都不知道，我們一點兒都不清楚。」

說得非常急迫，蓋達克心想，非常急迫。瑪力娜害怕她丈夫會說什麼嗎？

傑森・拉帝走過來跟他們坐在一起，由於疲勞，他的眼圈是黑的，眉頭皺得比平時還深。他握起了她的手。

「我明白對您來說難以相信，警官。」他說，「但老實說，我和瑪力娜對這件事都一無所知。」

「所以你們就沉浸在沒有仇家的歡樂中，是嗎？」戴蒙明顯地語帶諷刺。

傑森・拉帝的臉稍微泛紅。

「仇家？警官，那是個非常神聖的字眼。在那種意義上，我可以向您保證，我認為我們沒有仇家。人要是不喜歡某個人，而且想勝過他，一逮住機會，他們就會惡毒而無情地做出一些損害他的事。但是那離往酒裡下過量的毒藥還差得很遠。」

「剛才在與您夫人的談話中，我問她有誰可能寫或者唆使別人寫那些信。她說她不知道，但是當我們講到去實際行動，範圍就縮小了。就是有人在酒杯內下了毒。那個範圍非常有限，您知道。」

「我什麼也沒看見。」傑森．拉帝說

「我也絕對沒有，」瑪力娜說，「呃，我是說，如果我看見有人往酒杯裡放什麼，我就不會喝那玩意兒了，不是嗎？」

「我真的認為，你們知道實情。」戴蒙．蓋達克輕聲說，「你們告訴我的不及你們知道的多。」

「這不對。」瑪力娜說，「傑森，告訴他這不對。」

「我向您保證，」傑森說，「我是徹底地、絕對地毫無頭緒。整件事很荒誕。我想是個玩笑，一個開過頭的玩笑，結果出了危險，是一個作夢也想不到會惹禍的人做的。」他聲音中有一絲疑問，然後搖搖頭。「哦，我看得出來您不贊同這個想法。」

「還有一件事我想問您，」戴蒙．蓋達克說，「您應該還記得貝德克夫婦的到來。他們緊接著牧師之後抵達。葛雷小姐，我知道您用您一貫迷人的方式接待了他們。可是一個目擊者告訴我，就在迎接他們之後，您的目光越過貝德克太太的肩膀，您看見了似乎令您驚恐的事情。是真的嗎？如果是這樣，那是怎麼回事呢？」

瑪力娜飛快地說：「那當然不是真的。讓我驚恐，有什麼能夠讓我驚恐？？」

「那正是我們想知道的，」戴蒙．蓋達克耐心地說，「我的目擊者堅信這一點。」

「您的目擊者是誰？他或者她說瑪力娜看見了什麼？」

「您看著樓梯，」戴蒙．蓋達克說，「人們陸續上樓。有記者，本地的老住戶格賴斯先生和他太太，剛剛抵達此地的美國人亞威克．芬恩先生和蘿拉．布魯斯小姐。葛雷小姐，您是看見了那些人之中的一個而讓您心煩意亂的嗎？」

「我跟您說，我沒有心煩意亂！」她這句話幾乎是用喊的。

「但您的注意力分散，您本來在接待貝德克太太，她說了什麼，但您沒有回答，因為您的目光越過她在盯著別的什麼東西。」

瑪力娜．葛雷的態度並未軟化。她飛快而肯定地說：「我可以解釋，真的可以。要是您對表演有些了解，您就能輕易地理解。某些時刻，甚至在你很熟悉某個角色的時候……事實上，它通常發生在你很熟悉一個角色的時候，你會在生活中下意識地繼續扮演這個角色。你微笑，做出適當的動作和姿勢，像平常那樣抑揚頓挫地說話，但你的心思並不在那上面。突然間，你腦海中出現了可怕的空白，這時你不知道自己身在何處、戲演到了哪兒，或者你的下一句台詞是什麼！我們通常稱這種情況為『冷場』。當時我就屬於這種情況。我身體比較虛弱，我丈夫也會告訴您。我有過一段艱難的日子，而且我非常擔心這部片子。我想把這個派對辦成功，對每個人都表示友好、熱情和歡迎。但是面對那些總是對你說著同樣話語的人……他們的確會無意識地一遍又一遍說著同樣的話。您知道，總是他們多麼想見到你。他們如何在舊金山的劇院外面看見了你，或者旅行時跟你同坐一班飛機。實在很可笑，但我不得不對他們表示友好，或說些話。呃，我剛才說過，一個人無意識地做出那些舉動，他不需要考慮下面該說什麼，因為以前已經說過那麼多遍了。突然，我覺得一陣疲乏感向我湧過來，我的大腦一片空白。然後，我意識到貝德克太太對我講了一個很長的故事，而實際上我一點兒都沒聽見，但她正一臉期待地看著我，我卻沒有回答她或者說些得體的話。那只是因為疲倦。」

「只是因為疲倦，」戴蒙．蓋達克慢慢說道，「您堅持這一點，葛雷小姐？」

「是的，我堅持這一點。我不明白為什麼您不相信我。」

戴蒙．蓋達克轉向傑森．拉帝。

「拉帝先生，」他說，「我想您比您的夫人更能理解我的意思。我關心，非常關心您夫人的安全。有人想要她的命，已經寫來恐嚇信了。那不正意味著派對那天有個人在這兒，而且可能至今仍舊在這兒，這個人和這棟屋子和屋子裡發生的事情有密切關係。那個人，無論是誰，可能有輕微的神經錯亂。這不僅僅是個恐嚇的問題。俗話說，受恐嚇的人長命……這話同樣適用於女人。但無論這個人是誰，那都不只是恐嚇而已。他已經有了蓄意毒死葛雷小姐的企圖。難道您看不出這個企圖必然會再試一次？要保證夫人的安全只有一個方法，那就是把所有您知道的線索提供給我們。我不是說您知道那個人是誰，但我認為您一定能猜測或者有一個模糊的想法。難道您不願意告訴我真相？還是您自己雖不明瞭真相卻也不鼓勵您夫人告訴我？我要求您這麼做，是為了她的安全起見。」

傑森·拉帝慢慢地扭過頭去。

「你聽到蓋達克警官說的了，瑪力娜。」他說，「照他說，可能你知道一些我不知道的事情。如果是這樣，看在上帝的份上，別裝傻了。要是你對任何人有絲毫的懷疑，就告訴我們吧。」

「可是我沒有任何懷疑！」她提高了聲音哭叫著說，「你必須相信我！」

「那天您怕的是誰？」戴蒙問。

「我不怕任何人。」

「聽著，葛雷小姐，在樓梯上或正在上樓的人之中，有兩個人您見到他們很驚訝，他們是您很久沒見而且沒想到會在那天見到的……亞威克·芬恩先生和布魯斯小姐。當您突然看見他們上樓的時候，您有什麼特別的感覺嗎？您不知道他們會來吧？」

「是的，我們甚至不知道他們在英國。」傑森·拉帝說。

「可是我很高興，」瑪力娜說，「高興得不得了！」

「高興看見布魯斯小姐？」

「呃……」她略帶懷疑地飛快瞥了他一眼。

蓋達克說：「我想，蘿拉．布魯斯，是您第三任丈夫羅伯．楚斯克的前妻。」

「是的，沒錯。」

「他為了和您結婚而跟她離了婚。」

「噢，每個人都知道那件事，」瑪力娜．葛雷不耐煩地說，「您別以為您發現了什麼。當時我們發生了一點口角，但到最後就沒有什麼不好的感覺了。」

「她恐嚇您了嗎？」

「呃，就某種程度說，是的。可是，噢，天哪，真希望我能夠解釋清楚。沒人把那些恐嚇當真。那是在一個派對上，她喝了很多酒。要是她有一把槍，她會把我亂槍打死。但幸運的是她沒有。這都是很多年前的事了！這些東西……人的情緒，是不會持久的！不會持久，確實不會。對吧，傑森？」

「我認為她說得很對。」傑森．拉帝說，「而且我可以向您保證，蓋達克先生，舉行派對那天，蘿拉．布魯斯沒有機會在我太太的酒裡下毒。大部分時間我就在她身旁很近的地方。蘿拉會在兩人和好已久之後突然來到英國，到我們家，蓄意在我太太的酒裡下毒，唉，這個想法非常荒唐。」

「我欣賞您的觀點。」蓋達克說。

「這不僅是邏輯推理，它就是事實。她完全沒靠近瑪力娜的酒杯。」

「那麼你們的另一個訪客，亞威克．芬恩呢？」

他覺得傑森．拉帝在開口之前稍微停頓了一會兒。

「他是我們的一個老朋友，」他說，「儘管偶爾還有聯繫，不過已經很多年沒見了。他是美國影視界的一個重量級人物。」

「他也是您的老朋友嗎？」戴蒙．蓋達克問瑪力娜。

她回答時呼吸明顯急促了。

「是的，噢，是的。他，他一直是我的一個好朋友，但最近幾年我沒和他見過面。」突然她迅速地說了下去。「要是您認為我抬頭看見了亞威克而害怕他，那是無稽之談，絕對是無稽之談。為什麼我會怕他，是什麼原因讓我怕他？我們是很好的朋友。突然看見他的時候，我非常非常高興。那是種驚喜，我跟您說過。是的，一個驚喜。」

「謝謝您，葛雷小姐。」蓋達克平靜地說，「無論什麼時候，要是您感到可以進一步讓我了解您的心事，我會強烈建議您馬上行動。」

14

班崔太太正跪著。這是個鋤草的好天氣，泥土乾鬆。但光是鋤草還不夠，還要鋤掉薊草，還有蒲公英。她精力充沛地處理這些討厭的東西。

她站起身來，氣喘吁吁，可是充滿了勝利感。她的目光越過籬笆向路上望去。她看見那個記不起名字來的黑髮祕書從對面公車站旁的電話亭裡走出來，心裡有點驚訝。

她到底叫什麼名字？叫碧什麼，還是蕾什麼的？不，齊琳思，對了。當艾拉穿過馬路走進門房旁邊的私人車道時，班崔太太正好及時想起來了。

「早安，齊琳思小姐。」她親切地打招呼。

艾拉．齊琳思跳了起來。與其說那是跳，不如說是一種驚跳……馬受驚嚇的那種驚跳。這讓班崔太太詫異不已。

「早安。」艾拉說，接著立刻又說：「我來這兒打電話。今天我們家的電話線路出了毛病。」

班崔太太更覺得意外了。她納悶艾拉・齊琳思為什麼要費心解釋她的行為。她有禮貌地回答道：「那多麻煩。如果您需要，請隨時來我這兒打。」

「噢，非常感謝您……」

話被一陣噴嚏打斷了。

「您得了花粉症？」班崔太太立即診斷說，「試試喝些稀釋的小蘇打和開水。」

「噢，沒關係。我已經在用一種非常好的噴霧式專利藥品。不過還是要謝謝您。」

她離開的時候又打起噴嚏來了，然後步履輕盈地走上車道。

班崔太太的目光尾隨著她遠去，才又移回到她的花園。她滿意地看著它，連一根雜草也看不到。

「奧賽羅的職位丟了。」[17]

班崔太太對自己困惑地嘟囔著。

「或許我是個好管閒事的老女人，可是我真的想知道，是否……」

片刻猶豫後，班崔太太還是屈服於那種誘惑。她就是個好管閒事的老女人，豁出去了！她大步走進屋子到了電話機前，拎起話筒就開始撥號，話筒內傳來一個活潑的美國人口音。

「戈辛頓莊。」

「我是東門房的班崔太太。」

「噢，早安，班崔太太。我是赫立．普雷斯。派對那天我見過您。我能為您效勞嗎？」

「我想也許我能為您做些事，要是你們的電話壞了的話。」

他驚詫的聲音打斷了她。

「我們的電話壞了？電話根本沒什麼毛病。您為什麼這麼以為？」

「我一定是弄錯了，」班崔太太說，「我的耳朵一向不大靈敏。」她解釋得面不改色。

她擱回話筒，等了一會兒，接著又撥了另一個電話。

「珍？我是桃莉。」

「是的，桃莉。怎麼了？」

「呃，事情看起來很古怪。那個祕書小姐在路邊的公共電話亭打電話。她多事地費心跟我解釋，這是因為戈辛頓莊的電話線路出了問題。但我打電話過去，根本沒這回事……」

她頓了一下，思索合適的詞彙來表達其意。

「確實，」瑪波小姐沉吟道，「有意思。」

「你認為是什麼原因？」

17 出自莎士比亞的《奧賽羅》（*Othello*），奧賽羅懷疑妻子黛絲狄蒙娜不忠，因而對她冷眼相待，也不再接受她的明智看法，恣意而行。但奧賽羅的男性自尊、騎士精神奠基在其妻對他的尊敬上，失去心愛女人支持的奧賽羅於是悲嘆其職位已丟。此處暗喻班崔太太開始懷疑齊琳思。

「嗯，顯然，她不想被人聽見。」

「正是。」

「而這也許有很多原因。」

「是的。」

「有意思。」瑪波小姐又說了一次。

§

沒有人比唐諾·麥尼爾更樂意談話的了。他是個友善的紅髮青年，愉快而好奇地迎接了戴蒙·蓋達克。

「你進行得怎麼樣了？」他快樂地問道，「給我帶來了什麼有趣的新聞啊？」

「還沒有。以後也許會有。」

「還是像平常一樣敷衍人。你還是老樣子。和藹可親、沉默寡言！你還沒到邀請某人來『協助你調查』的階段嗎？」

「我來找你啦。」戴蒙·蓋達克咧咧嘴說。

「這句話裡可有討厭的雙關含義嗎？你真的懷疑我謀殺了希瑟·貝德克嗎？你認為我本來要殺瑪力娜·葛雷卻誤殺了她？還是我本來就想謀殺希瑟·貝德克，而你認為我把藥錯下在瑪莉娜．葛雷的酒杯；或者是我一直都想謀殺希瑟．貝德克？」
「我可沒暗示任何情況。」蓋達克說。
「是，是，你應該不會吧？這樣很對。好，我們開始吧。當時我在那兒。我有機會但是我有動機嗎？啊，這是你想知道的。我的動機是什麼？」
「到目前為止我還沒找到。」蓋達克說。
「太令人滿意了，我感覺安全許多。」
「我只對你那天看見了什麼感興趣。」
「你早該知道了。本地警方立刻就知道了。這是個丟臉的事。因為我就在謀殺案的現場，事實上我看見了謀殺案的發生，一定是在那時下手，但我根本不知道是誰幹的。我很不好意思地承認，我知道的第一件事，就是看見那個可憐的女人坐在椅子上大口大口喘氣，接著就死了。當然，這是個非常好的目擊敘述。對我來說，這是個可以搶先發布的獨家新聞。但是我坦白跟你說，我為我只知道這些而感到恥辱。我應該知道得更多一些。而你也騙不了我說那藥是衝著希瑟．貝德克下的。她是個話太多的好人，但是沒人會因此要謀殺她，當然除非他們洩漏了祕密。但是我認為沒人會把祕密告訴希瑟．貝德克，她不是那種對別人的祕密感興趣的女人。我認為，她是一個總在談論自己的人。」
「這似乎是一個被普遍接受的觀點。」蓋達克表示同意。
「這樣我們就來談談著名的瑪力娜．葛雷。我保證有許多謀殺瑪力娜的好動機：羨慕、嫉妒、愛情糾葛，所有戲劇的好題材。但這是誰幹的？我猜，是一個頭腦不太正常的人。對了！你已經得到了我的寶貴觀點。這是你想要的嗎？」

「不僅僅要這個。我知道你是跟牧師和市長同時到達並上樓的。」

「相當正確。但我不是剛到，早些時候我已經在那兒了。」

「這我倒不知道。」

「是的。你知道，我是那種成天東遊西逛的人，去這兒到那兒。我帶了一個攝影記者。我先下樓拍了幾張市長到來、投環套物、尋寶插旗之類的照片。然後再上樓，不是為了工作，而是去拿幾杯酒，那酒很不錯。」

「我明白了。那麼你記得你上樓時還有誰在樓梯上？」

「倫敦來的瑪歌・彭絲帶著她的相機在那兒。」

「你和她很熟嗎？」

「噢，我只是經常碰見她而已。她是個聰明的女孩，工作相當出色。她專拍熱門的話題，首演的夜場、盛大演出，專攻從特殊角度拍攝。自認是藝術家！她把照相機穩穩地架在樓梯中間的拐角上，拍每個上來的人和在樓梯上進行接待的狀況。蘿拉・布魯斯就在我前面。起初我沒有認出她。她弄了個新的褐紅色髮型，是最時興的斐濟人樣式。我上一次看見她是一頭平直的波浪垂下來，繞得臉和下巴在一片紅褐色的陰影中。一個高大黝黑的男人跟她在一起，是美國人，我不知道他是誰，但看來是個重要人物。」

「你上樓時有看到瑪力娜．葛雷本人嗎？」

「是的，我當然看到她。」

「她看上去沒有心緒不寧或是吃了一驚或嚇了一跳的樣子？」

「很奇怪，你竟然那麼說。我的確認為有那麼一會兒她快暈過去了。」

「我明白了，」蓋達克若有所思地說，「謝謝。你沒有什麼事要再告訴我的嗎？」

麥尼爾無辜地瞪大了眼睛。

「還可能有什麼？」

「我不信任你。」蓋達克說。

「但你似乎相當肯定不是我下的手，真令人失望。假設結果證明我是瑪力娜的第一任丈夫呢？沒人知道他是誰，只知道他相當微不足道，以至於連名字都被遺忘了。」

戴蒙咧開嘴笑了。

「你幼稚園就結婚了嗎？」他問，「或者可能是穿連褲童裝的時候結的哩！我得趕快走了，我要去趕火車。」

§

一疊整潔而加了標籤的文件放在蘇格蘭警場蓋達克探長的書桌上。他隨便瞥了一眼，回頭問了一個問題。

「蘿拉·布魯斯住在哪兒?」

「薩伏飯店,先生。一八〇〇號房。她在等您。」

「亞威克·芬恩呢?」

「他住在多徹斯特,一九〇房,二樓。」

「很好。」

他拿起幾份電報,在塞進口袋之前再從頭到尾看了一遍。看到最後一份,他對自己笑了一會兒。

「別以為我辦事不牢,珍阿姨。」他低聲地自言自語道。

他出門到薩伏飯店去。

蘿拉在她的套房內分外殷勤地迎接他。根據他剛看過的報告,他開始仔細研究起她。依然是個美人,他想,雍容華貴,態度也許有點誇張,但仍然令人喜愛。當然,和瑪力娜·葛雷是完全不同的類型。他禮貌性地寒暄了幾句之後,蘿拉把她的仿斐濟人頭髮向後推了推,挑逗般地噘起塗得濃濃的嘴唇,閃爍著棕色大眼上的藍眼皮,說:「您是要來問我更多可怕的問題嗎?像那個本地警官那樣。」

「我希望我的問題不會太可怕,布魯斯小姐。」

「噢,但是我猜一定很可怕,而且我相信這件事一定是個可怕的錯誤。」

「您真的這麼認為？」

「是的，那些都是胡說八道。你們真的認為有人試圖毒死瑪力娜嗎？究竟是誰想毒死瑪力娜？她是個可愛到了極點的人，您知道，大家都喜歡她。」

「包括您嗎？」

「我一直都很喜歡她。」

「噢，少來了，布魯斯小姐，難道十一、二年前你們沒有發生過什麼不快嗎？」

「噢，那件事啊。」蘿拉不耐煩地揮揮手。「當時我神經緊張得厲害，幾乎發狂，我和羅伯驚天動地地大吵了一架。當時我們倆都不正常，瑪力娜剛剛瘋狂地愛上了他，弄得他手忙腳亂，可憐的寶貝。」

「您非常在乎？」

「嗯，我想是的，警官。當然現在我明白，那是發生在我身上最好的事情。您知道，我不想我們那個家被拆散，我當時真的很擔心孩子們。恐怕那時候我已經意識到我和羅伯個性不合。我想您知道我一離婚，就和艾迪·戈羅夫結婚了。我想我其實愛了他很久，但是因為孩子的關係，我自然不想結束婚姻。孩子們有個家是非常重要的，不是嗎？」

「不過，大家說您非常沮喪。」

「噢，人們總是有話好說。」蘿拉含糊地說。

「您說了很多話，不是嗎，布魯斯小姐？據我了解，您威脅要一槍打死瑪力娜·葛雷。」

「我跟您說過了，人們總是有話好說。我是很可能說出那樣的話，但我當然不會真的槍殺任何人。」

「儘管幾年後亂槍射殺艾迪．戈羅夫？」

「噢，那是因為我們吵了架，」蘿拉說，「我失去了理智。」

「我有非常權威的證據，布魯斯小姐，您當時說……據說您說的就是以下這些，內容原封不動，」（他從一本筆記本上唸出來。）「『那個賤女人，別以為她會逃得掉。如果現在我不槍殺她，我會等待時機用別的方法殺死她。我不在乎會等多久，需要的話也許是很多年，可是我最後會和她扯平的！』」

「噢，我保證我從未說過這種話。」蘿拉大笑起來。

「我保證，布魯斯小姐，您說過。」

「人們也太誇張了。」一個迷人的笑容在她臉上綻放。「那時候我只是氣瘋了，您知道。」她悄悄地低聲說道，「一個人生氣時，什麼話都說得出來。但是您不會真的認為，我會等上十四年再來到英國，拜訪瑪力娜，在見到她三分鐘內把一些致命的毒藥下到她的雞尾酒杯裡吧？」

戴蒙．蓋達克的確不這麼認為。對他來說，這極不可能。但他只是說：「我只是向您指出，布魯斯小姐，過去被恐嚇過的瑪力娜．葛雷，那天看見上樓的某個人時，確實嚇了一跳並且感到害怕。人們自然覺得那個人一定是您。」

「可是，親愛的瑪力娜看見我很高興！她吻了我並大聲說太棒了。噢，真的，警官，我確實認為你們非常、非常可笑。」

「事實上，你們相處得非常融洽？」

「是的，這才是千真萬確的事。」

「那麼您沒有什麼想法可以幫助我們嗎？不知道誰可能殺她？」

「我跟您說，沒人會想殺瑪力娜。她其實也是個非常愚蠢的女人。她總是對她的健康狀況抱怨得厲害，老是改變主意，想要這個那個，還有別的，而當她得到的時候又不滿意了！我不能理解為什麼人們那樣喜歡她。傑森狂熱地迷戀著她。這個男人真有得受了！但就是這樣。每個人都容忍瑪力娜，為她赴湯蹈火，然後她給他們一個悲傷而甜蜜的微笑，感謝了他們！顯然這樣就能使他們覺得所有的麻煩都是值得的。我實在不明白她是怎麼做到這一點。您最好把有人想殺死她這個念頭趕出您的大腦。」

「我願意這麼做，」戴蒙．蓋達克說，「不幸的是，我不能把它趕出腦子。因為，您明白，它發生了。」

「『它發生了』，您是什麼意思？又沒人殺瑪力娜，不是嗎？」

「是的，但是有了企圖。」

「我才不信！我認為凶手想殺的是另一個女人，那個已經死了的女人。我想，她死了有人能得到一筆錢財。」

「她沒有什麼錢，布魯斯小姐。」

「噢，好吧，還有別的原因。總之，如果我是您，我不會替瑪力娜擔心。瑪力娜一直都很平安！」

「是嗎？依我看，她不是個非常快樂的女人。」

「噢，那是因為她對每件事都大驚小怪。比如不愉快的戀愛、不能有孩子等等。」

「她收養了幾個孩子，不是嗎？」戴蒙清晰地想起了瑪波小姐急促的聲音。

「她曾經收養過，但我想結果不是很圓滿。她老是做下衝動的事情，然後又希望自己沒做過。」

「她收養的孩子怎麼樣了？」

「我不知道。不久以後他們就好像突然消失了似的。我想，她厭倦了他們，就像她厭煩了每樣東西一樣。」

「我懂了。」戴蒙．蓋達克說。

§

下一個，多徹斯特，一九〇房。

「呃，蓋……探長。」亞威克．芬恩低頭看著他手中的名片。

「蓋達克。」

「我能為您做什麼呢？」

「我希望您不介意我問您幾個問題。」

「一點兒也不。是馬奇班罕那件事吧……不，實際名字叫什麼？聖瑪莉米德？」

「是的，對，戈辛頓莊。」

「我不懂傑森·拉帝買那樣一個地方是為了什麼。英國有很多喬治時代的好房子，甚至是安妮女王時代的。戈辛頓莊是個純粹維多利亞時代的建築。那裡面有什麼吸引他的東西？我感到奇怪。」

「噢，對某些人來說，維多利亞時代的穩固是種難得的特質。」

「穩固？呃，也許這樣還稍微說得通。瑪力娜，我猜想，嚮往穩定。這是她向來缺乏的，可憐的女孩，因此我想那是她一直渴望的力量。也許這個地方可以稍稍滿足她。」

「您很了解她，芬恩先生？」

亞威克·芬恩聳聳肩膀。

「是嗎？我不知道。我認識她已經好多年了。換句話說，斷斷續續知道她一些事情。」

蓋達克審視著他。他皮膚黝黑，體格粗壯，厚厚的鏡片下有一雙精明銳利的眼睛，顎骨和下巴骨骼粗大。

亞威克·芬恩繼續說著：「我從報紙上得知，這個叫什麼名字的太太是被誤殺的。那藥是衝著瑪力娜放的。是這樣的嗎？」

「是的，是這樣沒錯。藥是下在瑪力娜的酒杯裡。貝德克太太打翻了她的酒，瑪力娜把自己的酒杯遞給了她。」

「這麼說，那似乎有相當的確定性了。我實在不能想像，誰會想毒死瑪力娜。萊妮．布朗又不在那兒。」

「萊妮．布朗？」蓋達克有點糊塗。

亞威克．芬恩笑了。

「如果瑪力娜違約放棄她的角色，萊妮將遞補上去，而且得到這個角色對萊妮來說很重要。但是儘管如此，我不認為她會派祕使帶著毒藥過來。這種想法真像是鬧劇的情節。」

「這似乎有點牽強。」戴蒙不動聲色地說。

「啊，女人充滿野心時會做出什麼樣的事，您聽了一定驚訝不已。」亞威克．芬恩說，「請注意，也許不是想讓她死，也許只是要嚇她一下，足以讓她病倒，但不會讓她完蛋。」

蓋達克搖搖頭。

「那不是正常劑量。」他說。

「人們在劑量上總是會弄錯，而且錯得很離譜。」

「這真的是您的推論嗎？」

「噢，不，不是。這只是個想法。我沒有什麼推論。我只是一個無辜的旁觀者。」

「瑪力娜・葛雷看見您很吃驚嗎？」

「是的，對她來說，這完全是個出乎意料的事情。」他覺得有趣而大笑起來。「真不敢相信她看見我上樓時會有那種眼神。我得說，她很熱情地歡迎了我。」

「您已經很久沒見她了？」

「有四、五年了，大概。」

「我想，那之前的幾年您和她曾經是密友？」

「您說這話是在特別暗示什麼嗎，蓋達克警官？」

他的聲音起了一點點變化，出現了剛才所沒有的東西，一種鋼鐵般強硬的威脅口氣。戴蒙突然間感覺到，這個男人會是個非常冷酷無情的對手。

「我想，您乾脆明講您的意思。」亞威克・芬恩說。

「我正準備這麼做，芬恩先生。我必須調查那天在那兒的每個人過去和瑪力娜有何關係。似乎普遍謠傳，在我剛才提過的那段時間，您瘋狂地愛著瑪力娜・葛雷。」

亞威克・芬恩聳聳肩。

「人偶爾會有這種癡迷，警官。但很幸運，這些都是過往雲煙了。」

「據說是她鼓勵了您而後來卻拒絕了您，您因此感到憤恨不平。」

「據說，據說！我想這些您都是從機密文件上得知的吧？」

「這是由消息靈通人士和明智人士告訴我的。」

亞威克．芬恩向後甩了甩頭，露出他公牛般粗壯的脖子。

「以前有段時間我是很迷戀她，是的。」他承認說，「她那時是個美麗又迷人的女人，而且現在還是。要說我曾經恐嚇過她，那就有點過分了。探長，我不喜歡別人妨礙我，而大多數妨礙我的人會後悔他們做過的事。但是，這個原則主要運用在我的生意方面。」

「我想，您確實運用了您的影響力，讓她丟了一部正在拍攝的片子。」

芬恩聳聳肩。

「她不適合那個角色，她和導演有衝突。我在那部片子上有投資，我不想血本無歸。我向您保證，那純粹是商業上的行為。」

「但也許瑪力娜．葛雷不這麼想？」

「噢，她當然不會這麼想。她會以為那樣的事涉及個人恩怨。」

「據我所知，她跟她的某幾個朋友說過她怕您，對吧？」

「是嗎？多麼幼稚。我想她喜歡引起關注。」

「您認為她用不著怕您？」

「當然。無論有什麼個人的挫折，我也很快就把它拋在腦後。只要涉及女人，我總是根據這樣的原則行事：天涯何處無芳草。」

「這是一個繼續生活的好方法，芬恩先生。」

「是的，我想是的。」

「您對電影界很了解嗎？」

「我對它有投資上的興趣。」

「因此您一定知道很多事？」

「也許。」

「您的判斷很值得聽取。您能向我提供任何可能怨恨瑪力娜．葛雷、甚至不惜除掉她的人嗎？」

「可能有一打。」亞威克．芬恩說，「這是說，如果他們不用親自做什麼的話。如果說僅僅是按一下牆上的按鈕這樣的事，我敢說，會有很多人樂意動手。」

「那天您在那兒。您看見了她，還和她說了話。您認為在那段短短的時間內，也就是從您抵達直到希瑟．貝德克死去的期間，您周圍的任何人之中，您能暗示——只是暗示，請注意，我只要求您做個猜測——任何一個可能毒死瑪力娜．葛雷的人嗎？」

「我不想說。」亞威克．芬恩說。

「這表示您有某種想法？」

「這表示我對這個問題沒什麼可說的。而且，蓋達克探長，您能從我這裡問到的就是這些了。」

／15

戴蒙・蓋達克低頭看著他在筆記本上寫的最後一個名字和地址。他已經讓人替他撥了兩次這個電話號碼，但無人接聽。現在他又試了一次。他聳聳肩，站起身，決定親自去看看。

瑪歌・彭絲的工作室在托騰罕法院路邊的一條死巷裡。門邊金屬板上的名字幾乎認不出來，當然更沒有什麼廣告標誌。蓋達克摸索著走到二樓。出現一塊白底黑字的大告示：「瑪歌・彭絲，人物攝影師。請入內。」

蓋達克走了進去。裡面是個小等候室，但是無人在負責管理。他站在那兒猶豫著，然後大聲而誇張地清了清嗓子。因為這還未引起注意，於是他提高了聲音。

「有人在嗎？」

他聽見天鵝絨簾子後一陣拖鞋的踢踏聲，簾子被拉到了一邊，一個長著一頭濃密頭髮和一張白裡透紅臉龐的年輕人瞇著眼四處張望。

「實在抱歉，親愛的，」他說，「我沒聽見您在喊。我剛才有了一個全新的想法，正在證實。」

他把天鵝絨簾子再往旁邊拉了拉，蓋達克跟著他進了裡面的一個房間，房間出乎意料地大。顯然是工作室，裡面有照相機、照明燈、弧光燈、一堆布及裝有輪子的屏風。

「亂七八糟，」這個幾乎和赫立．普雷斯一樣瘦高的青年說，「不過你會發現，除非融入一團糟的環境，否則工作很難進行。好吧，您來找我們有什麼事嗎？」

「我想見瑪歌．彭絲小姐。」

「啊，瑪歌啊。非常遺憾，要是您早半個鐘頭來，就會在這兒找到她了。她出去為《時尚之夢》拍模特兒照了。您應該打電話來，提前約一下，您知道。瑪歌這幾天特別忙。」

「我打了電話，沒人接。」

「當然是這樣，」年輕人說，「我現在想到了，我們把話筒拿起來了。怕電話打擾。」他拉平身上那件淡紫色罩衫。「我能為您做什麼嗎？預約？我為她安排了很多工作。您想安排在什麼地方拍照？私人的還是工作上的？」

「從那個觀點看，都不是。」戴蒙．蓋達克說，並把他的名片遞給這個年輕人。

「太令人興奮，」年輕人說，「蘇格蘭警場！我想，我見過您的照片。您是四大警探還是五大警探之一，還是也許現在是六大警探？罪案那麼多，不得不增加人數，不是嗎？噢，天哪，是不是太不恭敬了？恐怕是這樣。我一點兒都沒有不恭敬的意思。那麼，您想見瑪歌是為了……不是為了逮捕她吧，我希望。」

「我只是想問她一兩個問題。」

「她不拍黃色、下流的照片或類似的東西。」這個青年急切地說，「我希望沒人告訴您那種事，因為那不是真的。瑪歌藝術氣息濃厚。她做了很多舞台工作和攝影工作。但是她的研究非常、非常單純，我認為，幾乎是過分保守了。」

「我可以簡單告訴您，我為什麼想和彭絲小姐談話，」戴蒙說，「她是馬奇班罕一個叫作聖瑪莉米德村內一樁罪案的目擊者。」

「噢，天哪，當然了！我知道那件事。瑪歌回來後把一切都告訴了我。在雞尾酒裡羼毒芹，是嗎？類似那種東西。這事聽起來好悲慘！但是這和聖約翰流動醫院有關，是嗎？您還沒有問過瑪歌這件事嗎？或者您說的是另外一件案子？」

「在調查案件的時候，人們總是會發現更多的問題出現。」戴蒙說。

「您是說調查……是的，我非常明白。謀殺案展開調查了。是的，像一張照片的顯影，不是嗎？」

「的確非常像照片，」戴蒙說，「您這個比喻很恰當。」

「啊，這我很確定，您這麼說真好。現在來說說瑪歌吧。您想立刻找到她嗎？」

「要是您能幫我，我想立刻找她。」

「好吧，這個時候，」年輕人看看手錶說，「這個時候她會在漢斯德石南的紀慈家門外。我的汽車就在外面，要不要我開車送您去那兒？」

「您真是太熱心了。噢，還沒請教尊姓大名呢，您是……」

「傑思羅，」年輕人說，「強尼．傑思羅。」

他們下樓時，戴蒙問：「為什麼她在紀慈家？」

「呃，您知道，我們不主張在攝影室讓人擺姿勢拍時髦的照片了。我們想要他們看上去顯得自然，被風吹著。而且如果可能，還搭配某個不太搭調的背景。您知道，穿著阿斯科特西裝以旺茲沃斯監獄為背景，或是穿著不莊重的外套站在一個詩人的住宅外面。」

傑思羅先生飛快但熟練地開上托騰罕法院路，經過坎登鎮，最後到了漢斯德石南附近。紀慈家旁邊的人行道正上演著一幕美麗的場景。一個身材修長的女孩，披著透明的蟬翼紗，拿著一頂極大的黑色帽子站著。在她身後不遠處，另一個女孩跪著，捧著前一個女孩的裙子，往後拉著，讓裙子纏著她的膝蓋和腿。一個拿著照相機的女孩用低沉沙啞的嗓音指揮著動作。

「看在上帝的份上，你的臀部往下一點。你的臀部在她的右膝蓋後頭露出來了。臀部低一點。對了。不，再往左邊一點。很好。現在你被灌木叢遮住了。這樣可以。保持住。我們再來一張。這次兩隻手都放在帽子後方。抬頭。好，現在轉身，艾希。彎腰，再彎一點。彎下去！彎腰啊，你得撿那個菸盒。這樣對了，太棒了！行了！現在往左邊移一下。同樣的姿勢，只是頭轉過去。就這樣。」

「我不明白你想拍我的臀部是為了什麼。」叫艾希的女孩惱怒地說。

「你有個非常可愛的臀部，親愛的。看起來迷死人了。」攝影師說，「而你扭頭時，你的下巴線條像在山頭上緩緩升起的月亮。我認為我們不需要再為那個爭論了。」

「嗨，瑪歌。」傑思羅說。

她轉過頭來。

「噢，是你啊。你到這兒來幹什麼？」

「我帶一個人來見你。蓋達克探長，蘇格蘭警場來的。」

那個女孩的目光迅速移到戴蒙身上。他想，這眼神小心翼翼、銳利，不過他十分清楚，沒有什麼特別的意義。這是對警官們的一種普遍反應。她長得很單薄，瘦骨嶙峋，然而這樣的體型倒也有趣。黑髮厚厚地蓋在她臉的兩側。在他看來，她臉色又黃又髒，讓人沒什麼好感。但是他承認她有個性。她揚揚已經故意微微揚起的眉毛，說：「我能為您效勞嗎，蓋達克警官？」

「您好，彭絲小姐。我想請您回答幾個問題，有關馬奇班罕戈辛頓莊發生的不幸事件。如果我沒記錯，您當時正在那兒拍照。」

這個女孩點點頭。

「當然，我記得很清楚。」她目光銳利地迅速瞥了他一眼。「我沒看見您在那兒。那是另一個人。是叫什麼警官來著？」

「考尼許警官？」戴蒙問。

「對。」

「我們是後來被請來的。」

「您是從蘇格蘭警場來的？」

「是的。」

「您插手並從本地人手上接管了這個案子，是這樣嗎？」

「呃，這不完全是插手的問題，您知道。郡警察署長有權決定把案子留在自己手上或交由我們來處理。」

「是什麼事讓他做出這種決定？」

「這經常取決於案件的背景是僅限當地，還是有一個更大的範圍。有時候，也許，是個跨國性的案子。」

「那麼他斷定這是個跨國的案子了？」

「也許更恰當地說，是跨越大西洋。」

「他們已經在報紙上暗示了，不是嗎？暗示說那個不知名的謀殺者，企圖殺死瑪力娜・葛雷，但是誤殺了一個可憐的本地女人。這是真的，還是替他們的電影做的宣傳？」

「我想這件事沒有什麼好懷疑，彭絲小姐。」

「您想問我什麼？我得去蘇格蘭警場嗎？」

他搖搖頭。

「不用，除非您喜歡。如果您願意的話，我們回您的工作室去。」

「好的，就這麼辦吧。我的車就在街上。」

她沿著小路快步走著。戴蒙跟上她。傑思羅在後面大聲喊道：「再見了，親愛的，我不打擾你們了。我想你和警官一定會談些重大的機密。」

他加入人行道上兩個模特兒的行列，開始跟她們熱烈地談論起來。

瑪歌鑽進車子，打開另一邊的車門，戴蒙進來坐在她旁邊。開回托騰罕法院路的路上，她悶不吭聲。她把車拐進死巷，在巷尾通過了一扇開著的大門。

「我在這兒有自己的停車位，」她說，「這其實是個存放家具的地方，但是他們租給我一小塊地方。停車在倫敦是很頭疼的事情，也許這事您再清楚不過了，雖然我猜想您不處理交通問題吧？」

「是的，那不屬於我管的麻煩事。」

「我認為最合邏輯的結論就是謀殺了。」瑪歌．彭絲說。

她帶頭回到攝影室，用手示意他坐在椅子上，給了他一根香菸，自己則陷在一個大大厚厚的坐墊上面對著他。她隔著厚厚的黑髮看他，目光憂鬱而帶著疑問。

「說吧，陌生人。」她說。

「我想，您在這次死亡的現場中負責拍攝照片。」

「是的。」

「是為了公事嗎？」

「是的，他們想要拍一些特殊的照片。那種東西我拍很多。有時候我為電影公司拍照，但這次只是拍些派對的照片，然後拍幾張瑪力娜·葛雷和傑森·拉帝接待特別人物——地方名流等等——的照片。」

「是的，這點我明白。您把您的照相機架在樓梯上，是嗎？」

「在某段時間是的。我在那兒找到一個非常好的角度，能拍到從下面上樓的人，也能轉過來拍到瑪力娜跟他們握手。你可以不移動太多而拍到很多不同的角度。」

「我知道，當然，您回答過警官一些問題，例如是否看見不尋常的事，以及對警方有用的事情。這些都是一般問題。」

「您還有更多專門的問題嗎？」

「我想，稍微專門一點。從您站著的地方能看清瑪力娜·葛雷嗎？」

她點點頭。

「非常清楚。」

「傑森·拉帝呢？」

「有時候清楚。但是他走動得比較多，遞飲料什麼的，還有為別人互相介紹，介紹本地人給名人認識，我想是那一類的事情。我沒看見這位巴德利太太……」

「貝德克。」

「對不起，貝德克。我沒看見她喝那杯致命的飲料或任何類似的東西。其實，我不認為我真的知道她是哪個人。」

「您記得市長抵達的時候嗎？」

「噢，記得。我還清楚記得。他戴著官職項鍊，穿著官服。我拍了一張他上樓的照片，一張特寫，十分冷酷的側面像，然後拍了張他跟瑪力娜握手的照片。」

「那麼，您至少能在記憶裡讓那個時間定格。貝德克太太和她丈夫就在他前面上的樓。」

她搖搖頭。

「很抱歉，我還是記不起她。」

「那也沒太大關係。我想您把瑪力娜看得很清楚，您盯著她，並且經常把相機對著她。」

「相當正確。大部分時間是這樣。我會一直等到適當時機才按下快門。」

「您認識一個叫亞威克．芬恩的人嗎？」

「噢，認識，我太熟悉他了。透過電視網，還有電影。」

「您拍了他的照片嗎？」

「拍了。我拍了一張他跟蘿拉．布魯斯一起上樓的照片。」

「那是在市長之後嗎？」

她想了一會兒，然後同意道：「是的，大概是在那個時候。」

「您有沒有注意到，大概在那時，瑪力娜．葛雷似乎突然覺得不舒服？您有沒有注意到她臉上有什麼異常的表情？」

瑪歌．彭絲向前傾了傾，打開一個菸盒，拿出一根香菸，點著。她沒馬上回答，戴蒙也沒催促她。他等待著，心中納悶她在反覆思考些什麼。最後她突然開口。

「您為什麼問我這個？」

「因為我急於知道答案……可靠的答案。」

「您認為我的回答可靠嗎？」

「是的，事實上我是這麼認為。您一定習慣仔細觀察人的臉部表情，以捕捉某個神情，等待某個最佳的時刻。」

她點點頭。

「您看見那種表情了嗎？」

「有別人也看見了，對吧？」

「是的。不只一個人。但是描述得都很不一樣。」

「別人是怎麼描述的？」

「有個人告訴我說，她像是快要暈過去了。」

瑪歌．彭絲慢慢地搖著頭。

「另一個人說她嚇了一跳。」他頓了一下又繼續說：「還有人描繪說她的表情彷彿凝固住了。」

「凝固……」瑪歌．彭絲沉吟道。

「您同意最後那個說法嗎？」

「我不知道，也許。」

「還有一個說法更富想像力。」戴蒙說，「引用已故詩人丁尼生的詩句：『鏡子崩裂，夏綠蒂小姐發出驚叫：厄運降臨到了我頭上。』」

「那兒沒有鏡子，」瑪歌．彭絲說，「但是如果有，它也許會崩裂。」她突然站了起來。「等一下，」她說，「我給您看一樣東西，這會比描述給您聽要有用得多。我拿給您看。」

她把簾子拉到了最旁邊，消失了一段時間。他能聽見她不耐煩地低聲抱怨著。

「真是糟糕，」她再度出現時說，「當你想找東西的時候，就是找不到。不過我已經找到了。」

她走過來，把一張光面的照片放在他手上。他低下頭看。這是一張瑪力娜的照片，拍得非常好。她的手被一個站在她面前的女人緊緊握著，因此那個女人背對著鏡頭。可是瑪力娜沒有看著那個女人。她的眼睛沒有盯著鏡頭而是微微往左邊斜了一點。讓戴蒙．蓋達克感到有趣的是，她臉上毫無表情。沒有害怕，沒有痛苦。照片上的女人正盯著某樣東西，一個她看見的東西，讓她心底突然湧上強烈的感情，以至於她無法用任何一種臉部表情來表達。戴蒙．蓋達克曾在一個男人的臉上見過這種表情，那個人後來立刻被槍殺了……

「滿意嗎？」瑪歌．彭絲問。

蓋達克長長地嘆了一口氣。

「是的，謝謝您。您知道，目擊者是不是在誇大事實，是不是在想像他們看見了什麼事，這很難判斷。但在這個案子裡不是這種情況。確實有東西可看，而且她也看見了它。」他問：「我能留下這張照片嗎？」

「噢，可以。您可以留著它。我有底片。」

「您沒把它寄給報社？」

瑪歌．彭絲搖搖頭。

「我很奇怪您為什麼沒寄給報社。畢竟，這是一張相當戲劇性的照片。有的報社也許會出個好價錢。」

「我不願意那麼做。」瑪歌．彭絲說，「要是你偶然間深入到某個人的靈魂深處，卻利用它從中獲利，你會覺得有點尷尬。」

「您認識瑪力娜嗎？」

「不認識。」

「您是從美國來的，對吧？」

「我生在英國，但我是在美國長大的。我是……噢，大概三年前到這兒來的。」

戴蒙．蓋達克點點頭。他早就知道這些問題的答案。這些資料早就和其他一些文件擺在他辦公桌上等著他了。這女孩似乎挺坦率的。

「您在哪兒受訓？」

「萊因加登電影公司。我有一段時間跟著安德魯．奎普。他教了我很多東西。」

「萊因加登電影公司和安德魯．奎普……」

戴蒙．蓋達克突然警覺起來。這兩個名字擊中了他的某個記憶。

「您住在七泉鎮，是嗎？」

她看起來很開心。

「您似乎知道我很多事情。您一直在調查我嗎？」

「您是位非常有名的攝影師，彭絲小姐。您知道，有很多關於您的報導。為什麼您要來英國呢？」

她聳聳肩。

「噢，是這樣，我想改變一下環境。而且我跟您說了，儘管我在小的時候就去了美國，但我生在英國。」

「我想，是相當小的時候。」

「如果您感興趣，是五歲。」

「我很感興趣。彭絲小姐，我想您可以多告訴我一些。」

她的臉僵住了。她瞪著他。

「您這麼說是什麼意思？」

戴蒙・蓋達克看著她，冒險一試。沒有什麼線索可追查。只有萊因加登電影公司和安德魯・奎普，還有那個小鎮的名字而已。但是，他感到瑪波小姐在耳邊慫恿著他。

「我想您比您說的更了解瑪力娜・葛雷。」

她大聲笑了起來。

「拿出證明啊。您在胡思亂想。」

「是嗎？我不是想像。而且，您知道，只要花一點點時間和注意力，就可以證明。好了，彭絲小姐，您是不是最好承認了這個事實？承認在您小時候，瑪力娜・葛雷收養了您，而且您和她一起生活了四年。」

她「嘶」地明顯吸了口氣。

「你這個好管閒事的混蛋！」

這令他有點吃驚，這和她先前的態度是多麼鮮明的對照。她站起身，搖晃著一頭黑髮。

「好，好，你說得都很對！是的，瑪力娜帶我一起去了美國。我母親有八個孩子。她住在貧民窟裡。我想，她是那種寫信給她剛好聽聞過的女影星的幾百人之一，她向她傾吐一個不幸的故事，懇求她收養一個母親不能給予優渥條件的孩子。噢，這一切實在令人噁心！」

「你們一共有三個，」戴蒙說，「三個在不同時間、不同地方收養的孩子。」

「是的，我，羅德，和安格斯。安格斯比我大，羅德實際上還是個嬰兒。我們過著幸福的日子。噢，幸福的日子！所有的優渥條件！」她的聲音嘲弄似地提高了。「衣服，汽車，住著令人羨慕的房子，有人照顧我們，進入良好的學校接受教育，還有美味可口的食物。所有的一切都堆得高高的任我們享用！還有她本人，我們的『媽媽』，加了引號的『媽媽』，扮演著她的角色，為我們哼歌，和我們拍照！啊，多麼美麗感人的畫面啊！」

「但是她真的想要孩子，」戴蒙·蓋達克說，「這點夠真實，不是嗎？這不只是個廣告噱頭。」

「噢，也許，是的，我想這是真的，她想要孩子。可是她不想要我們！這只是一場愉快的表演。『我的家庭。』『有一個我自己的家庭是多麼幸福。』而伊茲也讓她這麼做。他應該更了解情況。」

「伊茲就是伊西多·賴特？」

「是的，她的第三任還是第四任丈夫，我忘了是哪一任。他是個非常好的人。我想，他理解她，有時候他也為我們操心。他對我們很好，但是他不硬裝成是我們的父親。他不想當父親。實際上他只關心自己的寫作。我讀過他寫的一些東西。那些作品描寫一些骯髒汙穢、殘酷無情的東西，但是很有力量。我認為將來有一天他會成為一個偉大的作家。」

「這種狀況持續到什麼時候？」

瑪歌·彭絲的笑容一下子扭曲了起來。

「直到她厭倦了那種特殊的表演以後。噢不，不對……到她發現她快要有自己的孩子的時候。」

又一陣苦楚突然襲來，於是她大笑起來。

「然後我們就得接受這個事實！她不再需要我們了。我們扮演小小的臨時替代品，扮演得很出色，可是她其實一點都不在乎我們，根本不在乎。噢，她做得非常漂亮，發給我們撫恤金讓我們離開。附帶給我們一個家，一個養母，還有教育費用，還有一小筆讓我們在這個世界開始獨立的錢。沒人說她做得不對，不慷慨。可是她從來就不想要我們，她想要的只是自己的孩子。」

「您不能為了這個而責怪她。」戴蒙柔聲說。

「我不怪她想要一個自己的孩子，不會！可是我們怎麼辦？她把我們從自己的父母身邊帶走，從我們歸屬的土地上帶走。我母親為了一碗骯髒的濃湯而賣了我……要是你想這麼說的話。但是她不是為了自己能得到什麼好處。她賣了我是因為她是個極其愚蠢的女人，以為我會得到『優渥的條件』和『教育』，會過上美好的生活。她以為這麼做對我是最好的。對我最好？要是她真的明白，就不會這麼說了。」

「我明白，您現在還是非常痛苦。」

「不，現在我已經不痛苦了。我已經熬過來了。我痛苦是因為我在回憶，因為我又回到了那些日子。我們都很痛苦。」

「你們幾個都是？」

「呃，羅德沒有。羅德從來不在乎任何事情，而且當時他還小。但是安格斯的感覺和我一樣，只是我認為他的復仇心更重。他說過當他長大了，他要去殺死那個她將生下的孩子。」

「您知道那個嬰兒？」

「噢，我當然知道。而且大家都知道發生了什麼。懷了孩子後，她歡喜得都快瘋了，接著孩子生下來了卻是個白癡！這是她的報應。無論是癡呆還是不癡呆，她都不想要我們再回去了。」

「您非常恨她。」

「為什麼我不能恨她？她對我做了最殘忍的事情。她讓我們相信我們是被愛著和被需要著，而接著就向我們展示這全是假的。」

「您的那兩個——為了方便起見，我叫他們兄弟——後來怎麼樣了？」

「噢，後來我們分開了。羅德在美國中西部的一個地方開農場。他生性樂觀，而且總是保持樂觀的態度。安格斯？我不知道，我不知道他的去向。」

「他還覺得憤恨嗎？」

「我不這麼想，」瑪歌說，「這不是你能深入了解的東西。我最後一次見到他時，他說他要去當演員。我不知道他有沒有去。」

「儘管這樣，您還是記得這種感覺。」戴蒙說。

「是的，我記得。」瑪歌・彭絲說。

「那天瑪力娜．葛雷看見您很驚訝嗎？還是她想取悅你才故意安排你拍照？」

「她？」她不屑地笑笑。「她完全不知道有安排攝影的事情。我很想見到她，所以我為了得到這份工作還做了一些遊說。因為我說過，我對電影公司的人還有點影響力。我想看看她現在是什麼樣子。」她拍拍桌子。「她甚至認不出我了。您對這件事有什麼看法？我和她在一起四年，從五歲到九歲，而她竟然認不出我了。」

「小孩子會變的，」戴蒙．蓋達克說，「他們的變化非常大，以至於你常常認不出他們。前些天我在街上碰到我的侄女，我向您保證，她走在街上我都認不出來。」

「你說這些是為了讓我好過些嗎？實際上我不在乎。噢，該死的，誠實點吧。我確實在乎，的確在乎。她有一種魔力，您知道。瑪力娜！她有一種令人驚異且能引起災禍的魔力，它能緊緊抓住你。你可以恨一個人，同時仍然在乎他。」

「您沒有告訴她您是誰？」

她搖搖頭。

「沒有，我沒告訴她。我最不願意做的就是這個了。」

「是您試圖毒死她嗎，彭絲小姐？」

她的態度變了。她站起來，大笑著。

「你的問題多麼可笑！可是我想你不得不問，這是你分內的工作。不，我向你保證，我沒有殺害她。」

「這不是我要問您的問題，彭絲小姐。」

她看著他，皺著眉頭，一臉困惑。

「瑪力娜．葛雷……」他說，「畢竟還活著。」

「還能活多久？」

「您這麼說是什麼意思？」

「警官，難道你不認為有人會再嘗試一次，而這次……這次，也許，他會得逞？」

「我們會採取防範措施。」

「噢，我保證他們會。那個愛慕著她的丈夫會照顧她，而且保證她不會受到傷害，是嗎？」

他仔細聽著她聲音中的嘲諷。

「你說你不是問我那個問題，是什麼意思？」她突然又回到了先前那個問題。

「我問您是不是試圖謀害她。您回答說您沒有殺害她。那當然是真的，但是有人死了，有人被殺害了。」

「你的意思是，我試圖殺死瑪力娜，反而殺死了一個叫什麼名字的太太。如果您想要我說得更明白一些，那麼告訴您，我沒想毒死瑪力娜，也沒毒死貝德克太太。」

「但是您知道誰可能下毒手嗎？」

「我什麼也不知道，警官，我向您保證。」

「可是您有某種想法？」

「噢，人總是會有想法。」她對著他微笑，是種冷笑。「有那麼多人，他們可能是凶手，也可能不是，行動像機器人的黑髮祕書，動作優雅的赫立．普雷斯，僕人，女傭，按摩師，理髮師，電影公司的人，那麼多人，而他們其中的一個，也許不是他或她假裝的那個人。」

然後，當他無意識地向她走近一步時，她猛地搖起頭來。

「放輕鬆，警官，」她說，「我只是在逗您。有人想要瑪力娜的命，可是我一點都不知道他是誰。真的，我一點都不知道。」

／16

奧布里巷十六號，年輕的柏克太太正和她丈夫聊著天。吉姆．柏克，一個高大壯碩、相貌英俊的金髮男子，正專心地組裝一套模型。

「鄰居！」雀莉說，她甩了一下她的黑色鬈髮。「鄰居！」她怨恨地說。

她小心地把煎鍋從爐子上拿下來，接著動作俐落地把菜盛進兩個盤子，其中一盤的分量比另一盤多了許多。她把多的一盤放在丈夫面前。

「什錦烤肉。」她報上菜名。

吉姆抬起頭，讚賞地聞了聞。

「好像很好吃，」他說，「今天是什麼日子？我的生日嗎？」

「你得好好補充營養。」雀莉說。

她圍著一件紅白條紋鑲著小花邊的圍裙，看起來非常漂亮。吉姆．柏克移動了一下巡航艦的位置，騰出空間來擺飯菜。他咧開嘴朝她太太笑笑，問道：「誰這麼說的？」

「我的瑪波小姐就這麼說！」雀莉說，「而且，說到補充營養的話，」雀莉在吉姆對面坐下來，把盤子拉近自己，接著說，「我認為她應該能替自己補充更豐富營養的東西。那個叫作懷特．奈特的老處女，光給她吃些含澱粉的食物。那是她唯一想得到的東西！『美味的牛奶蛋糊』，『美味的麵包和奶油布丁』，『美味的焗通心粉』。軟軟爛爛、淋著粉紅色醬汁的布丁。還有廢話，廢話，一天到晚的廢話。都快把她的腦袋說得掉下來了。」

「噢，哎呀，」吉姆含糊地說，「我想，這是病人的飲食。」

「病人的飲食！」雀莉輕蔑地哼了一聲，「瑪波小姐才不是病人哩，她只是老了而已。她還老愛干涉別人。」

「誰，瑪波小姐？」

「不，是那個奈特小姐。老是教我該怎麼做事！還想教我怎麼做菜呢！做菜我比她懂得多了。」

「做菜你是頂尖高手，雀莉。」吉姆讚賞地說。

「做菜有套學問，」雀莉說，「值得你埋頭苦幹。」

吉姆哈哈大笑。

「我現在正埋頭苦幹哩。為什麼你那位瑪波小姐會說我需要營養？那天我去修浴室架子的時候看起來很衰弱嗎？」

雀莉大笑起來。

「我來告訴你，她是怎麼跟我說的吧。她說：『親愛的，你有一個英俊的丈夫，非常英俊的丈夫。』聽起來就像是他們在電視上大聲朗讀的期刊內容。」

「我想你是贊同她的話了？」吉姆咧開嘴笑著說。

「我說你還不錯。」

「不錯嘛！說得不慍不火。」

「接著她說：『親愛的，你必須照顧好你的丈夫，一定要給他適當的飲食，男人需要大量精心烹製的肉類食品。』」

「很好！很好！」

「而且她跟我說，一定要為你準備一些魚肉，不要買現成的派，放進烤箱加熱便算。這點我倒還好。」雀莉自傲地補充道。

「你不能常買那種東西給我吃，」吉姆說，「它們吃起來味道根本不一樣。」

「只要你注意到你吃的是什麼，」雀莉說，「而且別對那些你老是在玩的巡航艦太著迷。別跟我說你買了那套玩意是要送給你侄子麥克的聖誕禮物。其實你買它是為了自己玩。」

「他還太小，不能玩這個。」吉姆抱歉地說。

「我想你整晚都會魂不守舍地玩下去。聽點音樂怎麼樣？你買了那張新唱片了嗎？」

「我買了。柴可夫斯基第一八一二號。」

「是那首交戰聲響很大的曲子，是嗎？」雀莉說。她做了個鬼臉。「我們的哈娜太太不會喜歡這個！鄰居！我受夠了鄰居。總是抱怨、發牢騷。我不知道哪家人最壞，是哈娜家還是巴納比家。哈娜家有時在十點四十分的時候就開始敲牆。真叫人受不了！電視和英國廣播公司的節目也沒結束得這麼早啊。要是我們喜歡，為什麼不該聽點音樂？而且老是要我們把音量關小一點。」

「你不能把音量關小，」吉姆頗有權威地說，「除非達到了音量要求，否則就聽不出效果。這是每個人都知道的。在音樂圈內也絕對認同。還有，她們那隻貓怎麼說呢？老是跑到我們的花園裡來，把我才剛整理好的花床翻起來。」

「告訴你，吉姆，我厭倦了這個地方。」

「在哈斯菲爾的時候，你並不討厭鄰居。」吉姆表示。

「那兒不一樣，」雀莉說，「我的意思是，在那兒你是完全獨立的。如果發生了困難，有人會伸出援手，而你也會對他們伸出援手，但你不會去干涉別人。這樣的新社區讓人們對鄰居有偏見。我想，這是因為我們都是新來的緣故。周圍到處是說人壞話和搬弄是非的人，給議會寫信，事情一件接一件，快把我給累死了！小鎮的人們太忙於做這些事情了。」

「你說的可能有點道理，我的小姐。」

「你喜歡這兒嗎，吉姆？」

「工作還不錯。而且這畢竟是棟全新的房子。我希望這裡空間能更大一點，那樣我們的活動就更自由自在。要是我能有一個工作室就好了。」

「剛開始我認為這兒很可愛，」雀莉說，「但是現在不這麼肯定了。房子不錯，而我也喜歡藍色的外觀，浴室也很好，可是我不喜歡這兒的人和這附近的感覺。我跟你說過那個莉莉‧佩斯和她的哈利已經分手了嗎？那天他們去看房子的事真是有趣。你知道，當時她幾乎從窗口摔下去，她說哈利像一頭呆豬似的站在那兒沒動。」

「我很高興她和他斷絕了關係。要是說我見過什麼壞蛋的話，那他就是一個。」吉姆說。

「只因為懷孕就和一個傢伙結婚不是件好事。」雀莉說，「你知道，他不想和她結婚。他不是個好人，瑪波小姐說他不是。」她若有所思地補充道：「她和莉莉談過他，莉莉以為她瘋了。」

「瑪波小姐？我不知道她還見過他？」

「噢，是的，那天她在這附近散步，摔了一跤，貝德克太太把她扶起來，帶她到她家裡。你認為亞瑟和彭安太太會成為一對嗎？」

吉姆拿起巡航艦中的一塊，參考著說明圖，皺著眉。

「我希望我說話的時候你會注意聽。」雀莉說。

「你剛才說什麼？」

「亞瑟‧貝德克和彭安太太。」

「看在上帝的份上，雀莉，他太太剛死耶！你們這些女人！我聽說，如果你和他說話，他還會不時地神經性抽動，神態挺不安呢。」

「不曉得為什麼……我想不到他會有那種反應，你說呢？」

「你能不能把桌子這頭整理乾淨點，」吉姆說，根本理都不想理鄰居的事情。「好讓我把這些組件攤開些。」

雀莉惱火地嘆了口氣。

「要吸引你的注意力，我得變成巨無霸噴射機或者渦輪螺旋槳，」她挖苦地說，「你就只關心你的模型！」

她把還有剩菜的盤子疊在一起，端到水槽內。她決定不洗。這項日常的必要工作，她總是盡可能地延後。她把所有東西都隨便往水槽裡放，迅速穿起一件燈芯絨夾克就走出屋子，停了一下回頭扔下一句話：「我溜出去看一下戈蕾蒂．狄克遜。我想向她借一本《時尚》雜誌。」

「好的，小姐。」吉姆埋頭在他的模型上答應道。

雀莉經過隔壁鄰居的前門時狠狠地瞪了一眼，然後拐過彎走進布萊尼姆巷，在十六號門前停下。門開著，雀莉敲了敲就進了門廳喊道：「戈蕾蒂在嗎？」

「是你嗎，雀莉？」狄克遜太太從廚房內向外張望。「她在樓上她的房間裡做衣服。」

「好的，我自己上去。」

雀莉上樓進了一間小臥室，戈蕾蒂，一個臉蛋普通的胖女孩，正跪在地上，嘴裡咬著幾個別針，滿臉通紅地縫一個紙樣。

「你好啊，雀莉。你看，我在馬奇班罕的哈波拍賣會上買了一些漂亮的布。我要再做一件有花邊、打交叉的款式，我以前用達克龍做過的那種。」

「很好啊。」雀莉說。

戈蕾蒂從地上爬起來，微微喘著氣。

「我消化不良。」她說。

「你不該在晚飯後馬上做衣服，」雀莉說，「不應該那樣彎腰俯身。」

「我想我應該再苗條一點兒。」戈蕾蒂說。

她坐到了床上。

「電影公司有什麼新聞嗎？」雀莉問，她總是渴望聽到電影圈的新聞。

「沒什麼特別的。只是有很多傳聞。瑪力娜·葛雷昨天回去拍片了，並且又發生了可怕的事件。」

「怎麼回事？」

「她不喜歡咖啡的味道。你知道，他們在上午工作期間總會喝一杯咖啡。她喝了一口，說咖啡有點不對勁。這當然是胡扯，不可能那樣。咖啡是從餐廳的大壺裡直接倒的。當然，我總是把她的倒在一只特別的瓷杯裡，那個杯子非常漂亮，和其他人的不同，但咖啡是一樣的。所以不可能有什麼不對勁，不是嗎？」

「我猜，是神經緊張。」雀莉說，「然後發生了什麼？」

「噢，沒什麼。拉帝先生讓大家都鎮靜下來。他那樣的處理方式非常棒。他從她手中接過咖啡倒在水槽裡。」

「這似乎很愚蠢。」雀莉慢慢地說。

「為什麼？你是什麼意思？」

「呃，要是真有什麼不對勁，現在也沒人知道了。」

「你認為真的可能那樣嗎？」戈蕾蒂表情警覺地問。

「呃，」雀莉聳了聳肩。「派對那天她的雞尾酒就出了問題，不是嗎？那麼，為什麼這咖啡不會有問題呢？如果一開始你沒有成功，就會一試再試，一直試下去。」

戈蕾蒂嚇得發抖。

「我一點都不喜歡這樣，雀莉，」她說，「有人在對付她。她收到更多的信，你知道，是恐嚇她的。而且那天發生了雕像事件。」

「什麼雕像事件？」

「一座大理石雕像，片中的場景。那是在一個奧地利宮殿之類的房間角落。名字很奇怪，叫夏布朗。房間裡面陳列著畫作、瓷器和大理石雕像。這座雕像高高地放在一個托架上，可能它沒往後推得夠深。但不管怎麼說，一輛重型貨車在外面的路上開過時，把它震了下來，正好掉在瑪力娜演女爵的一場大戲中要坐的椅子上，摔得粉碎！幸運的是，當時他們沒在拍攝。拉帝先生要大家別跟她提起一個字，隨後他放上另一張椅子。當她昨天問起為什麼換椅子時，他說另一張的時代搞錯了，而且這張能給攝影機提供更好的角度。但他根本就不喜歡那張椅子，我可以這麼跟你說。」

兩個女孩子面面相覷。

「在某種程度上挺刺激的，」雀莉緩緩說道，「不過，這不是……」

「我想我不要再去電影公司的餐廳工作了。」戈蕾蒂說。

「為什麼？沒人想毒死你，或者往你頭上砸大理石雕像呀！」

「對，沒人想害我。但死的不一定是想害死的人，死的也許是別人，就像那天貝德克太太一樣。」

「非常對。」雀莉說。

「你知道，」戈蕾蒂說，「我一直在反覆思考。那天我在戈辛頓莊裡幫忙，當時我離她們很近。」

「在希瑟死的時候？」

「不，在她的酒打翻的時候，酒液都倒在她的洋裝上。那件洋裝很漂亮，深藍色尼龍塔夫綢的質料，為了這個場合她才剛買的。而且，事情很好玩。」

「什麼很好玩？」

「當時我沒把這件事放在心上。但當我仔細思考的時候，它的確顯得很好玩。」

雀莉充滿期待地看著她。她認為戈蕾蒂說的「好玩」一定有其含義，而非為了逗趣刻意引用。

「看在上帝的份上，告訴我什麼很好玩？」她請求道。

「我幾乎能肯定，她是故意那麼做的。」

「故意打翻酒？」

「是的。而且我真的認為那很好玩，你覺得呢？」

「故意弄髒一件全新的洋裝？我不相信。」

「我現在想知道的是，」戈蕾蒂說，「亞瑟．貝德克將怎麼處置希瑟的衣服。那件裙子很容易洗乾淨，或者我可以把它裁掉一半，那是件漂亮的衣服。你認為要是我想和亞瑟．貝德克買那件洋裝，他會覺得我非常討厭嗎？它幾乎不需要改，而且它的料子很好。」

「你不會……」雀莉猶豫了一下，說：「介意嗎？」

「介意什麼？」

「嗯，穿上一個女人死去時穿著的洋裝，我是說，那樣死的……」

戈蕾蒂瞪著她。

「這點我沒想過。」她坦承說。

她考慮了一會兒，接著又高興了起來。

「我不認為這有什麼關係，」她說，「畢竟，你每次去買二手貨的時候，也有人是穿著那些二手貨死去的，不是嗎？」

「是的。但這不完全是同一回事。」

「我認為你想太多了。」戈蕾蒂說，「那件洋裝的顏色是一種漂亮的深藍色，而且料子的確很昂貴。至於那件好玩的事情，」她沉思著繼續說：「我打算明天早晨上班時順路去戈辛頓莊一趟，和朱塞佩先生談談。」

「是那個義大利管家嗎？」

「是的，他長得帥極了，眼睛閃閃發亮。他脾氣很壞，我們去那兒幫他時，他對我們這些女孩子嘮叨得很厲害。」她咯咯笑了起來。「不過我們也沒人真的介意。有時候，他也會非常好……反正，我或許會把這件事告訴他，並問他我應該怎麼做。」

「我不明白你有什麼事值得告訴他。」雀莉說。

「呃，好玩嘛。」戈蕾蒂說，執意用她最喜歡的那個形容詞。

「我認為，」雀莉說，「你只是想找一個藉口去跟朱塞佩先生說話，你最好小心點，我的小姐。你知道這些傢伙是什麼樣子！『非婚生子女生父確認令』[18]四處碰得到。熱情又多情，這是這些義大利人的特點。」

戈蕾蒂自我陶醉地嘆了口氣。

雀莉看著她朋友那張零星長著幾顆雀斑的胖臉，了解她的警告乃是多餘。她想，朱塞佩先生一定有更好的對象。

§

「啊哈！」荷大克醫生說，「拆了，我知道。」

他的視線從瑪波小姐身上移到了一堆毛茸茸的白色羊毛線上。

「你建議過我，要是織不了的話，就試著拆了它。」瑪波小姐說。

「你似乎對這件事非常認真。」

「一開始我就在樣式上犯了個錯誤，使得整件衣服都失去了比例，所以我不得不把它全拆了。這是個非常複雜的樣式，你知道。」

「對你來說，什麼是複雜的樣式？根本就沒有。」

「我想我真的應該堅持織平針，因為我的視力很糟。」

「你會發現那非常枯燥無味。嗯，你採納了我的建議，我很高興。」

「我一向不都是採納你的建議嗎，荷大克醫生？」

「當建議適合你的時候你就採納它。」荷大克醫生說。

「告訴我，醫生，當你向我提出那個建議的時候，腦子裡想的真是織毛衣嗎？」

18 非婚生子女生父確認令（affiliation order），英國法律名詞，判定私生子女之父負擔贍養費的法令。

她向他眨了眨眼，他也回敬了她。

「你的謀殺案拆解工作進行得怎麼樣了？」他問。

「恐怕我的才能大不如前了。」瑪波小姐嘆口氣搖了搖頭。

「胡說。」荷大克醫生說，「別告訴我你沒得出一些結論。」

「當然，我得出了一些結論，非常肯定的結論。」

「比如說？」荷大克喜歡追根究柢。

「如果那天那個雞尾酒杯被人動過手腳；但我不明白那是怎麼做的……」

「也許事先把藥裝在眼藥水裡。」荷大克提醒道。

「你真內行，」瑪波小姐欽佩地說，「但即使是那樣，對我來說，這件事沒人看見也是非常奇怪。」

「這件謀殺案不僅發生了，而且應該有人目睹！是這樣嗎？」

「你十分明白我的意思。」瑪波小姐說。

「這是凶手得冒的險。」荷大克說。

「噢，完全正確。我從未反對過這一點。但是經過調查和清點人數，我發現出事地點至少有十八到二十個人。對我來說，二十個人之中應該有人看見那個動作的發生。」

荷大克醫生點點頭。

「當然，這可以想像。但是很明顯，沒人看見。」

「所以我很納悶。」瑪波小姐若有所思地說。

「你究竟在想什麼？」

「好吧，一共有三種可能。我假設至少有一個人看見了什麼……二十個人中的一個。我認為這麼假設是合理的。」

「我認為你是在以未經證實的假定作為依據，」荷大克說，「而我能隱隱看見前方有個可怕的可能性試驗。有六個戴白帽子的人和六個戴黑帽子的人，你得用數學方法計算出把兩種顏色打亂的可能性以及比例。你要是開始思考那樣的問題，你會發瘋的。我向你保證！」

「我沒思考那樣的問題，」瑪波小姐說，「我只是在思考什麼是可能發生的。」

「是的，」荷大克沉吟道，「這點你很擅長。你一直都是這樣。」

「在二十個人之中，至少有一個很善於觀察。」瑪波小姐說，「你知道，這有可能。」

「我認輸了。」荷大克說，「我們來談談三種可能性吧。」

「恐怕我只能簡略說一下，」瑪波小姐說，「我還沒完全研究出來。蓋達克探長會詢問在場的每個人，而且可能法蘭克．考尼許會早他一步詢問，因此結果自然是，無論誰看見了類似的事情，都會說出來。」

「這是一種可能性嗎？」

「不，當然不是，」瑪波小姐說，「因為這還沒發生。問題是，如果有個人確實看見了什麼，那這個人為什麼不說呢？」

「我在聽。」

「第一種可能性，」瑪波小姐的臉頰由於激動而微微透紅。「看見的人沒有意識到他所看見的事情。那就是說，那是一個相當愚蠢的人。這麼說好了，一個能用他的眼睛但不會用腦子的人。這種人啊，當你問他：『你有沒有看見有人往瑪力娜·葛雷的酒杯裡放什麼東西？』他會回答說：『噢，沒有。』但要是你說：『你有沒有看見誰把他的手放在瑪力娜·葛雷的酒杯上方？』他會說：『噢，有啊，當然我看見了。』」

荷大克大聲笑了起來。

「我承認，」他說，「我們不大能忍受傻瓜在我們周圍出現。好，我同意你的第一種可能性。一個傻瓜看見了，這個傻瓜不明白那個動作的含義。那麼第二種可能呢？」

「這種說法有點牽強，但是我確實認為這也是一種可能。也許是一個習慣往酒杯裡放東西的人。」

「等等，等等，你解釋得清楚些。」

「在我看來，」瑪波小姐說，「現代人經常往他們吃喝的東西裡加別的東西。在我年輕時，吃飯時服藥被認為是一種非常不禮貌的行為。那等於是在餐桌上擤鼻涕一樣，沒人那麼做。如果你必須服用藥丸或膠囊，或一湯匙什麼藥，你就得走出飯廳去服用。但現在不是這麼回事了。我和我外甥雷蒙一起住的時候，我觀察到他的一些客人似乎隨身帶著很多裝藥片藥丸的小瓶子，他們在吃飯的同時服藥，不然就在飯前或飯後服用。他們把阿斯匹靈之類的藥放在手提包內並且吃個不停，就著茶或飯後的咖啡。你明白我的意思嗎？」

「噢，是的，」荷大克醫生說，「我現在聽懂了，這很有意思。你是說有人……」他停住不說了。「還是用你自己的話來說吧。」

「我的意思是，」瑪波小姐說，「這很可能——這個想法很大膽但是有可能——有人拿起那個酒杯，酒杯拿在那人的手上，當然會被認定是他或她自己的，然後他或她便相當公開地往裡面加東西。那樣的話，你明白，周圍的人是不會細想的。」

「儘管這樣，他，或者她，不可能保證事情如願發展。」荷大克指出。

「是的。」瑪波小姐也同意。「這是一場賭博，一次冒險，但是這可能發生。而且接著，」她繼續說，「還有第三種可能。」

「第一種可能，一個傻瓜。」醫生說，「第二種可能，一個賭徒。第三種可能是什麼？」

「有人看見了發生的事，但故意保持緘默。」

荷大克皺起眉頭。

「為了什麼？」他問，「你是在暗示，有人利用此事敲詐勒索嗎？如果是這樣……」

「如果是這樣，」瑪波小姐說，「那人冒的風險很大。」

「是的，確實是這樣。」他眼神犀利地看著這個大腿上擱著白毛衣的老婦人。「你認為第三種可能性最高嗎？」

「不，」瑪波小姐說，「我不會妄下結論。目前，我沒有充足的根據。除非，」她謹慎地補充道，「有其他人被殺。」

「你認為有其他人將會被殺嗎？」

「我希望不會，」瑪波小姐說，「我希望並且祈禱不要發生這樣的事。但是荷大克醫生，這種事並不少見呀。真是又悲哀又可怕，它發生得如此頻繁……」

17

艾拉放下話筒，暗自竊笑，並走出公共電話亭。她對自己很滿意。

「全能的蓋達克探長！」她自言自語道，「我比他厲害兩倍。有道是，萬變不離其宗：『逃吧，一切都已敗露！』」

她自己非常愉快地回想電話另一端那人的痛苦反應……透過話筒傳來的微弱恐嚇耳語。

「我看見你……」

她無聲地笑了，嘴角彎成的線條像貓一樣殘忍。心理學系的學生也許會有興趣觀察她這個案例。直到最近幾天，她才感受到這股力量，她幾乎沒有意識到這種快速讓人心醉的極度興奮，對她的影響有多大……

「那個該死的老女人。」艾拉想。

她走上車道時，能夠感覺到班崔太太的目光尾隨著她。

一句話莫名其妙地浮現在她腦海。

「夜路走多了會碰到鬼喔……」

無稽之談。沒人會疑心是她低聲說出那些恐嚇的……

她打了噴嚏。

「該死的花粉症。」艾拉．齊琳思說。

當她走進辦公室時，傑森．拉帝在窗口站著。

他轉過身來。

「不知道你跑哪裡去了。」

「我必須去跟園丁說些事情。那兒有……」她注意到他的臉色，便住了口。她尖聲問道：「出了什麼事？」

他的雙眼看起來比以往陷得更深，所有小丑的愉悅都消失得無影無蹤，這是個處於緊張狀態下的男人。她以前見過他緊張的樣子，但是從未如此嚴重。

她又問了一遍。

「究竟出了什麼事？」

他拿出一張紙給她。

「這是那杯咖啡的化驗結果。那杯瑪力娜抱怨過而沒有喝的咖啡。」

「你把它送去化驗了？」她嚇了一跳。「可是你倒在水槽裡了，我看見的。」

他笑了，寬闊的大嘴彎成弧形。

「我很精於變魔術，艾拉。」他說，「這點你不知道吧？是的，我把大部分都倒了，但是留了一點兒，把它送去化驗。」

她低下頭看他手中的紙張。

「砒霜。」她的聲音像是難以置信。

「是的，砒霜。」

「那麼瑪力娜說嘗到苦味是對的了？」

「這個她沒說對，因為砒霜沒有味道。不過，她的直覺是對的。」

「而我們認為她只是有些歇斯底里！」

「她是歇斯底里！在這種情況下，誰不會？眼睜睜看著一個女人在她面前突然死去，又收到恐嚇信，一封接一封。今天沒有什麼東西吧，是嗎？」

艾拉搖搖頭。

「這些該死的東西是誰放的？噢，當然了，我猜這非常容易，這些窗子平常都開著。任何人都能溜進來。」

「你是說，我們應該給房子都釘上鐵柵欄，鎖起來？可是天氣這麼熱。畢竟我們有個人在院子站崗。」

「是啊，而且我不想讓她再受到更多的驚嚇。恐嚇信沒有什麼關係，可是砒霜，艾拉，砒霜就不同了……」

「沒有人會在我們的食物裡動手腳。」

「不可能嗎，艾拉？不可能嗎？」

「不可能動手腳而不被人看見。未經同意，任何人不能……」

他打斷了她的話。

「有錢能使鬼推磨，艾拉。」

「但不太可能去謀殺！」

「甚至是謀殺。而且他們也許沒意識到這就是謀殺，傭人們……」

「我保證傭人們沒問題。」

「就拿朱塞佩來說好了。假如涉及到金錢，我懷疑我是不是會信任朱塞佩……當然，他跟著我們已經有一段時間了，但是……」

「傑森，你非得這樣折磨自己嗎？」

他一下子坐倒在椅子上，身體向前傾了傾，兩隻長手臂垂在兩膝中間。

「我該怎麼辦？」他說得緩慢而無力。「我的天哪，我該怎麼辦？」

艾拉不言不語。她坐在那兒注視著他。

「她在這兒很快樂。」傑森說。

與其說他在跟艾拉說話，不如說他是在自言自語。他的目光穿過兩膝中間，直盯著地毯。要是他抬頭看看的話，她臉上的表情也許會讓他驚訝。

「她很快樂。」他又說，「她希望過得快樂，而且她這陣子確實很快樂。她那天這麼說，那個叫什麼名字的太太來的時候……」

「班崔？」

「對，班崔太太來喝茶的那天。她說日子『如此祥和』。她說她終於找到了她能安頓下來而且感到快樂和安全的地方。我的天哪，安全！」

「以後也永遠快樂嗎？」艾拉的語氣略微諷刺。「對，這種話聽起來就像一則童話故事一樣。」

「總之，她相信。」

「可是你不相信，」艾拉說，「你從來就不認為事情會是那樣吧？」

傑森．拉帝笑了。

「是的，我並不死心塌地認為。但我確實有段時間這麼想，一年，兩年，可能是一段平靜而滿足的時期，也許能讓她變成一個全新的人，也許能給她自信心、給她快樂，你知道。當她快樂的時候像個孩子，就像個孩子。而現在，她卻偏偏碰上這件事。」

艾拉不耐煩地動了動。

「每個人都會碰上意料不到的事，」她唐突地說，「生活就是這樣。你只能去接受它。有些人做得到，有些人做不到，她是做不到的那種人。」

她打了噴嚏。

「你的花粉症又惡化起來了？」

「是呀。對了，朱塞佩去了倫敦。」

傑森露出略微驚訝的神色。

「去倫敦？為什麼？」

「家裡出了點事。他在蘇活區有親人，有個親戚病得非常嚴重。他跟瑪力娜說了，她說沒關係，於是我放了他一天假。他會在今天晚上回來，你不介意吧？」

「不介意，」傑森說，「我不介意……」

他站起來，來來回回地踱步。

「要是我能帶她走，現在……馬上。」

「要放棄那幅美麗的景象？請考慮考慮。」

他提高了嗓門。

「除了瑪力娜，我什麼都顧不了了，懂嗎？她的境況很危險，我只能考慮這個了。」

她衝動地張開嘴，又閉上了。

她用手捂住嘴巴，打了個噴嚏，隨後站起來。

「我得去拿我的噴鼻器。」

她離開房間走進她的臥室，一個字眼不斷地在她腦中回響。

瑪力娜，瑪力娜，瑪力娜……總是瑪力娜……

滿腔怒火在她胸中燃燒起來，但她還是平息了它。她走進浴室，拿起她的噴鼻器。

她把噴嘴插進一個鼻孔，擠了一下。

警覺性慢了半拍……她的大腦認出了一種陌生的苦杏仁氣味，可是來不及讓正在擠壓的手指停下來……

18

法蘭克．考尼許擱回話筒。

「布魯斯小姐白天就離開了倫敦。」他宣布道。

「是嗎？」蓋達克問。

「您認為她……」

「我不知道。我不該這麼想，可是我不知道。亞威克．芬恩呢？」

「出門了。我留了話讓他回你電話。而人物攝影師瑪歌．彭絲在村子的某個地方有工作。她那個有點女性化的合夥人不知道她人在哪兒，或是他說不知道。管家溜去了倫敦。」

「不曉得管家是不是就此一走了之，」蓋達克沉思道，「我一向不相信什麼『瀕死的親戚』。為什麼他今天突然急著趕去倫敦呢？」

「他能輕而易舉地把氰化物放在噴鼻器中再離開。」

「任何人都能。」

「但我認為有跡象顯示是他。這幾乎不可能是外面來的人幹的。」

「噢，不，這有可能。你得判斷一下時間。你可以把車停在一條車道上，一直等到每個人都在客廳時，這只是打個比方，然後再從窗口偷偷溜進去，上樓。那些灌木叢就貼著房子長著。」

「這很冒險。」

「這個兇手不介意冒險，你知道，這一點一直很明顯。」

「我們有個人在院子裡值班。」

「我知道。一個人是不夠的，如果這只是匿名信的問題，我不會感到那麼緊迫，瑪力娜．葛雷本人被守衛得好好的。我從未想過其他人會有危險。我……」

電話鈴響了，考尼許拿起話筒。

「這兒是多徹斯特。亞威克．芬恩在線上。」

他把話筒遞給蓋達克，蓋達克接過來。

「芬恩先生？我是蓋達克。」

「啊，是這樣的。我聽說您打過電話給我。我一整天都不在家。」

「我非常遺憾地告訴您，芬恩先生，齊琳思小姐今天早晨死了，死於氰化物中毒。」

「真的？聽到這個消息我非常震驚。是意外？或者不是意外？」

「不是意外。她習慣用的噴鼻器裡面被羼了氫氰酸。」

「我明白了。是的，我明白了……」他沉默了一會兒。「那麼請問，為什麼您要來電告知我這件令人難過的事情呢？」

「您認識齊琳思小姐嗎，芬恩先生？」

「我當然認識她。我認識她已經有好些年了，但她和我不是密友。」

「您也許能夠幫助我們？」

「怎麼個幫法？」

「我們想知道您能否對她被害的原因提供訊息。她在這個村子是個陌生人。我們對她的朋友、同事以及她生活環境所知甚少。」

「我建議這些問題最好去問傑森・拉帝。」

「當然，我們已經問過了。但是也許您知道她一些他不知情的狀況。」

「恐怕不是這樣。我對艾拉・齊琳思幾乎沒什麼了解，只知道她是個很能幹的年輕女子，工作表現一流。至於她的私生活，我一無所知。」

「那麼您沒有什麼訊息可以提供了？」

蓋達克有心理準備聽到他堅決的否定，但讓他吃驚的是對方沒這麼說。取而代之的是一陣沉默。他聽見亞威克・芬恩在電話另一頭重重的呼吸聲。

「您還在嗎，探長？」

「是的，芬恩先生，我在。」
「我決定告訴您一件也許對您有幫助的事。當您聽到它的內容時，您會明白我有理由不說出來，可是最終我認為那麼做可能不明智。事情是這樣的，幾天前我接到一個電話，一個人低聲和我說話，它說……我現在轉述：『我看見你……我看見你往酒杯裡放了藥片……你不知道有個目擊者，是嗎？暫時到此為止，我很快會告訴你該做什麼。』」
蓋達克驚叫一聲。
「吃驚吧，蓋達克先生？我向您保證這種指控完全不成立，我沒有往任何人的酒杯裡放藥片。我敢說任何人都無法證明我做了這件事。這種暗示荒謬極了，但似乎，是不是……齊琳思小姐正在幹敲詐勒索的勾當？」
「您認得出她的聲音？」
「她說話輕聲細語，無法辨認，但那是艾拉．齊琳思沒錯。」
「您怎麼知道？」
「說話的人在掛斷電話之前重重地打了一下噴嚏，我知道齊琳思小姐得了花粉症。」
「那麼您……有什麼看法？」
「我認為齊琳思小姐在第一次嘗試敲詐的時候找錯了人。在我看來，她後來似乎成功了。敲詐是種危險的遊戲。」
蓋達克極力保持鎮定。

「我必須感謝您提供的消息，芬恩先生。按照例行程序，我還得調查一下您今天的行蹤。」

「沒問題。我的司機將會給您準確的資訊。」

蓋達克掛了電話，重複了一遍芬恩的話。考尼許興奮地吹起了口哨。

「要嘛這些話完全排除了他的嫌疑，要嘛……」

「要嘛是華而不實的虛張聲勢。可能是。他是有膽子做這種事的人。如果艾拉·齊琳思有一丁點顯示她的懷疑，那麼這種斷腕之舉就很可能是刻意的虛張聲勢。」

「那麼他的不在場證明呢？」

「我們碰過一些編造得非常好的不在場證明，」蓋達克說，「他付得起錢來買一個。」

§

朱塞佩回到戈辛頓莊的時候已過午夜。他是從馬奇班罕坐計程車回來的，因為最後一班到聖瑪莉米德的支線火車已經開走了。

他的心情很好，在大門口付了車錢，從灌木叢中抄小路走進來。他用鑰匙打開了後門。整座房子漆黑一片，安靜無聲。朱塞佩關上並門了門。當他轉身走上樓梯，通往他那有床和浴室的舒適套房時，感到一陣風吹過。也許，某扇窗子開了。他決定不予理會。他微笑著上了樓梯並把鑰匙插進鑰匙孔內。他的套房總是上鎖的。當他旋轉鑰匙把門推開的時候，感覺到一個堅硬的圓環抵住了他的背。一個聲音說：「舉起手來，別喊。」

朱塞佩立刻舉起了手。他沒有冒險，事實上也沒有什麼險可冒。扳機扣動了，一下，兩下。

朱塞佩向前倒下……

§

碧安卡在床上抬起頭，坐了起來。

那是槍聲嗎？她幾乎肯定她聽見了一聲槍響……她等了一會兒，然後斷定自己聽錯了，於是又躺下了。

19

「這太恐怖了。」奈特小姐說。她撂下手上的大包小包，大口喘著氣。

「有什麼事發生了？」瑪波小姐問。

「我實在不想把這件事告訴你，親愛的，我實在不想。這可能會令你感到震驚。」

「如果你不告訴我，」瑪波小姐說，「別人也會告訴我。」

「天哪，天哪，那倒是真的，」奈特小姐說，「是的，你說得對極了。俗話說，言多必失。我相信這話很有道理。我從來不重複任何話，我是很謹慎的。」

「你是說，」瑪波小姐說，「發生了相當可怕的事情？」

「簡直把我給嚇呆了。」奈特小姐說，「你確定沒有感覺到從窗口刮進來的冷風嗎，親愛的？」

「我喜歡有一點新鮮空氣。」瑪波小姐說。

「啊，但是我們不能感冒，是吧？」奈特小姐頑皮地說，「這樣好了。我趕快去給你做一杯可口的蛋蜜酒。我們都喜歡吧？」

「我不知道你是不是喜歡，」瑪波小姐說，「要是你喜歡的話，我很樂意讓給你喝。」

「哎呀，哎呀，」奈特小姐搖搖手指頭說，「我們是那麼喜歡我們的小玩笑，不是嗎？」

「你本來要告訴我某件事情。」瑪波小姐說。

「好了，你不該為那件事擔心，」奈特小姐說，「而且，你也不該讓它引起你的神經緊張，因為我能保證這件事跟我們無關。但是，只要和這些美國幫派扯上關係呀，我想沒什麼事值得驚訝。」

「另一個人被殺了，」瑪波小姐說，「是嗎？」

「噢，你非常厲害，親愛的。不知道你怎麼想得到。」

「事實上，」瑪波小姐沉思道，「我一直在等著這件事發生。」

「噢，真的！」奈特小姐尖叫道。

「有的人就是能看出某些事情，」瑪波小姐說，「只是要花點時間去了解他看見的是什麼。死的人是誰？」

「那個義大利管家。昨天夜裡被槍殺了。」

「我明白了。」瑪波小姐沉吟道，「是的，非常有可能，可是我早該想到，在此之前，他已經意識到他看見的事情十分重要……」

「真的！」奈特小姐尖叫道，「你說得好像你全都知道一樣。他為什麼會被殺？」
「我想，」瑪波小姐沉吟道，「他試圖敲詐某個人。」
「聽說，他昨天去了倫敦。」
「是嗎？」瑪波小姐說，「這非常有意思，而且也是條線索。」
奈特小姐離開房間，去廚房專心調製她那營養豐富的飲料。瑪波小姐仍舊坐著沉思，直到被那台具有侵略性的吸塵器轟鳴聲打斷，轟鳴中還夾著雀莉在唱的那首最新流行歌曲〈我倆互訴衷曲〉。
奈特小姐突然從廚房門口探頭進來。
「請不要發出那麼多噪音，雀莉，」她說，「你不想打擾瑪波小姐吧？你不能太粗心大意。」
她又關上了廚房的門。雀莉像是對她自己還是對整個世界說：「誰說過你可以叫我雀莉的？你這個醜老太婆。」
雀莉壓低了聲音繼續唱著，吸塵器也仍舊發出嗚嗚的哀鳴聲。瑪波小姐拉高嗓子清晰叫道：「雀莉，到這兒來一下。」
雀莉關掉吸塵器，打開客廳的門。
「我不是故意唱歌打擾您的，瑪波小姐。」
「你的歌聲比那個吸塵器的恐怖雜音讓人愉快，」瑪波小姐說，「但是我知道人必須跟上時代，要求你們這些年輕人用老式的畚箕和掃帚根本沒用。」

「什麼？拿著畚箕和掃帚跪在地上？」雀莉一臉警覺和驚訝。

「幾乎沒聽說過，我知道。」瑪波小姐說，「進來，關上門。我叫你是因為我想和你說話。」

雀莉遵命行事，走近瑪波小姐，不解地看著她。

「我們沒有很多時間，」瑪波小姐說，「那個老……我是說奈特小姐，隨時會端著什麼雞蛋飲料進來。」

「我想，這對您有好處，它會使您更有活力。」雀莉力勸道。

「你聽說了沒有，」瑪波小姐說，「戈辛頓莊的那個管家昨天夜裡被槍殺了？」

「什麼，那個傢伙？」雀莉問。

「是的，他叫朱塞佩，我知道。」

「不，」雀莉說，「我沒聽說那件事。我聽說拉帝先生的祕書昨天心臟病發作，而有人說實際上她死了，但我懷疑這只是謠傳。是誰告訴您管家的事？」

「是奈特小姐回來告訴我的。」

「今天早晨到這兒來的這段時間，我都沒見到什麼人可以聊一聊，」雀莉說，「我想這消息才剛剛傳開。他是被謀殺的嗎？」她問。

「似乎是這麼認定的。」瑪波小姐說，「至於是對還是錯，我不十分清楚。」

「這是個談話的好地方。」雀莉說。「我不知道戈蕾蒂有沒有去見他。」她若有所思地補充道。

「戈蕾蒂？」

「噢，是我的一個朋友。她住的地方隔這裡幾戶人家。她在電影公司的餐廳工作。」

「她跟你談到了朱塞佩？」

「是這樣的，有件事讓她覺得有點奇怪，她打算去問他的想法。但我認為這只是個藉口，她有點喜歡他。當然，他非常帥，而且義大利人確實有種魅力，但我告訴她要小心，您知道義大利人是什麼德性。」

「我聽說，他昨天去了倫敦，」瑪波小姐說，「到晚上才回來。」

「我不知道她在他走之前有沒有見到他。」

「雀莉，她為什麼想見他？」

「有件事她覺得有點好玩。」雀莉說。

瑪波小姐帶著詢問的眼光看著她。她猜得出戈蕾蒂這種鄰居說出「好玩」這個詞語時，通常代表什麼意思。

「她是到那次派對上幫忙的女孩子，」雀莉解釋道，「派對，您知道，就是貝德克太太死的那天。」

「是嗎？」

瑪波小姐神色更為警覺，像一隻獵狐犬盯著牠等候良久的老鼠洞。

「而且，她看見某件讓她覺得有點好玩的事情。」

「為什麼她不去警察局說明這件事？」

「呃，她認為這其實沒什麼。」雀莉解釋說，「反正啊，她認為她最好先問問朱塞佩。」

「那天她看見了什麼？」

「說實話，」雀莉說，「她說的事聽起來很荒唐！我懷疑，她只是在敷衍我，而其實她去問朱塞佩先生的事是十分不同的一件事。」

「她說了什麼？」瑪波小姐耐心地追問道。

雀莉皺著眉頭。

「她說到貝德克太太和雞尾酒，她還說當時她離她很近。她說那件事是她自己做的。」

「她自己做了什麼事？」

「把她的雞尾酒打翻到洋裝上，弄壞了洋裝。」

「你是說，她很笨拙？」

「不，不是笨拙。戈蕾蒂說，她是故意那麼做的，就是說，她刻意那麼做。呃，我說，那沒有意義，不是嗎，無論你怎麼看它。」

瑪波小姐困惑地搖搖頭。

「是的，」她說，「當然是，是的，我看不出這有什麼意義。」

「她想要一件新洋裝，」雀莉說，「就是這樣才提到這個話題。戈蕾蒂不知道她能不能買下它。她說那件洋裝應該洗得乾淨，但她不想親自去問貝德克先生。戈蕾蒂很會做衣服，她說那料子很好，是深藍色的人造塔夫綢，還說即使那料子在雞尾酒弄髒的地方弄壞了，她也能把接縫除掉，裁掉一半，因為那是件蓬裙。」

瑪波小姐思考了一會兒這番做衣服的問題，然後把它暫時擱在一邊不管。

「但是，你認為你的朋友戈蕾蒂可能隱瞞了某些事情？」

「嗯，我只是覺得奇怪，因為我不知道她看見的是不是只有這些，希瑟．貝德克刻意把她的雞尾酒打翻到自己身上，這有何必要去問朱塞佩先生，您說呢？」

「是的，我也這麼認為。」瑪波小姐說，嘆了口氣。「但是，當事情想不明白的時候，也是它最有意思的時候，」她補充道，「要是你不明瞭是怎麼回事，就表示你一定是用錯誤的方法去看它了，當然，除非你沒有掌握充足的資訊。這件事的問題可能就在這兒，」她嘆口氣。「她沒直接去找警方真是可惜。」

門開了，奈特小姐拿著一只浮著美味淡黃色泡沫的高腳玻璃杯，突然闖了進來。

「來吧，親愛的。」她說，「給你一個美味的小點心，我們就要享用它囉。」

她把一張小桌子往前拉了拉，將杯子放到她雇主旁邊，接著盯了雀莉一眼。

「你把那個吸塵器扔在門廳內一個讓人很難行走的位置，」她冷冷地說，「我差點被它絆倒了，任何人都會出事的。」

「對噢，」雀莉說，「我最好繼續去打掃。」

她離開了房間。

「真是的，」奈特小姐說，「那個柏克太太！我得不停地跟她說這說那。竟然把吸塵器隨便一扔就到這兒來跟您閒聊，而且還是您想安靜的時候。」

「是我叫她進來的，」瑪波小姐說，「我想跟她說話。」

「這樣啊，我希望你提到了她鋪床的方式。」奈特小姐說，「昨天夜裡我來翻床時太驚訝了。我不得不重新鋪一遍。」

「你真好。」瑪波小姐說。

「噢，我向來以助人為樂，」奈特小姐說，「這就是我到這兒來的原因，不是嗎？讓一個我們認識的人盡可能地舒適和快樂。噢，哎呀，哎呀，」她補充說道：「你又開始織毛衣了。」

瑪波小姐閉上眼，向後靠了下去。

「我要稍微休息一會兒，」她說，「把眼鏡放在這兒，謝謝。還有，至少在四十五分鐘內請不要進來打擾我。」

「我絕對不會的，親愛的，」奈特小姐說，「而且我會叫那個柏克太太安靜。」

很快地，她便步履堅定地走了出去。

§

一個相貌英俊的美國青年困惑地看著四周。

這住宅區的巷道把他弄得暈頭轉向。

他彬彬有禮地向一位頭髮花白、面頰紅潤的老太太打招呼，她似乎是視野範圍內唯一的一個人。

「對不起，女士，請問去布萊尼姆巷怎麼走？」

老太太打量了他一會兒。剛開始他懷疑她是不是耳朵不靈敏，並且準備大聲重複一遍問話的時候，她說話了。

「從這兒往前走向右轉，然後向左轉，再向右轉，往前走。您要去的是幾號？」

「十六號，」他看著一張小紙條。「戈蕾蒂·狄克遜。」

「那就對了。」老太太說，「但是我想她在黑林福斯電影公司工作，在餐廳部。要是想找她，可以在那兒找到。」

「她今天早晨沒去，」年輕人解釋說，「我想找她來戈辛頓莊，今天我們那兒很缺人手。」

「當然啦，」老太太說，「那裡的管家昨天夜裡遭人槍殺了，不是嗎？」

聽到這個回答，年輕人微微有些震驚。

「我想在這一帶消息傳得很快。」他說。

「的確是這樣。」老太太說，「我聽說，拉帝先生的祕書昨天也因為心臟病突發而死了。」她搖搖頭。「可怕，真是可怕。接下來還會發生什麼？」

20

稍晚時候，另一個訪客也找到了布萊尼姆巷十六號。他是威廉（湯姆）．提德勒警佐。

他在漂亮的黃漆門上急促地敲了一陣，一個十五歲左右的女孩開了門。她有一頭蓬亂的金色長髮，穿著一條黑色緊身褲和橘黃色毛衣。

「戈蕾蒂．狄克遜小姐住在這兒嗎？」

「你找戈蕾蒂？你運氣不好，她不在。」

「她去哪兒？傍晚出門散步去了？」

「不是，她走了，可以說是去度假吧。」

「她去哪兒了？」

「我不能透露。」女孩說。

湯姆．提德勒用他最討好的態度衝她微笑道：「我可以進去嗎？你媽媽在家嗎？」

「媽媽上班去了，她要到七點半才會回來。但是她能告訴你的也不會比我多。戈蕾蒂出去度假了。」

「噢，我明白了。她什麼時候走的？」

「今天早晨，很突然的樣子。說她得到了一個免費旅遊的機會。」

「也許你不會介意給我她的地址。」

金髮女孩搖搖頭。

「沒有地址。」她說，「戈蕾蒂說她一知道落腳處，就會寫信告訴我們地址，即使這很不可能。」她補充道：「去年夏天她去紐基，連一張明信片都沒寄給我們。在那方面她很懶散，而且她說，為什麼媽媽們必須一直管著我們？」

「這次度假有人替她出錢嗎？」

「一定有，」女孩說，「現在她正缺錢花，上星期去買了一次減價商品。」

「而你一點都不知道誰提供她這次旅行的機會，或者，呃，出錢讓她去那兒？」

金髮女孩突然怒髮衝冠的樣子。

「別搞錯了，我們的戈蕾蒂不是那種人。她和男朋友可能會在八月去同一個地方度假，但是這沒什麼不對，她自己出錢。所以別有什麼想法，先生。」

提德勒和顏悅色地說他沒有什麼想法，但是如果戈蕾蒂．狄克遜寄明信片來，他想知道她的地址。

他帶著各種調查結果回到警局。先前在電影公司，他得知那天戈蕾蒂・狄克遜打電話來說，她有一星期不能來上班。他還得知了其他一些事情。

「最近真是一波未平，一波又起，」他說，「瑪力娜・葛雷大多數時間都歇斯底里，說她的咖啡被下了毒，味道很苦，她處於嚴重的精神緊張狀態。她丈夫拿過咖啡倒進了水槽，告訴她別這麼大驚小怪。」

「是嗎？」蓋達克說。

似乎很明顯，還會再出事。

「但是又傳說拉帝先生沒有全部倒掉，他留了一些去化驗成分，發現那是毒藥。」

「對我來說，」蓋達克說，「這聽起來很不可能。我要去問問他。」

§

傑森・拉帝很緊張，一副急躁不安的樣子。

「當然，蓋達克警官，」他說，「我只是做了我有絕對權力做的事。」

「如果您懷疑那杯咖啡有任何問題，拉帝先生，您把它轉交給我們會更好。」

「事實上，我根本沒懷疑它有什麼問題。」

「除了您太太說它味道有點怪？」

「噢，那個啊！」拉帝臉上露出一絲苦笑。「自從派對那天以來，我太太吃的或喝的每樣東西味道都很怪。一方面是因為那件事，一方面是因為送來的恐嚇信……」

「還有更多的恐嚇信嗎？」

「又有兩封。一封是從下面那扇窗子扔進來的。另一封是丟進信箱裡。要是您想看的話，就在這兒，給您。」

蓋達克看了。信是打字機打的，和第一封一樣。一封寫著：

不會太久了。準備好吧。

另一封粗略地畫著一個骷髏頭和兩根交叉的骨頭，下面寫著：

這就代表你，瑪力娜。

蓋達克揚了揚眉毛。

「非常幼稚。」他說。

「您是說，它們的危險性要打點折扣？」

「不是。」蓋達克說，「謀殺犯的想法通常很幼稚。拉帝先生，是誰送來這些恐嚇信，您真的一點兒概念都沒有嗎？」

「完全沒有。」傑森說，「我不由得感覺它像一個可怕的玩笑。在我看來，可能……」

他猶豫了。

「什麼，拉帝先生？」

「可能是一個本地人，也許，被派對那天的下毒事件所鼓舞。一個也許對表演職業有惡意的人。有些偏僻的鄉下人會認為表演是一種魔鬼的武器。」

「您是說，您認為葛雷小姐事實上並沒有受到恐嚇？但這次咖啡事件怎麼解釋？」

「我實在不知道您是怎麼聽說這件事的。」拉帝有些生氣地說。

蓋達克搖搖頭。

「每個人都在談論這件事，它遲早會傳到人們耳朵裡。可是當時您應該來找我們。甚至當您得知了化驗結果，您也沒讓我們知道，不是嗎？」

「是的，」傑森說，「我沒有。但我有其他事情要考慮。一件是可憐的艾拉的死，而現在是朱塞佩的事。蓋達克警官，什麼時候能讓我太太離開這兒？她快發瘋了。」

「這點我可以理解。但是還得參加幾次庭審。」

「您確實覺得她仍舊有生命危險嗎？」

「我希望沒有。我們會採取各種預防措施。」

「各種預防措施！這種話我以前就聽過了，我想……我必須讓她離開這兒，蓋達克，我必須。」

§

瑪力娜躺在她臥室的躺椅上，閉著眼睛。她看起來緊張疲勞，臉色灰白。

她丈夫在那兒站了一會兒，看著她。她睜開了眼。

「是那個叫蓋達克的人嗎？」

「是的。」

「他來是為了什麼？是艾拉？」

「艾拉，還有朱塞佩。」

瑪力娜皺了皺眉。

「朱塞佩？他們找出是誰開槍打死他的嗎？」

「沒有。」

「這一切真是場噩夢……他有說我們可以走了嗎？」

「他說還不能。」

「為什麼不能？我們必須走。難道你沒讓他明白，我不能一天又一天地等著某人來殺我。這樣很荒謬。」

「他們會採取各種預防措施。」

「他們以前就這麼說過。結果阻止了艾拉被殺嗎？或者朱塞佩呢？難道你不明白，最終他們會殺了我……那天在電影公司，我的咖啡裡就有東西。我確定有……假如你沒把它倒掉就好了！要是我們留著它，我們可以拿去化驗什麼的。我們可以確定……」

「確定了會讓你快樂一些嗎？」

她瞪著他，瞳孔放得大大的。

「我不明白你的意思。如果他們確實知道有人要毒死我，他們會讓我們離開這兒，他們會讓我們走。」

「不一定。」

「可是我不能這樣繼續下去！我不能，我不能……你必須幫助我，傑森。你必須採取行動。我害怕，我怕死了……這兒有個仇家。而我不知道他是誰……也許是任何人，任何人。在電影公司，或者在這棟房子裡有一個恨我的人，可是為什麼，為什麼……一個想要我死的人……這人是誰？是誰？我以為，我幾乎肯定是艾拉，可是現在……」

「你以為是艾拉？」傑森的語氣充滿了詫異。「為什麼呢？」

「因為她恨我，噢，是的，她恨我。難道男人從來都看不見這些事嗎？她瘋狂地愛著你。我相信你根本不知道這件事。但是不可能是艾拉，因為艾拉已經死了。噢，金克，金克，幫幫我，帶我離開這兒，讓我去一個安全的地方……安全的……」

她突然跳了起來，飛快地來回走動，手一邊不停地轉著、搓著。

傑森的導演身分使他對這些感情充沛、備受折磨的動作相當激賞。他想，我必須記住這些動作，也許荷妲．加布勒用得上。接著，他突然一震，想起他注視著的是他的太太。

「不要緊，瑪力娜，沒事的。我會照顧你。」

「我們必須離開這棟可惡的房子，立刻走。我恨這棟房子，我恨它。」

「聽著，我們不能馬上就走。」

「為什麼？為什麼不能？」

「因為，」拉帝說，「死亡事件導致了很多複雜的事情……而且還有別的事需要考慮。走了有什麼好處？」

「當然有。我們會擺脫這個恨我的人。」

「如果有人那麼恨你，他也可以如影隨形地跟著你。」

「你是說……你是說我永遠都擺脫不了了？我永遠不會安全了？」

「親愛的，沒事的。我會照顧你，我會讓你保持安全。」

她抱緊他。

「你會嗎，金克？你認為我不會有事嗎？」

她伏倒在他胸前，他輕輕地把她放在躺椅上。

「噢，我是個膽小鬼，」她低聲說，「膽小鬼……要是我知道那是誰……但為什麼？給我藥，黃色的那種，不是棕色的。我必須吃點藥讓自己平靜下來。」

「看在上帝的份上，別吃太多，瑪力娜。」

「好的，好的……有時候藥已經不再發揮效果了……」

她抬起頭看著他的臉，笑了，笑得溫柔甜蜜。

「你會照顧我的是不是，金克？你發誓會照顧我……」

「永遠，」傑森・拉帝說，「直到最後。」

她睜大了眼睛。

「你說這句話的時候，表情是那麼……那麼地怪異。」

「是嗎？我表情像是什麼樣？」

「我不會解釋。就像，就像小丑在嘲笑一件無限悲哀、沒人了解的事情……」

21

翌日，蓋達克警官來看瑪波小姐，他顯得疲憊不堪，萬分沮喪。

「坐下來放鬆一下，」她說，「我看得出，你過了一段非常艱難的時期。」

「我不喜歡被擊敗，」蓋達克警官說，「二十四小時內發生了兩起謀殺案。哎，我的工作表現比我想像的還要差勁。珍姨媽，給我一杯香濃可口的茶，還有幾片薄奶油麵包，再講講你對聖瑪莉米德最早的記憶，好讓我平靜一下。」

瑪波小姐同情地發出「嘖嘖」聲。

「現在說這些沒什麼用，親愛的孩子，而我也不認為奶油麵包就是你想要的。當紳士們失望的時候，要的是比茶更濃烈的東西。」

一如往常，瑪波小姐用一種描述外國人的方式說「紳士們」。

「我建議你喝一杯上好的威士忌烈酒加蘇打。」她說。

「是真的嗎，珍姨媽？嗯，我不排斥。」

「而且，我要親自去拿給你。」瑪波小姐說著就站起身來。

「噢，不，別忙。讓我來。或者去找那個叫什麼名字的小姐？」

「我們不要奈特小姐在這兒大驚小怪，」瑪波小姐說，「她要二十分鐘之後才會給我端茶來。這樣我們可以有一小段安靜的時光。你很聰明，不從前門進來而是從窗口來。現在我們能單獨擁有一點寧靜的美妙時光了。」

她走到角落的一個櫥櫃前，打開它，拿出一瓶酒、一瓶蘇打水和一只杯子。

「你總是讓人驚訝，」戴蒙．蓋達克說，「我沒想到你的角櫃裡竟然放的是這些，阿姨，你確定你私下不是個酒鬼？」

「好了，好了，」瑪波小姐警告他說，「我從來沒倡導不飲酒主義。在受了驚嚇或出了事故的前提下，喝一點烈酒永遠是好事。在這種時候酒是無價之寶。或者，當然啦，當一位紳士突然到來的時候。來吧！」瑪波小姐喜不自勝地遞給他這祕方。「你就不用再開玩笑了。安靜地坐在那兒，好好休息吧。」

「你那個年代一定有很多賢慧的太太。」戴蒙．蓋達克說。

「親愛的孩子，這我肯定，你會發現那種類型的年輕女子，現在是很不合適的伴侶。過去，女子無才便是德，極少有女孩子有大學學歷或者學術上的榮譽。」

「還有比學術榮譽更可取的東西，」戴蒙說，「她們至少知道男人什麼時候需要威士忌加蘇打，並且適時地遞給他。」

瑪波小姐憐愛地看著他。

「來，」她說，「把一切都告訴我。或者能說多少就說多少。」

「我想，你知道的可能不比我少。而且你說不定有錦囊妙計。你那位看護……親愛的奈特小姐怎麼樣啊？可不可能是她犯下罪案？」

「噢，你為什麼認為奈特小姐會做這種事？」瑪波小姐奇怪地問道。

「因為她是最不可能的人。」戴蒙說，「先假定答案，似乎常常奏效呢。」

「絕對不是。」瑪波小姐激動地說，「我說過不只一遍了，也不只是對你，我親愛的戴蒙……如果我可以這麼叫你的話。犯罪的總是那個最明顯的人。大家經常認為是他們的太太或丈夫，而結果經常也就是他們的太太或丈夫。」

「是指傑森．拉帝嗎？」他搖搖頭。「那個人深愛瑪力娜。」

「我指的是一般情況。」瑪波小姐義正辭嚴地說，「首先，貝德克太太顯然是被謀殺的。我們自問誰可能做這種事情，第一個答案自然是她丈夫。於是我們必須調查那種可能性。接著我們斷定凶手的真正目標是瑪力娜．葛雷，因此再一次，我們得尋找與瑪力娜．葛雷關係最親密的人，而且從我說的丈夫開始。因為毫無疑問，丈夫們確實會想除掉自己的太太，這是很常見的事，儘管有時候，他們只是心中盼望而不曾真的動手。不過我同意你，親愛的孩子，傑森．拉帝真的全心全意愛著瑪力娜．葛雷。也許這是非常精采的表演，但我不太相信，也完全看不出他有殺她的任何動機。如果他想跟別人結婚，我要說，那是再簡單不過的事了。請容我這麼說，離婚似乎是影星的第二天性。他殺她好像也不能獲得什麼實際的利益。他不是個窮光蛋，有自己的事業，而且我知道，還做得很成功。所以我們必須更深入研究。但是這實在很困難。是的，非常困難。」

「沒錯，」蓋達克說，「對你來說有一定的難度，因為電影界對你來說是全新的世界，你不知道那個行業的內幕。」

「我比你以為的要知道多一點。」瑪波小姐說，「我非常仔細地研究了好幾期的《祕密》、《電影生活》、《電影閒話》和《電影話題》。」

戴蒙．蓋達克哈哈大笑，他實在忍不住。

「我得說，」他說，「聽到你坐在那兒告訴我你研修的學科，很逗我開心。」

「我發現讀這些很有趣，」瑪波小姐說，「內容寫得並不特別好……要是我可以這麼說的話。但和以前我年輕時的內容大同小異，某種程度上真的很令人失望。《現代社會》、《花絮》還有其他雜誌，淨是一堆流言蜚語，一堆醜聞，淨是些誰愛上誰之類的事情。真的，你知道，實際上聖瑪莉米德也發生過同樣的事情，在新社區也是這樣。我的意思是，人性，在每個地方都一樣。我認為，問題又回到了誰有可能想殺瑪力娜．葛雷，這種願望是那麼強烈，以至於一次失手後又寄上恐嚇信，而且再度嘗試。有人也許有點……」

她輕輕敲著她的額頭。

「是的，」蓋達克說，「那似乎不言而喻。當然，這種事未必看得出來。」

「噢，我知道。」瑪波小姐熱情地贊同道，「派克老太太的第二個兒子，亞弗雷，看起來心智非常正常，但人悶死了，不知道你懂不懂我的意思。然而實際上，據我了解，他好像心理很不正常，或者說差不多如此。真的非常危險。他看起來非常快樂滿足，派克太太這麼跟我說，但他現在竟然在費爾韋斯精神病院。那裡的人了解他，醫生認為他是個很有意思的病例，那當然讓他很愉快。是的，所有的事情都非常圓滿地結束了，不過他最近還逃脫過一兩次。」

蓋達克反覆思考瑪力娜．葛雷的隨從人員與派克太太的次子是否有相似之處。

「那個義大利管家，」瑪波小姐繼續說，「被殺的那個。我聽說，他在遇害當天去了倫敦。有人知道他在那兒幹什麼嗎？要是你能告訴我的話。」她謹慎地補充了一句。

「他在上午十一點半到達倫敦，」蓋達克說，「接下來在倫敦做了什麼，沒人知道，直到一點四十五分時，他去了銀行，存了五百英鎊的現金。可以說，他說他去倫敦看望一個生病的親戚或是出了事的親戚，這說法不能得到任何證實。他沒有親戚在那天見過他。」

瑪波小姐明白地點點頭。

「五百英鎊，」她說，「是的，這是個非常有趣的數目，不是嗎？我猜它是另外好幾筆錢的第一筆，你說呢？」

「看來如此。」蓋達克說。

「這可能是被他恐嚇的人所能夠支付的現金，他可能假裝已經滿足了，或者接受這筆錢作為分期付款的頭期款，而被害人也許保證在不久的將來會拿出更多的錢來。這麼一來，似乎排除了凶手是一個和瑪力娜有私人恩怨、出身卑賤的人。我認為，這也排除了他是一個在電影公司幫忙或是隨從、傭人、園丁的可能性。除非，」瑪波小姐指出，「這個人是個代理人，因為雇主可能不在附近，因此要去倫敦。」

「正是這樣。在倫敦，有亞威克．芬恩，蘿拉．布魯斯和瑪歌．彭絲。這三個人在派對上都出現了。在十一點半和一點四十五分之間，這三個人都可能在倫敦一個安排好的會面地點與朱塞佩見面。亞威克．芬恩在這幾個鐘頭裡不在辦公室。蘿拉．布魯斯離開她的房子購物去了。瑪歌．彭絲不在她的工作室內。對了……」

「嗯？」瑪波小姐問，「有什麼要告訴我嗎？」

「你問我那些孩子的情況，」戴蒙說，「在瑪力娜知道她能生自己的孩子之前收養的孩子們。」

「是的，我問過你。」

蓋達克告訴她他所得知的情況。

「瑪歌．彭絲，」瑪波小姐輕聲地說，「我有一種感覺，你知道，這件事應該和孩子有關……」

「我無法相信在這麼多年之後……」

「我明白，我明白。誰也不會相信。但是，我親愛的戴蒙，你真的非常了解孩子嗎？回過頭去想想你自己的童年時代。難道你不記得一些小事或者事件，讓你產生和事情的實際重要性不成比例的憂傷或熱情嗎？一些這輩子最大的哀愁或憎恨？你知道，傑出的作家理查·休斯寫了一本書。我忘了書名，是寫一些孩子遭遇了颶風的故事。噢，對了，牙買加的一場颶風。給他們留下深刻印象的是，他們的貓在房子裡瘋狂地奔跑，這是他們唯一記住的事。但是，他們經歷過的所有恐懼、激動和害怕都集中在這件事上。」

「真奇怪，想不到你竟然會這麼說。」蓋達克深思道。

「為什麼？這讓你想起什麼事了嗎？」

「我在想我母親去世時的情景。我想那時我五歲，五歲或六歲。我在兒童室吃飯，是果醬布丁捲。我非常喜歡吃果醬布丁捲。一個傭人進來跟我的幼教老師說：『這不是很可怕嗎？出了個事故，蓋達克太太死了。』每當我想起我母親的死亡時，你知道我看見的是什麼？」

「什麼？」

「一只上面放著果醬布丁捲的碟子，而我正盯著碟子，果醬從一邊流出來。這景象仍然和當年一樣歷歷在目。我沒有哭也沒有說什麼，我記得我只是坐在那兒，整個人好像凍僵了，只是盯著那塊布丁。而且你知道嗎？即使現在，我要是在商店或餐館或任何人的家裡看見果醬布丁捲，一陣恐懼、悲慘、絕望的巨浪就會向我襲來，把我緊緊地包圍住。有時候我不記得這是為什麼。你看這是不是非常瘋狂？」

「不，」瑪波小姐說，「這是完全自然的。這非常有趣，它讓我有了一種想法……」

門開了，奈特小姐端著托盤出現。

「天哪，天哪，」她尖聲道，「我們有客人，是嗎？太好了。您好，蓋達克警官。我馬上就去再拿一個杯子來。」

「別麻煩了，」戴蒙在她背後叫道，「我已經喝了一杯了。」

奈特小姐探頭進來。

「蓋達克先生，不曉得您是否可以過來一會兒？」

戴蒙和她一起進了門廳。她走進飯廳，把門關上。

「您會小心吧？」她說。

「小心？怎麼說，奈特小姐？」

「小心我們的老小姐。您知道，她對每件事都那麼感興趣。但是，讓她為謀殺案那樣噁心的事情而激動、興奮，對她沒什麼好處。我們不能讓她憂心忡忡地作噩夢。她很老了，很脆弱，她真的必須過一種受到保護的生活，她一直都過著這樣的生活，您知道。我覺得，談論這些謀殺呀，凶手呀，以及類似的事情，對她非常、非常不好。」

戴蒙看著她，覺得有點好笑。

「我不認為，」他柔聲說，「你或我說的任何謀殺事件，會使瑪波小姐過分激動或受到驚嚇。我可以向你保證，我親愛的奈特小姐，瑪波小姐能夠用最大限度的鎮靜來思考謀殺、猝死，以及各種真實罪案。」

他回到客廳，奈特小姐跟著他，憤憤不平地嘟囔著。她喝著茶，開心地談論著報紙上的政治新聞和她想得到的愉快話題。當她終於拿走托盤，把門在她身後關上時，瑪波小姐長長地舒了一口氣。

「我們總算可以清靜一會兒了，」她說，「希望將來有一天，我不會謀殺那個女人。好，聽著，戴蒙，有些事情我想知道。」

「嗯？什麼事情？」

「我想非常仔細地回溯一遍派對當天發生的事。班崔太太到了，隨後牧師出現。接著貝德克夫婦來了，同時在樓梯上有市長和他的夫人，叫亞威克．芬恩的男人，馬奇班罕《前鋒阿格斯報》的記者蘿拉．布魯斯，還有女攝影師瑪歌．彭絲。你說，瑪歌．彭絲在樓梯的一角架著她的照相機，正在拍這個過程。你見過那些照片嗎？」

「事實上，我帶了一張來給你看。」

他從口袋裡掏出一張沒有裱框的照片。瑪波小姐眼珠子一動不動地盯著它看。傑森．拉帝站在瑪力娜旁邊稍稍靠後的地方，亞瑟．貝德克站在後面，手放在臉上，表情微微有點尷尬。這時他太太握著瑪力娜．葛雷的手，抬頭看著她、說著話。瑪力娜並未注視貝德克太太。她的目光越過她的上方，似乎一直盯著鏡頭或者稍微偏左一點的地方。

「非常有意思，」瑪波小姐說，「你知道，有人跟我形容過她臉上的表情。凝固的表情。是的，這種形容非常正確。至於厄運降臨的表情，我就不那麼肯定了。與其說這是一種對厄運的恐懼，不如說是一種感覺麻木。你不這麼認為嗎？雖然害怕可能讓人出現那種表情，但我不認為那是害怕。你說呢？害怕也可能讓人麻痺。但我認為不是害怕，更應該是震驚。戴蒙，我親愛的孩子，如果你做了紀錄，我想要你告訴我，希瑟・貝德克在那個場合上到底對瑪力娜・葛雷說了什麼。我知道粗略的要點，但我想知道你的紀錄有多接近她實際上說的話。我想你已經從不同的人那兒得到了不同的敘述。」

戴蒙點點頭。

「好的。讓我想想……你的朋友，班崔太太，然後是傑森・拉帝和亞瑟・貝德克，我想。就像你說的，他們在用詞上有點不同，但是重點相同。」

「我知道。我想要的是差異之處。我認為這可能會對我們有幫助。」

「我不懂為什麼，」戴蒙說，「或許你可能明白。那就是，你的朋友班崔太太在這一點上敘述最明確。我記得……等一等，我隨身帶著很多匆忙中記下來的東西。」

他從口袋裡拿出一本小筆記本，瀏覽著以喚起自己的記憶。

「我這兒沒有精確的詞句，」他說，「不過我記下了一個大概。顯然貝德克太太非常愉快，十分調皮，自得其樂。她說了什麼『我說不出那對我來說有多麼美好。您不會記得，但是很多年以前在百慕達，我得水痘的時候從床上起來去看您，而您給我一個親筆簽名，那是我生命中最驕傲的日子，我永遠不會忘記』。」

「這樣啊，」瑪波小姐說，「她提到了地點，但沒提時間，是嗎？」

「是的。」

「那麼拉帝說什麼？」

「傑森．拉帝？他說貝德克太太跟他太太說，她得了流行感冒還從床上爬起來去看瑪力娜，她仍然保存著她的親筆簽名。這個比你朋友的敘述要短，但要旨是一樣的。」

「他提到時間和地點了嗎？」

「沒有，我想他沒提，他說大概是十到十二年之前的事。」

「我知道了。那麼貝德克先生怎麼說？」

「貝德克先生說希瑟極度興奮並渴望去見瑪力娜．葛雷，說她是瑪力娜．葛雷的忠實影迷，說她告訴他，她還是個女孩子時，有一次她生了病還設法起床去見葛雷小姐，並得到了她的親筆簽名。他沒有說出太多詳盡的細節，很顯然這是在他和她結婚之前發生的事。他給我的印象是，他沒把這件事看得很重要。」

「我明白了，」瑪波小姐說，「是的，我明白了……」

「你明白了什麼？」蓋達克說。

「還沒到我希望的程度。」瑪波小姐誠實地說，「可是我有一種感覺，只要我知道為什麼她要弄壞自己的新洋裝……」

「誰？貝德克太太嗎？」

「是的。在我看來，這似乎是件非常奇怪的事情，一件無法解釋的事情，除非，當然，噢，天哪，我想我真是愚蠢透頂了！」

奈特小姐推開門，和往常一樣開亮燈，走進房間。

「我想我們這兒需要一點光線。」她愉悅地說。

「是的，」瑪波小姐說，「你非常正確，奈特小姐。那正是我們想要的，一點光線。我想，你知道，我們終於獲得了。」

這表示兩個人之間的密談可以結束了，蓋達克站起身來。

「只剩下一件事了，」他說，「那就是，你得告訴我，你過去有什麼特別的記憶讓你心煩。」

「大家總是拿這個來取笑我，」瑪波小姐說，「但是，我得說，我突然一下子想起了勞斯頓家的客廳女傭。」

「勞斯頓家的客廳女傭？」蓋達克一臉不解。

「她得記錄電話留言，」瑪波小姐說，「而她不太會記錄。她能把大概的意思弄對，但是寫下來後就讓人看得亂七八糟。我認為，這是因為她的文法很差。結果發生了一些不幸的事情。我特別記得其中一件。有一個叫巴勒斯的先生，我想是這個名字，打電話來說他要去看看艾瓦頓先生提及籬笆壞掉的事情，但他說修籬笆根本不是他的工作。籬笆是在另一戶人家的土地上，他說他想在工程進行之前確定事情是不是真是那樣，因為這將決定他是否應該負責，還說，在諮詢律師得知之前了解情況，對他來說很重要。你看吧，留言模糊不清。與其說讓人明白，不如說是讓人迷惑。」

「如果你是在說客廳女傭的話，」奈特小姐笑了笑說，「那一定是很久以前的事了。我已經很多年沒聽人說起『客廳女傭』了。」

「好多年前囉，」瑪波小姐說，「但人性在那時或現在是完全相同的。犯錯誤的原因也如出一轍。噢，天哪，」她又說：「我很欣慰，那個女孩在伯恩茅斯很安全。」

「女孩？什麼女孩？」戴蒙問。

「那個要做衣服並且那天去見朱塞佩的女孩。她叫什麼來著，戈蕾蒂什麼的。」

「戈蕾蒂．狄克遜？」

「對，就是這個名字。」

「你說她在伯恩茅斯？你是怎麼知道的？」

「我當然知道，」瑪波小姐說，「因為是我送她去那兒的。」

「什麼？」戴蒙瞪著她。「你？為什麼？」

「我去看了她，」瑪波小姐說，「給了她一點錢，叫她去度假並且別寫信回家。」

「為什麼你要這麼做？」

「當然是因為我不想讓她又被殺呀。」瑪波小姐平靜地朝他眨眨眼。

22

「康韋夫人寫來的信真讓我高興。」兩天後，奈特小姐放下瑪波小姐的早餐盤說，「你還記得我跟你提起過她嗎？你知道，」她敲敲額頭。「她有時候會神志錯亂，而且她的記憶力很不好，總是認不出她的親戚，叫他們走開。」

「那可能是精明，」瑪波小姐說，「而不是失去記憶。」

「好了，好了，」奈特小姐說，「說這話我們是不是太淘氣了呀？她現在正在蘭杜諾的貝爾格拉夫飯店過冬。那是個不錯的飯店，有華麗的庭園和非常漂亮、裝了玻璃的露台。她非常渴望我去那兒和她待一陣子。」她嘆了一口氣。

瑪波小姐自己從床上坐了起來。

「儘管安排，」她說，「要是有人要你去，要是有人需要你去，而且你願意……」

「不，不，別這麼說。」奈特小姐說，「噢，不，我絕不是那個意思。哎呀，雷蒙・衛司先生會怎麼說啊？他向我解釋，到這兒來可能是永久性的工作。我作夢也沒想過不履行義務。這件事情我只是隨口說說，所以別擔心，親愛的。」她補充說，拍拍瑪波小姐的肩膀。「我們不會被拋棄！不，不會，我們絕對不會！我們會被照顧著、溺愛著，非常愉快和舒適地生活下去。」

她走出房間。瑪波小姐坐著，產生了一個強烈的念頭，她盯著她的早餐盤，沒吃任何東西，最後她拿起話筒，精力充沛地撥號。

「荷大克醫生？」

「是我。」

「我是珍・瑪波。」

「你有什麼事？需要我替你看病嗎？」

「不是，」瑪波小姐說，「可是我想盡快見你。」

荷大克醫生趕到的時候，發現瑪波小姐還在床上等他。

「你氣色很好嘛。」他抱怨道。

「這就是我想見你的原因。」瑪波小姐說，「我要告訴你我身體非常好。」

「這可真是個叫醫生外診的特殊理由。」

「我相當強壯，相當健康，多個人住在這房子裡照顧我實在很荒唐。我只要有人每天來打掃房子就夠了，我不認為需要有人永久地住在這兒。」

「我敢說你認為不需要，可是我認為需要。」荷大克醫生說。

「我看你也變成一個沒事大驚小怪的老頭了！」瑪波小姐不客氣地說。

「別給我亂扣帽子！」荷大克醫生說，「就你這個年齡來說，你算是個非常健康的人；你只是被支氣管炎弄得有點虛弱，它對老年人不好。但是在你這樣的年紀，一個人獨居是種冒險。假如有一天晚上你在樓梯上摔倒了或是從床上掉下來，或是在浴室裡滑倒了，你就只好躺在那兒，沒人知道。」

「大家都可以來假設。」瑪波小姐說，「奈特小姐也可能在樓梯上摔倒，而我會因為急著跑出去看看發生了什麼事而摔倒在她身上。」

「你嚇唬我也沒用，」荷大克醫生說，「你是個老人，你得被人適當地照顧著。如果你不喜歡現在這個女人，那就換掉她，再找別人。」

「事情沒那麼簡單。」瑪波小姐說。

「找一個你以前的老傭人，你喜歡的某個人，而且以前和你一起住過。我知道這隻老母雞讓你心煩，她也讓我心煩。一定得找個老傭人。你的外甥是時下的暢銷書作家，要是你找到合適的人，他會付她酬勞。」

「當然，親愛的雷蒙會那麼做，他很慷慨。」瑪波小姐說，「但要找到合適的人實在不容易。年輕人有她們自己要過的生活，而我許多忠實的老傭人，非常遺憾，都死了。」

「好了，反正你沒死，」荷大克醫生說，「而如果你好好照顧自己，你會更長壽。」

他站起身來。

「好了，」他說，「我在這兒待著沒什麼用。你看起來精神十足，我就不浪費時間給你量血壓、聽脈搏或者提問題了。即使你不能到處走動盡情探聽消息，但還是為這件地方大事而忙得不亦樂乎。再見，我得走了，去看些真正的病人。我還有八到十個德國麻疹病患，六個百日咳，還有一個懷疑是猩紅熱，再加上我例行的工作！」

荷大克醫生飄然地走了出去，瑪波小姐卻皺起了眉頭。他說什麼來著……那是什麼？要看的病人……一般的鄉村疾病……鄉村疾病？瑪波小姐故意把早餐盤推得更開，然後打電話給班崔太太。

「桃莉？我是珍，我想問你一點事。注意了。你告訴蓋達克警官說，希瑟．貝德克跟瑪力娜．葛雷講了一個很長的無聊故事，說她得了水痘但毫不在乎，還是起床去見瑪力娜，並得到了她的親筆簽名，是真的嗎？」

「大致上是這樣。」

「水痘？」

「呃，類似的一種病。當時艾科克太太正在和我講伏特加酒，所以我沒有注意聽。」

「你能肯定，」瑪波小姐吸口氣說，「她說的不是百日咳？」

「百日咳？」班崔太太似乎很驚訝。「當然不是。那樣的話，她就不需要在臉上抹粉化妝了。」

「我明白，你是根據這點做出判斷，她特別提到了化妝？」

「是的，她強調了這一點，她不是經常化妝的人。但我想你是對的，那不是水痘……可能是蕁麻疹。」

「你就會那麼認為，」瑪波小姐淡淡地說，「因為你自己曾經得了蕁麻疹而不能去參加一個婚禮。你真是無可救藥，桃莉，無可救藥。」

她「砰」地一聲放下話筒，打斷了班崔太太發出「怎麼會，珍？」的驚訝抗議。

瑪波小姐很優雅地哼了一聲，就像一隻貓打噴嚏來表示極度厭惡。她的思緒轉到了她的家居生活是否舒適的問題上。忠誠的芙倫絲？忠誠的芙倫絲，那個身材魁梧的客廳女傭，能夠被說服離開她舒適的小屋，回到聖瑪莉米德來照顧她從前的女主人嗎？芙倫絲以前對她非常忠心。但忠誠的芙倫絲對她自己那可愛的家很有感情。瑪波小姐苦惱地搖搖頭。門口響起一陣砰砰砰的輕快敲門聲。瑪波小姐說「進來」之後，雀莉出現了。

「我來拿您的托盤。」她說，「發生了什麼事？您看起來很沮喪，是這樣嗎？」

「我感覺非常無助，」瑪波小姐說，「又老又無助。」

「別擔心，」雀莉端起托盤，說，「您離無助還早著呢。您不知道，我在這個地方聽了多少關於您的事！現在住在新社區的每個人都認識您。您那些不可思議的經歷，大家都知道。他們不認為您是那種年老無助的人。這種想法是她灌輸到您腦子裡的。」

「她？」

雀莉對著身後的門，使勁向後點了一下頭。

「壞女人，壞女人，」她說，「您的佘特小姐。別讓她打擊您。」

「她人很好，」瑪波小姐說。「真的非常好。」她補充說，用一種讓自己信服的語調。

「俗話說，小心謹慎會害死貓。」雀莉說，「您不想讓善良給您造成困擾吧？」

「噢，嗯，」瑪波小姐嘆口氣說，「我想家家有本難唸的經。」

「我想是的，」雀莉說，「我不該抱怨，可是有時候我覺得，要是我再在哈娜太太隔壁住久一點，就會發生讓人遺憾的事。尖酸刻薄的老太婆，總是說三道四，抱怨個沒完。吉姆也很受不了。昨晚他跟她狠狠吵了一架。就因為我們把『救世主』放大聲了一點！你不能反對『救世主』，不是嗎？我是說，那是宗教。」

「她反對了嗎？」

「她做出可怕的事情，」雀莉說，「砰砰砰地敲牆壁，人聲東嚷西鬧的。」

「你們一定得把音樂開得那麼響嗎？」瑪波小姐問。

「吉姆喜歡那樣，」雀莉說，「他說除非把音量開到最大，否則就聽不出效果。」

「也許，」瑪波小姐提醒道，「對不愛好音樂的人來說，這有點痛苦。」

「問題出在這些房子都是和別棟屋子共用一面牆，」雀莉說，「這面牆薄得跟什麼似的。我一想到它，就不那麼喜歡這些新大樓了。它們看上去都非常整齊漂亮，但是你不能盡情地抒發情感，總是有人會打壓你。」

瑪波小姐衝她微笑著。

「你有很多情感要抒發，雀莉。」她說。

「難道您不這麼認為嗎？」雀莉愉快地笑了起來。「我也不曉得。」她說。

突然她一臉尷尬，放下托盤，回到了床前。

「如果我問您某件事，不曉得您是不是會覺得我很失禮？我的意思是，您只要說一句『不可能』就行了。」

「你想要我做什麼事嗎？」

「不完全是。就是廚房那邊的那些屋子，現在它們閒置著，是嗎？」

「是的。」

「一個園丁和他太太過去曾經住在那兒，我是這麼聽說的，但那是以前的事了。我想知道的是……我和吉姆想知道的是，我們是否能得到它們，我是說，過來住在那兒。」

瑪波小姐驚訝地盯著她。

「可是你在新社區的漂亮新房子該怎麼辦？」

「我們倆都厭煩它了。我們喜歡小機械，但小機械到處都買得到，用分期付款買就好，而且這兒會有很多空間，特別是，如果吉姆能夠得到在馬廄那邊的房間的話，他會把它整修成新的一樣，而他就能把他所有的模型放在那兒，不用總是收拾它們。而且如果我們在那兒放音響、音樂，您幾乎聽不到。」

「你說這些是認真的嗎，雀莉？」

「是的，我是認真的。我和吉姆，我們已經就這件事談了很多。吉姆可以隨時為您修理東西，您知道，修水管或是做木工，而我會像您的奈特小姐一樣照顧好您。我知道您認為我有點粗心，但我會試著去收拾床鋪和清洗衣物，而且我正在努力提高烹飪手藝。昨晚我做了一個俄式牛肉，那很簡單，真的。」

瑪波小姐注視著她。

雀莉看起來像一隻充滿渴望的小貓，身上散發著生命的活力和歡樂。瑪波小姐又一次想起了忠誠的芙倫絲。當然，忠誠的芙倫絲把家理得更好（瑪波小姐對雀莉的保證不抱什麼信心）。

但是，她至少已經六十五歲了，也許更老。而且她真的想離開自己的家嗎？她也許會出於對瑪波小姐的忠心情感而接受。但瑪波小姐真的想讓她為她犧牲嗎？難道她還沒從奈特小姐過度的責任感中吃到苦頭嗎？

無論雀莉家務做得多差，她都是自願來這裡，而且她具備此刻對瑪波小姐來說最需要的特質：熱心，有活力，以及對正在發生的每件事情有濃厚興趣。

「當然，無論如何，」雀莉說，「我不想瞞著奈特小姐做什麼事。」

「別在意奈特小姐，」瑪波小姐做出了決定說，「她將離開這兒，去蘭杜諾飯店找康韋夫人，盡情地享受。我們得解決很多細節問題，雀莉，而且我想和你丈夫談一談，不過如果你真的認為你願意……」

「這對我們太合適了，」雀莉說，「而且，您真的可以放心，我一定會把事情做好。要是您喜歡，我甚至也可以用畚箕和掃把。」

聽到這個天大的恩賜，瑪波小姐笑了。

「我必須趕工了。今天早晨我來遲了，因為聽說了亞瑟．貝德克那可憐蟲的事。」

「亞瑟．貝德克？他怎麼了？」

「您沒聽說嗎？他現在人在警局，」雀莉說，「他們問他是否能去『協助他們調查』，您知道那意味著什麼。」

「這是什麼時候發生的事？」瑪波小姐問。

「今天早晨。」雀莉說，「我猜想，他曾和瑪力娜．葛雷結過婚的消息已經暴露了。」

「什麼！」瑪波小姐又坐了起來。「亞瑟．貝德克曾經和瑪力娜．葛雷結過婚？」

「謠傳如此，」雀莉說，「沒人知道任何細節。是厄普修先生散布的，他曾經出差去過美國一兩次，因而他從那兒聽來很多流言蜚語。那是很久以前的事，您知道。事實上，是在她當演員之前。他們才結婚一年還是兩年，她就贏得了一項電影獎，所以他對她來說突然變得不夠好了，因而他們辦理了一種簡單的美國式離婚，他就這樣退出了。亞瑟．貝德克是那種會退出的人，不會大吵大鬧。他改名換姓回到英國。這都是好多年前的事了。您不至於認為那樣的事和這件案子有關吧？可是，仍然有關。我想，這夠警察局忙上好一陣了。」

「噢，不，」瑪波小姐說，「噢，不，不，這不可能。但願我能想出我該怎麼做，讓我想一想。」她對雀莉做了一個手勢。「把盤子拿走，雀莉，叫奈特小姐到我這兒來。我要起床了。」

§

雀莉遵命而去。瑪波小姐自己穿衣服，手指微微有些顫抖。每每發現自己因為激動而受到影響，她便惱怒。

她正勾上衣服時，奈特小姐進來了。

「你需要我嗎？雀莉說……」

瑪波小姐清晰地打斷道：「叫英奇來。」

「你說什麼？」

奈特小姐嚇了一跳。

「英奇，」瑪波小姐說，「叫英奇來。打電話叫他馬上來。」

「噢，噢，我明白了。你是指開計程車的人。可是他的名字叫羅伯茲，不是嗎？」

「對我來說，」瑪波小姐說，「他叫英奇，而且一直會這麼叫。總之，去叫他來，他得馬上來這兒。」

「你要去兜兜風嗎？」

「叫他來就對了，好嗎？」瑪波小姐說，「請你快點。」

奈特小姐疑惑地看著她，然後按照吩咐去做了。

「我們沒什麼事吧，親愛的？」她急切地問。

「我們感覺都很好，」瑪波小姐說，「而且我的感覺特別好。惰性不適合我，而且永遠不適合。實際行動才是我長久以來需要的。」

「是柏克太太說的話惹你生氣嗎？」

「沒有什麼讓我生氣。」瑪波小姐說，「我感覺好得不得了。我是因為自己的愚蠢而生自己的氣。我之前還真是笨，直到今天早晨從荷大克醫生那兒得到一個暗示才了解。我不知道我還記不記得了。我的那本醫藥指南在哪兒？」

她打手勢讓奈特小姐走開，堅定地走下樓梯。她在客廳的一個書架上找到了那本書。抽出來，查找著目錄，低聲說著「二百一十頁」，翻到那頁，看了一會兒，然後點點頭，露出一副很滿意的樣子。

「太不尋常了，」她說，「奇怪極了。我猜沒人會想得到。這麼說吧，我自己也沒想到，直到兩件事湊合在一起以後。」

然後她搖搖頭，一條淺淺的皺紋在兩眼中間出現。只要有人……

她在腦海裡回溯了一遍那個特別場面的不同敘述……

她睜大了眼睛思索。有個人……但是她懷疑他派得上任何用場嗎？牧師那人反覆無常，捉摸不定。

但她還是走向電話，撥了一個號碼。

「早安，牧師，我是瑪波小姐。」

「噢，是的，瑪波小姐，我能為您效勞嗎？」

「我想知道您是否能幫我一個小忙，是關於貝德克太太參加派對身亡那天的事。我聽說，當貝德克太太夫婦到來的時候，您站在離葛雷小姐很近的地方。」

「是，是，我想，我就在他們前面。多麼悲慘的一天。」

「是的，確實是。並且，我想，當時貝德克太太正對著葛雷小姐回憶說，她們以前在百慕達見過面。她病了躺在床上，還特意起了床。」

「對，是的，我的確記得。」

「那麼您記得貝德克太太有沒有提到她得的病？」

「我想，讓我想想……提到了，是麻疹，但不是真正的麻疹，而是德國麻疹，一種輕得多的疾病。有些人得了它卻幾乎感覺不到自己病了。我記得我的侄女卡蘿琳……」

瑪波小姐打斷了牧師對侄女卡蘿琳的回憶，堅定地說了句「非常感謝您，牧師」後放下話筒。

她臉上露出一種驚恐的表情。對聖瑪莉米德的村民而言，要了解牧師是如何記住一件事，始終是難解之謎，然而論及謎中之謎的，則是：牧師是怎麼把事情忘記的！

「計程車到了，親愛的。」奈特小姐突然進來說，「非常舊的一輛車，而且我覺得不太乾淨。我真的不喜歡你乘坐一輛那樣的車，你也許會感染細菌什麼的。」

「胡說八道。」瑪波小姐說。

她把帽子穩穩地戴在頭上，扣上夏裝的釦子，出門走向等著的計程車。

「早安，羅伯茲。」她說。

「早安，瑪波小姐。今天您起得真早。您要去哪兒？」

「請去戈辛頓莊。」瑪波小姐說。

「我最好和你一起去，不是嗎，親愛的！」奈特小姐說，「我去換一雙出門穿的鞋就回來，用不了一分鐘。」

「不，謝謝你，」瑪波小姐堅決地說，「我自己去。開吧，英奇……我是說，羅伯茲。」

羅伯茲先生開了車，隨口一說：「啊，戈辛頓莊。那兒變化很大，現在哪兒都變化很大，全蓋了新社區。我從來不認為那會發生在聖瑪莉米德。」

到了戈辛頓莊，瑪波小姐按門鈴，要求見傑森．拉帝先生。

朱塞佩的接替者——一個看起來手腳不聽使喚的老人——露出幾分疑惑。

「拉帝先生，」他說，「沒有預約不見任何人，女士。而且今天特別……」

「我沒預約，」瑪波小姐說，「但是我可以等。」她補充說。

她迅速從他旁邊走過，進了門廳，坐在椅子上。
「恐怕今天早上是不可能了，女士。」
「這樣的話，」瑪波小姐說，「我就一直等到今天下午。」
這位新任管家感到為難，因此退了下去。過了一會兒，一個年輕人走到瑪波小姐跟前，他的態度令人舒服，語氣開心，略帶美國口音。
「我見過您，」瑪波小姐說，「在新社區。您問我去布萊尼姆巷的路。」
赫立．普雷斯善意地笑了。
「我想您盡了全力，可是您指的路差得太遠了。」
「我的天哪，是嗎？」瑪波小姐說，「那兒的巷子太多了，是不是？我可以見見拉帝先生嗎？」
「哎呀，這個時間，太不巧了！」赫立．普雷斯說，「拉帝先生是個非常忙碌的人，他，呃，今天上午時間排得很緊，實在不能被打擾。」
「我想他一定很忙。」瑪波小姐說，「我來這兒就準備好要等待的。」
「好吧，我建議……」赫立．普雷斯說，「您告訴我您想幹什麼。您知道，我替拉帝先生處理所有這些外務。每個人都得先見我。」
「恐怕，」瑪波小姐說，「我得見到拉帝先生本人。而且，」她補充說：「我要一直等到他接見我。」

她讓自己更沉穩地坐在那張大橡木椅上。

赫立·普雷斯猶豫著，想說什麼，最終還是轉過身，走上樓梯。

之後他又和一個穿著花呢衣服、身材高大的男人走了下來。

「這位是吉奎醫生。這位是，呃……」

「瑪波小姐。」

「您就是瑪波小姐啊。」吉奎醫生說。他頗有興致地打量著她。

赫立·普雷斯很快走開了。

「我聽說過您，」吉奎醫生說，「從荷大克醫生那兒。」

「荷大克醫生是我多年的老朋友。」

「是。您現在想見拉帝先生？為什麼？」

「有必要這麼做。」瑪波小姐說。

吉奎醫生審視著她。

「您要在這兒一直等著，直到見上他？」

「沒錯。」

「我想您會這麼做。」吉奎醫生說，「那我告訴您一個不能見拉帝先生的充分理由：他太太昨夜在睡夢中死了。」

「死了！」瑪波小姐尖叫道，「怎麼死的？」

「過量的安眠藥。幾小時內我們還不想洩漏這個消息給新聞界，所以我要求您得暫時保密。」

「當然。這是意外嗎？」

「這正是我的觀點。」吉奎醫生說。

「可能是自殺？」

「也許，但是非常不可能。」

「藥是別人給的？」

吉奎聳聳肩。

「一個微乎其微的可能性，而且，」他堅定地補充道，「根本不可能證明。」

「我明白了，」瑪波小姐說。她深深地吸了口氣。「對不起，但是我更有必要見拉帝先生了。」

吉奎看著她。

「請在這兒等一下。」他說。

23

吉奎進房間時，傑森．拉帝抬起頭來。

「樓下有一位老太太，」醫生說，「看起來好像有一百歲了，想見你。不聽勸告，還說她會一直等，等到今天下午。我想她會等到今天晚上，而且我認為她相當可能在這兒過夜。她有事很想和你談，如果我是你，我會見她。」

傑森．拉帝從書桌上抬起頭來，他臉色慘白，綳得緊緊的。

「她瘋了嗎？」

「沒有，一點都沒瘋。」

「我不明白為什麼我……噢，好吧，叫她上來，管他的。」

吉奎點點頭，走出房間，去叫赫立．普雷斯。

「拉帝先生現在可以撥給您幾分鐘，瑪波小姐。」赫立．普雷斯又出現在她身旁說。

「謝謝您。他真好。」瑪波小姐站起來說，「您跟隨拉帝先生很長時間了嗎？」她問。

「呃，我跟著拉帝先生工作了兩年半，我的工作一般來說是公關。」

「這樣啊，」瑪波小姐打量著他。「您讓我想起一個叫傑哈．法蘭奇的人。」

「真的嗎？傑哈．法蘭奇是做什麼的？」

「沒做什麼，」瑪波小姐說，「但他很健談。」她嘆口氣。「喜歡說他的不幸遭遇。」

「真的啊，」赫立．普雷斯有點不自在起來。「什麼不幸的遭遇？」

「我不重複了，」瑪波小姐說，「他不喜歡人家談論他的事。」

傑森．拉帝從書桌旁站起來，驚訝地看著這個向他走來的瘦弱老太太。

「您想見我？」他說，「有什麼我能為您效勞的？」

「您的夫人去世，我感到非常難過。」瑪波小姐說，「我明白，這讓您非常悲傷，而我想讓您相信，除非有絕對的必要，否則我不會在此刻打擾您或主動向您表示同情。但非常有必要澄清一些事情，要不然一個無辜的人將要遭受痛苦。」

「無辜的人？我不懂您的意思。」

「亞瑟．貝德克，」瑪波小姐說，「他現在人在警察局，被審問中。」

「他被審問，和我太太去世有關？這真夠荒唐，荒唐極了。他從來沒接近過這兒，他甚至不認識她。」

「我想，他認識她，」瑪波小姐說，「他曾經和她結過婚。」

「亞瑟・貝德克？可是，他是……他是希瑟・貝德克的丈夫。您沒有……」他帶著歉意客氣地說，「弄錯什麼吧？」

「他和她們倆都結過婚。」瑪波小姐說，「他和您夫人結婚時，她還非常年輕，還沒進入電影界。」

傑森・拉帝搖搖頭。

「我太太第一次嫁給了一個叫艾弗雷・畢德的人，他在房地產界工作。他們個性不合，幾乎立刻就分手了。」

「然後艾弗雷・畢德把名字改成貝德克，」瑪波小姐說，「他在這兒的一家房地產公司工作。有些人似乎不喜歡換工作，只想繼續做同樣的事，這很奇怪。我認為這就是瑪力娜・葛雷感覺他對她沒用的原因，他跟不上她的步伐。」

「您說的事很令人驚訝。」

「我敢向您保證，我並不是瞎掰或胡亂想像，我告訴您的是嚴肅的事實。您知道，這些事情在一個小村子裡傳得很快，儘管，」她補充說：「傳到戈辛頓莊的時間長了點兒。」

「呃，」傑森・拉帝一時語塞，拖了一下時間，隨即接受了瑪波小姐的看法。「那麼您要我為您做什麼，瑪波小姐？」他問。

「我想，如果可以的話，請您去樓梯那兒，站在派對那天您和您夫人迎接客人的地方。」

他迅速懷疑地瞥了她一眼。這……難道又是一個湊熱鬧的人不成？可是瑪波小姐一臉的嚴肅與鎮定。

「呃，當然可以，」他說，「要是您想這麼做，請跟我來。」

他帶她到樓梯頂端，在上面中空的凹室處停下來。

「房子內部的格局比班崔一家在這兒時改變了很多，」瑪波小姐說，「我喜歡這樣。來，讓我看看。桌子大約在這兒，我想，您和您夫人站在……」

「我太太站在這兒。」傑森把那個地方指給她看。「賓客們從樓梯上來，她和他們握手，並把他們交給我。」

「她站在這兒。」瑪波小姐說。

她挪過去，站在瑪力娜．葛雷站的地方，靜靜地站著，一動不動。傑森．拉帝注視著她，他很困惑但也感到有趣。她微微抬起右手就像是握手的樣子，再向下看著樓梯，像是望著人群上樓；接著她直視前方。樓梯中間的牆上是一幅很大的畫作，是一位古義大利畫家作品的複製品。畫的兩邊是兩扇窄窗，一扇向外開著，下面是花園，另一扇下面是馬廄和風標。但瑪波小姐沒看這兩扇窗子，她的眼睛緊盯著那幅畫中間。

「當然，第一手消息總是正確的。」她說，「班崔太太告訴我，您的夫人盯著那幅畫時，表情『凝固』了，她是這麼說的。」她看著瑪利亞鮮豔的紅色和藍色袍子，瑪莉亞的頭微微後仰，對著她手裡抱著的聖子微笑著。「貝里尼的〈微笑的聖母瑪利亞〉，」她說，「一幅宗教畫作，但也是一幅快樂的母子圖，不是嗎，拉帝先生？」

「我認為是這樣，的確如此。」

「現在我明白了，」瑪波小姐說，「我非常明白了。整件事非常簡單，不是嗎？」

她看著傑森．拉帝。

「簡單？」

「我想您知道這有多麼簡單。」瑪波小姐說。

樓下響起了一陣鈴聲。

「我不覺得我明白。」傑森．拉帝說。

他向樓梯下面望去。下面有說話的聲音。

「我聽出那個聲音了，」瑪波小姐說，「是蓋達克警官的聲音，對吧？」

「對，好像是蓋達克警官。」

「他也想見您。他可以來和我們一起談嗎？」

「就我而言，一點兒都不介意。他是不是會同意……」

「我想，他會同意。」瑪波小姐說，「現在確實沒有多少時間可以浪費了，不是嗎？我們現在已經了解每件事是怎麼發生的了。」

「您說過那很簡單。」傑森．拉帝說。

「是非常簡單，」瑪波小姐說，「所以人們才看不出來。」

老態龍鍾的管家這時來到樓上。

「先生，蓋達克警官來了。」他說。

「請他到我們這兒來。」傑森．拉帝說。

管家走了下去，一會兒，戴蒙．蓋達克走上樓來。

「你！」他對瑪波小姐說，「你是怎麼到這兒來的？」

「我是坐英奇來的。」瑪波小姐說。

在場的另外兩人和一般人一樣弄不懂這句話的意思。

傑森．拉帝在她稍後一點的地方，疑惑地拍拍額頭，戴蒙．蓋達克搖了搖頭。

「我正在跟拉帝說……」瑪波小姐說，「管家離開了沒有？」

戴蒙．蓋達克往樓下望了一眼。

「噢，是的，」他說，「他沒在聽。提德勒警佐會留心的。」

「那就行了，」瑪波小姐說，「我們當然可以進房間去談，但我寧願在這裡。置身於事件發生的地點，這使事情更容易理解。」

「您指的是，」傑森．拉帝說，「在這兒舉行派對那天，希瑟．貝德克被毒死的那天。」

「是的，」瑪波小姐說，「而且我得說，如果人們用適當的方式去看，整件事很簡單。你們明白，一切起因於希瑟．貝德克的個性問題。那種事發生在希瑟身上是不可避免的。」

「我不懂您的意思，」傑森．拉帝說，「我完全不懂。」

「是的，這得做一點解釋。您知道，當時我的朋友班崔太太在這兒，她向我描述那個場面的時候，引用了我年輕時期非常喜愛的一首詩，丁尼生勳爵的詩〈夏綠蒂小姐〉。」她稍稍提高了嗓音。

鏡子崩裂，

夏綠蒂小姐發出驚叫：

「詛咒降臨到了我頭上！」

「那是班崔太太看見的，或是她認為她看見的，儘管實際上她引錯了，把『詛咒』說成了『厄運』，可能在這個場合是這個字眼更適合。她看見您的夫人和希瑟．貝德克說話，聽見希瑟．貝德克對您夫人說話，並在您夫人臉上看見厄運降臨的表情。」

「這個我們不是已經說過很多遍了嗎？」傑森．拉帝說。

「是的，可是我們必須再回溯一次。」瑪波小姐說，「您的夫人臉上是那種表情，而且她沒看向希瑟．貝德克，而是望著那幅畫，望著那幅微笑、滿足的母親抱著一個快樂小孩的畫面。失誤在於，雖然是瑪力娜．葛雷的臉上有死亡厄運的預示，但厄運不是將降臨在她身上，而是降臨在希瑟身上。從希瑟開始滔滔不絕吹噓過去那件往事起，她死亡的厄運就已經注定了。」

「你能說得更明白一些嗎？」戴蒙．蓋達克說。

瑪波小姐轉過去面對著他。

「當然我會解釋清楚。這是你一點都不了解的事，你不可能了解的，因為沒人告訴你希瑟·貝德克實際上說了什麼。」

「但是，他們告訴過我，」戴蒙·蓋達克說，「他們已經跟我說過不只一遍了，好幾個人都跟我說過。」

「是的，」瑪波小姐說，「但是你其實不知道。因為你了解，希瑟·貝德克未曾親口跟你說過。」

「她根本不可能告訴我，因為我到這兒的時候她已經死了。」戴蒙說。

「是這樣，」瑪波小姐說，「你知道的就是她病了，但還是從床上起來去參加一個慶祝會，見到了瑪力娜·葛雷並和她說話，還向她要了一個親筆簽名。」

「我知道，」蓋達克有點不耐煩地說，「這些我都聽過了。」

「可是你沒聽到一個最重要的字眼，因為沒人認為這很重要，」瑪波小姐說，「希瑟·貝德克當時生病躺在床上，是因為患了德國麻疹。」

「德國麻疹？那和這件事到底有什麼關係？」

「其實，這是種非常輕微的疾病，」瑪波小姐說，「幾乎不會讓人覺得不舒服。你生了一片疹子，不過用妝粉很容易就蓋住，你有一點發燒，但不會很厲害。你感覺很好，如果你願意，完全可以出門見人。當然，在重複這些事實的時候，沒有人會特別注意到這是德國麻疹。例如，班崔太太只是說希瑟病了躺在床上，並且提到了水痘和蕁麻疹；拉帝先生說是流行性感冒，不過他當然是故意這麼說的。我個人認為，希瑟·貝德克對瑪力娜·葛雷說的是她得了德國麻疹，還從床上起來，出去見瑪力娜。而事實上，這就是整個事件的答案。因為你知道，德國麻疹的傳染力很強，非常容易感染別人。而且有件事你們得記住。如果一個女人在前四個月的……」瑪波小姐用有點維多利亞時代的謹慎口吻說出下一個詞語。「呃，懷孕期間染上的話，就可能產生極為嚴重的後果。可能會導致尚未出生的孩子天生眼盲或是精神受到影響。」

她轉身面向傑森·拉帝。

「我想我這麼說沒錯，拉帝先生，您的夫人生了一個天生有精神疾病的孩子，而她確實再也沒有從這個打擊中恢復過來。她一直想有個孩子，而當孩子終於到來之時，悲劇卻發生了。這是一個她永遠忘不了的悲劇，也永遠不允許自己忘記的悲劇。並且成為一種痛楚，一種永遠纏繞在心頭的傷痛。」

「這是真的，」傑森·拉帝說，「瑪力娜在她懷孕的初期得了德國麻疹，醫生告訴她，孩子的精神疾病源自於此。這不是遺傳的瘋癲或是其他疾病。他試圖想幫助她，但是我認為對她沒什麼用。她從來不知道，她是怎麼或者什麼時候、從誰那兒感染上這個病。」

「沒錯，」瑪波小姐說，「她從來不知道，直到有一天下午，一個完全陌生的女人上樓來告訴她這個事實；更重要的是，她是滿懷欣喜地告訴她！帶著非常自豪的口氣！她以為她很聰明、勇敢，表現了很大的勇氣從床上起來，往臉上抹粉蓋住疹子，去見她迷戀的女演員，並且得到她的親筆簽名。這是她誇耀了一生的事情。希瑟．貝德克沒有一點惡意，她的確沒有惡意，但毫無疑問，像希瑟．貝德克（以及我的老朋友艾莉森．維德）這樣的人，常會給別人造成很多傷害，因為她們缺乏……她們不是不善良，他們很善良，但是缺乏一種思及他人的謹慎考慮與體諒。她總是想到某個行為對她自己的意義，卻從不分一點精神來考慮它對別人意味著什麼。」

瑪波小姐輕輕地點點頭。

「所以她死了，你們知道，因為過去一件簡單的事件所引起。你們必須想像那個時刻對瑪力娜．葛雷意味著什麼。我想拉帝先生十分明白。我想，她這麼多年來一直對那個導致她悲劇的陌生人懷著一種怨恨，而現在她突然和那個人面對面站在一起，而且是個開心、歡樂、怡然自得的人，這對她來說絕對無法承受。要是她有時間想一想，冷靜下來，接受勸解，放鬆一下就好了。可是她沒給自己時間。就是這個女人破壞了她的幸福，破壞了她孩子的心智健全和身體健康。她想懲罰她，她想殺了她，而且不幸的是，她不費吹灰之力就能做到。她隨身帶著那種眾所周知的特效藥，卡默。這是一種危險的藥，因為你必須注意確切的劑量。做這件事非常容易，她把藥放到她自己的酒杯裡，即使有人偶然注意到，也因為他們早已習慣她用手頭的藥來振奮精神或鎮靜自己，所以也就視若無睹。可能有一個人確實看見了，但是我很懷疑這點。我猜想齊琳思小姐只不過是用猜的。瑪力娜．葛雷把她的酒杯放在桌上，設法輕輕去撞希瑟．貝德克的手肘，因此希瑟．貝德克就把自己的酒打翻到了新洋裝上。而這就是令人迷惑的地方，因為人們不記得要恰當地使用代名詞。」

「那讓我想起我跟你說過那個客廳女傭的事，」她對戴蒙補充道，「我只是說，戈蕾蒂．狄克遜對雀莉說的僅僅是她擔心希瑟．貝德克的洋裝灑上了雞尾酒後會被弄壞。奇怪的是，她說她是故意這麼做的，但戈蕾蒂指的『她』不是希瑟．貝德克，而是瑪力娜．葛雷。戈蕾蒂是這麼說的：『她是故意這麼做的！』她碰了希瑟的手肘，不是意外而是存心這麼做。我們知道，她一定離希瑟很近，因為我們聽說她在把她的酒杯塞給希瑟之前，就已經把希瑟和她自己的洋裝擦乾淨了。這確實是……」瑪波小姐沉吟道，「一個非常高明的凶手。因為，你們知道，這是她憑一時衝動所為。她想要希瑟．貝德克死，而幾分鐘後希瑟．貝德克就死了。可能她一直沒有意識到這件事的嚴重性，當然更沒有意識到它的危險性，但後來她意識到了，她害怕了，非常害怕。害怕有人看見她往自己的酒杯裡下藥，害怕有人看見她故意去碰希瑟的手肘，害怕有人會控告她毒死了希瑟。她發現只有一條路可以脫罪。那就是堅持說謀殺的目標是她，她是預定的受害者。她首先在她的醫生身上嘗試了這個可能性，她拒絕讓他告訴她丈夫，因為我認為她知道她丈夫不會上當。她做了一些荒謬的事，她寫恐嚇信給自己，安排在特殊的時間、特殊的地點發現它們。有一天，在電影公司，她在自己的咖啡裡下藥。要是人們稍微深思一下，她做的事情實在很容易看穿……而且，是有人看穿了它們。」

她看著傑森．拉帝。

「這只是您的推論。」傑森．拉帝說。

「您可以這麼說，這隨便您。」瑪波小姐說，「但是您心裡很清楚，不是嗎？拉帝先生，我說的是事實。您知道，因為您從一開始就知道。您知道，因為您聽見她提到德國麻疹。您知道而且您瘋狂地急欲保護她。但是，您不知道該保護到什麼程度。您沒有意識到那不僅僅是隱瞞一樁命案的問題，那個女人的死，您還可以相當持平地說是她自找的，但是還有其他命案，朱塞佩的死，沒錯，他是個敲詐者，但他也是個人。還有艾拉．齊琳思的死，我想您喜歡她。您瘋狂地保護瑪力娜，而且也防止她危害更多人。您只想把她安全地帶到另一個地方去。您努力看著她，以保證不會再發生什麼悲劇。」

她頓了一下，跟傑森．拉帝更靠近了一點，手輕輕地搭在他的手臂上。

「我很抱歉，」她說，「非常抱歉。我真的明白您所承受的痛苦。您是那麼地喜歡她，不是嗎？」

傑森．拉帝稍微扭開身子。

「這點，」他說，「我相信，是眾所周知。」

「她是那麼美麗，」瑪波小姐柔聲說，「她有那麼出色的天賦。她有巨大的愛、恨爆發力，但是缺乏安定。天生不安定，這對任何人來說都是非常悲哀的事。她不能忘懷過去，也永遠看不見未來，只能想像未來。她是位偉大的演員，一個美麗但極為不快樂的女人。在

《蘇格蘭女王瑪麗》中，她演得多麼精采！我永遠不會忘記她。」

提德勒警佐突然出現在樓梯上。

「先生，」他說，「我能和您說幾句話嗎？」

蓋達克轉過身。

「我會回來的。」他對傑森．拉帝說，然後向樓梯走去。

「記住，」瑪波小姐在他後面叫道，「可憐的亞瑟．貝德克和這件事毫無關係。他來參加派對，是因為他想看看多年前曾經是他太太的女孩。我認為她甚至認不出他了，對吧？」她問傑森．拉帝。

傑森．拉帝搖搖頭。

「我認為她認不出來了。當然她從來沒對我說過什麼。我認為，」他沉思道，「她不會認出他。」

「可能是這樣，」瑪波小姐說，「無論如何，」她補充道：「他根本就沒動過要殺她的念頭。記住喔。」在戴蒙．蓋達克下樓時，她又說道。

「他現在沒有嫌疑了，我向你保證。」蓋達克說，「但是當然，當我們發現他實際上是瑪力娜．葛雷小姐的第一任丈夫時，我們自然必須就這一點問問他。別為他擔心，珍姨媽。」

他低聲補充道，隨即立刻下樓去了。

瑪波小姐轉身面對著傑森．拉帝。他發呆似地站在那兒，目光飄向遠方。

「您能允許我去看看她嗎？」瑪波小姐說。

他考慮了一會兒，點了點頭。

「可以，您可以看她。您似乎……非常了解她。」

他轉過身去，瑪波小姐跟在他後面。他帶她走進那個大臥室，把窗簾往旁邊拉開一點。

瑪力娜．葛雷躺在那張偌大的白床上面，她的眼睛閉著，手交疊著。

所以，瑪波小姐想，夏綠蒂小姐也許已經躺在帶她前往卡米洛的小船上了。而那兒，站著一個強健堅忍、相貌醜陋、沉思著的男人，日後，他或許會像蘭斯洛[19]那般經過。

19 蘭斯洛（Lancelot），英國亞瑟王傳奇中以最勇武著稱的圓桌騎士，是王后格溫娜維爾的情人，後人也常用他來象徵忠誠的愛情。詩中的夏綠蒂住在卡米洛附近，是個與世隔絕而非常嚮往人間生活的織女。她日以繼夜地織著顏色鮮豔的魔網，有一天耳邊突然響起一個聲音說，倘若她繼續俯瞰卡米洛，便會遭到詛咒。她不以為意，繼續安穩地織網子。房間內有一面鏡子，鏡中出現了人間生活的情景，夏綠蒂將這些神奇的景致織進魔網中。一天，鏡中出現蘭斯洛的身影，她放下手中的網子，在房內走了三步，俯瞰卡米洛，這時網子突然飛了出去，鏡子崩裂，她驚叫：「詛咒降臨到了我頭上！」

一個狂風暴雨夜晚，夏綠蒂離開住處，來到河岸，發現柳樹下有艘小船，她在船頭寫上「夏綠蒂小姐」後，鬆開繫著小船的纜繩，一身雪白地躺在船上隨波漂流到卡米洛，她盯著卡米洛的高塔，唱著生命中最後一首歌，直到她的血液漸漸凝結……河水將她帶到河邊的第一間屋子，夏綠蒂在歌聲中香消玉殞。卡米洛人民發現了這艘小船，看見船首上的名字，騎士、貴族、平民紛紛圍觀，不明白夏綠蒂是何許人、出了什麼事，皇宮內的騎士們也因此引起一陣恐慌，只有蘭斯洛說：「她的臉龐美麗動人，仁慈的上帝恩寵她，夏綠蒂小姐。」

瑪波小姐柔聲說：「對她來說，用藥過量實在是幸運至極。死亡的確是她逃避的唯一途徑。是的，非常萬幸地用藥過量，或者……是別人給她的藥？」

他與她四目交會，但是他沒說話。

他絕望地說：「她是……那麼地甜美，受了那麼多傷害。」

瑪波小姐又回頭望向躺著靜止不動的瑪力娜。

她輕聲引用了詩的最後幾句：

他說：

她的臉龐美麗動人，

仁慈的上帝恩寵她，

夏綠蒂小姐。

專文推薦

藏在日常細節中的冒險

楊照（作家）

一開始，就都在那裡了。

一九二〇年，阿嘉莎．克莉絲蒂出版了《史岱爾莊謀殺案》，神探白羅就已經退休了。而且在這個案子裡，藉由敘述者海斯汀的轉述，就鋪陳出克莉絲蒂小說最基本的偵探原則：

「那些看來或許無關緊要的小細節……它們才是重要的關鍵，它們才是偉大的線索！」

「豐富的想像力就像洪水一樣，既能載舟亦能覆舟，而且，最簡單直接的解釋，往往就是最可能的答案。」

「沒有任何謀殺行為是沒有動機的。」

還有，一個不討人喜歡的死者，一群各有理由不喜歡死者、因而也就都有殺人動機的人，這些人彼此之間構成複雜的關係，有的互相仇視，有的互相愛戀，麻煩的是，有些愛人其實貌合神離，有些仇人其實私下愛慕；更麻煩的是，不論是愛或是仇，都有可能是扮演出來的。

一個外來的偵探必須周旋在這些嫌疑者之間，從他們口中獲取對於案情的了解，換句話說，他必須在很短的時間內，搞清楚誰是誰、誰跟誰吵架、誰跟誰偷情，然後判斷誰說的哪一句是實話、哪一句是謊言。常常謊言比實話對於破案更有幫助。

再偷偷透露一下，如果要和小說裡的凶手及小說背後的作者鬥智，就像克莉絲蒂對英國社會的了解，祕訣就在於要去追究小說裡的人物背景，尤其是他們的階級地位。基本上，階級地位愈高、權力愈大、愈有錢者，說的話就愈不要相信。例如在《史岱爾莊謀殺案》中，僕人、園丁說的話遠比有頭有臉的人說的要可信多了。就算要說謊，他們的謊言也比較天真，而且往往出於善良動機。當你歸納線索時，就會知道他們並非故意說謊，那是因為他們的認知受到蒙蔽或誤導，而你慢慢就從這蒙蔽或誤導中被引導到真相。

《史岱爾莊謀殺案》出版那年，克莉絲蒂三十歲，但書稿其實早在五年前就寫好了，畢竟要找到有人願意出版一個看來再平凡不過的家庭主婦寫的小說，並不是那麼容易。

所有和克莉絲蒂接觸過的人，都對於她的「正常」留下深刻印象。她看起來就和她那個年紀的典型英國家庭主婦一樣，害羞、靦腆，只能在社交場合勉強跟人聊些瑣事話題，完全無法演講，甚至連只是站起來對眾賓客說幾句客套話，請大家一起舉杯，她都做不到。她不演講，也很少答應接受採訪，就算採訪到她也很難從她口中得到有趣的內容。她會講的，幾乎都是記者本來就知道、或者自己就可以想得出來的。

例如說白羅這個神探的來歷。克莉絲蒂回答：他應該是個外國人，這樣就能在英國日常生活中看出英國人自己看不出的線索。她自己碰過的外國人，只有第一次大戰剛爆發時到英國避難的比利時人。比利時警察怎麼能跑到英國來？那一定是因為他已經退休了。他有潔癖，所以對於現場會有特殊的直覺，馬上感受到不對勁的地方。一個有潔癖的人，好像應該長得矮小些才相稱，一個矮小有潔癖的人最適當的名字，就是希臘神話裡的大力士「赫丘勒斯（Hercules）」，製造出荒唐的對比趣味。那白羅這個姓是怎麼來的呢？克莉絲蒂很誠實地說：「我不記得了。」

一切都如此順理成章，一切都如此合邏輯，不是嗎？有記者問她怎麼看自己的舞台劇〈捕鼠器〉，創下了英國劇場、甚至全世界劇場連演最多場紀錄的名劇？克莉絲蒂的回答也還是中規中矩，合理合節：那是一齣小戲，在一個小劇院演出，成本很低，任何人想到了都可以帶家人或朋友去看，老少咸宜，並不恐怖，也不特別荒謬打鬧，可是又什麼都有一點，包括恐怖和荒謬打鬧的成分。

她的身上找不出一點傳奇、怪誕色彩，那她為什麼能在五十年間持續寫偵探小說，創造了那麼多謀殺，還創造了那麼多詭計？

首先因為她是女性，以及她的身世，包括她的階級身分，使得她在描寫故事場景時比一般男性作者來得敏感。因為在她之前的偵探推理小說男性作家的階級身分都是高高在上，基本上他們會從較高的角度看社會，比較看不到底層的感受。

而她的婚變以及婚變中遭逢的痛苦，都使她更能體會與觀察，將英國社會的複雜細節融入小說的核心情節，讓探案與線索分析結合在一起。

克莉絲蒂一生結過兩次婚，第一次在一九一四年，婚後不久，丈夫就參加了歐戰，是英國皇家空軍最早一批飛行員。一九二六年，這個丈夫有了外遇，直率地向克莉絲蒂要求離婚，在那之前，克莉絲蒂的媽媽才剛過世，雙重打擊之下，又遇到車子無法發動，克莉絲蒂崩潰了，她棄車而走，忘記了自己究竟是誰，躲進一家鄉間旅館，登記時寫了她心裡唯一有印象的名字——她丈夫情婦的名字。

離婚後，一次在晚宴中，有人提起近東烏爾考古的最新收穫，克莉絲蒂就取消了原定要去西印度群島的計畫，改訂了跨越歐洲到君士坦丁堡的「東方快車」，是的，就是這趟旅程給了她寫《東方快車謀殺案》的靈感。不過更重要的是，在烏爾，她認識了一位年輕的考古學家，比她小十四歲，這個人後來成了她的第二任丈夫。

這位考古學家陪她去參觀在沙漠中的烏克海迪爾城，卻在沙漠中迷路困陷了。幾小時中克莉絲蒂卻沒有一點驚慌不安，當下考古學家就決定要向她求婚。

原來，克莉絲蒂的內心是有這種冒險成分的。要不然她不會兩次選到的，都是喜愛冒險的丈夫，而她本身大概也不會吸引一個在各種危險情境下挖掘古代寶藏的人，讓他願意向一個大他十四歲的女人求婚。

這樣說吧，維多利亞時代後期的英國環境，壓抑限制了克莉絲蒂冒險、追求傳奇的內在衝動，她只好將這樣的衝動寄託在丈夫和寫作上。她一邊陪著第二任丈夫在近東漫走，一邊在小說中寫各式各樣的謀殺與探案。謀殺和探案都是冒險，還有，偵探偵查中做的事——蒐集線索，還原命案過程——其實和考古學家的考掘，如此相似！

克莉絲蒂寫得最好的，正是「藏在日常中的冒險」。她個性中的雙面成分，造就了特殊的偵探魅力。既嚮往非常傳奇，卻又有根深柢固的日常邏輯信念，兩者都在克莉絲蒂的小說中扮演了重要角色。她的謀殺案幾乎都和日常習慣緊密編織在一起，日常環境成了凶手最重要的掩護。有些日常規律明顯地被破壞了，讓我們很自然以為那會是謀殺的線索，沿著這些線索形成了閱讀中的推理猜測，然而白羅早就提醒了，真正重要的反而是那些「細節」，也就是看來像是依隨日常邏輯進行的事，或說藏在日常邏輯中因而不被看重的事，那裡要嘛藏著凶手的核心詭計、煙幕，要嘛藏著凶手致命的破綻。

凶案的構想，就是如何讓異常蓋上日常、正常的面貌，又如何故意將日常、正常予以扭曲，製造假象；那麼偵探要做的，就是如何準確地在日常中分辨出真正的異常，將假的、明顯的異常撥開來，找出細節堆疊起來的異常真相。

此外，克莉絲蒂的小說裡隱藏著極其曖昧的情感價值觀，最典型、最有名的就是《東方快車謀殺案》。透過追查過程，讓讀者知道為什麼凶手要訴諸於這種手段，其動機具有可同情之處，再加上克莉絲蒂對身分階級的觀察，她比較相信或讓讀者相信那些沒有權力、地位的人，隨著偵查節奏去認識可能或必須懷疑的人。克莉絲蒂最擅長營造「多重嫌疑犯」的小說特質，因為讀者在閱讀時必須被迫去認識很多不一樣的人。在她最受歡迎的作品，大概都具備這樣的特質。

當然，她的作品中還有兩個最突出的神探，即白羅和瑪波。白羅是比利時人，但為什麼必須是外國人？這是因為英國人具有高度階級意識，這種觀念一路滲透到所有互動細節，包括人與人之間如何說話。而白羅因為不是英國人，他會發現一般英國人不太看得出來的東西，以及兩個人互動的方法哪裡不正常。至於瑪波為什麼得是老太太？她一如那個年代的老人家，總是靜靜坐著打毛線，因為不起眼，自然讓人放鬆防備，所以瑪波探案的線索都是來自於這樣的互動模式。

然而，白羅有很明顯的優勢，瑪波的身分使她基本上只能進行「靜態」的辦案，案子的空間受到侷限，白羅卻可以跨越各種空間，恣意揮灑。而且白羅擁有警官身分，可以合理出現在各種犯罪現場，瑪波能出現的地方，相形之下就勉強、不自然多了。白羅是明白的outsider，在英國，只要他出現，就會覺得有外人在而感到緊張，於是很容易露出平常不會表現的行為；瑪波則看起來是insider，但實質上是outsider，因為總是沒人發現她、當她空氣人。這兩人的探案，是兩個極端。雖然讀者最愛白羅，但克莉絲蒂自己偏愛瑪波勝於白羅。

不管後來的偵探、推理小說發展了多少巧妙詭計，克莉絲蒂卻不會過時，因為她的推理如此密切地和日常纏繞在一起；活在日常中，我們就無可避免被克莉絲蒂的「日常細節推理」吸引，隨時讀來都充滿驚奇趣味。

名家盛讚克莉絲蒂（依推薦時間排序）

金庸（作家）

克莉絲蒂的寫作功力一流，內容寫實，邏輯性順暢，也很會運用語言的趣味。閱讀她的小說，在謎底沒有揭露之前，我會與作者鬥智，這種過程非常令人享受。其作品的高明之處在於：布局的巧妙完全意想不到，而謎底揭穿時又十分合理，讓人不得不信服。

詹宏志（作家、PChome 網路家庭董事長）

推理小說在從先輩柯南．道爾等人的發明中出現力量時，誕生了一位《天方夜譚》故事中每天說故事說個不停的王妃薛斐拉．柴德，也就是「謀殺天后」克莉絲蒂，整個世界對聽這些故事才有如此的熱情。他們捨不得睡覺，每天問後來還有嗎、還有嗎，永遠不肯離去，這就是克莉絲蒂對推理小說的最大貢獻。

可樂王（藝術家）

所謂「克莉絲蒂式」的推理小說，就是一場和一個天才的寫作者或高明的恐怖份子在紙上捕掠捉殺的戰事。即便是一列火車、一處飯店或一間酒吧，在克莉絲蒂寫來皆充滿神祕和猜謎。在人生適合的下午裡，我總是一面嚼著口香糖，一面跟著矮子偵探白羅穿梭謀殺現場，克莉絲蒂的推理作品無疑是推理世界中最充滿「魔術性」的小說。

吳若權（作家、節目主持人）

我從小就對推理小說情有獨鍾，克莉絲蒂一系列的作品尤其令我愛不釋手。多年來，閱讀推理小說的經驗讓我覺悟：讀者在文字情節中推展開來的驚嘆，不只是因緣於故事的本身，而是自我性格的投射。從這個觀點來看克莉絲蒂一系列的作品，她簡直就是洞徹人性的算命師。而讀者，在她的文字中，發現了自己無可奉告的命運。

藍祖蔚（國家電影及視聽文化中心董事長）

做過藥劑師，難免懂得毒藥；嫁給考古學家，難免也就嫻熟文明的神祕；再加上曾經失蹤九天，一切不復記憶的離奇經驗，的確提供了寫作靈感，但若少了想像力，那些片羽靈光縱使辛辣如辣椒，卻不足以成菜。

推理小說重布局、重人物描寫，克莉絲蒂最厲害的卻是犀利的人性觀察，她一手創造的白羅探長，潔癖個性完全和她相反，更將她所憎厭的人格特質集於一身，殊不知，唯有不對著鏡子寫作，才能夠跳出框架與制式反應，開闢無限寬廣的新世界，建構多面向的詭異迷宮。

看完她的小說，你只會更加訝異，到底是什麼樣的心靈才能成就這般視野？

李家同（作家、前暨南大學校長）

克莉絲蒂的整體布局十分細膩，最後案情也都講解得非常詳細，回頭去看，在書中都找得到線索。故事的情節與內容也很好看，不是像一個流氓在街上被殺掉那麼單調。……看小說應該要花腦筋、要思考，從小就要養成思辨的能力，看她的小說，就是對邏輯思考能力極佳的訓練。

袁瓊瓊（作家）

雖然被公認是冷靜理性的謀殺天后，但是在理性之下，克莉絲蒂的底色依舊是感情。克莉絲蒂很明白，所有的慾望之後，都無非是某種愛情。在以性命相搏的犯罪世界裡，凶手以終結他人的性命來遂私欲，不過是為了成全自己的愛，或者是成全自己的恨。

鄧惠文（精神科醫師）

以推理小說作家而言，克莉絲蒂的風格相當獨樹一格。她的偵探在辦案時，靠的不光是科學證據的搜集，而是大量運用犯罪心理學，及對人性的深刻了解。例如在《五隻小豬之歌》中，白羅便是藉由聽取嫌疑犯訴說案情時所不自覺顯露的主觀意識及中心思想，而看出其中破綻，找出真凶。白羅是靠腦袋辦案，以心理層面去剖析案情，即使人們敘述的是同一件事，他可以聽出不同角色因出發點及看待角度不同所透露的情緒觀感，從而抽絲剝繭，還原事實真相。

克莉絲蒂所塑造的人物也生動且各具特色，不同個性所出現的情緒反應描寫，皆細膩而準確，讓讀者產生豐富的想像空間，一展卷便欲罷而不能。

吳曉樂（作家）

克莉絲蒂使用的語言平易近人，主要是以角色與情節的對應來斧鑿出故事的深度，堆疊出讓讀者回味的迂迴空間。而她筆下的角色往往性別、階級、性格、族群各異，塑造出多元又豐富的人物群像。

文學作品不問類型，若要流傳於世，最終仍得上溯至「人性」的理解與反思。而阿嘉莎．克莉絲蒂的作品中，我們可以看到人類屢屢得和自己的人生討價還價，或千方百計讓主觀意識與客觀條件達成某種程度的整合，讀者在重建人物的心理軌跡時，也見識到自身的是非成敗，我認為，這也是克莉絲蒂的作品能夠璀璨經年、暢銷不衰的主因。

許皓宜（心理學作家）

克莉絲蒂筆下的故事看似在談人性的醜惡，實則像一位披著小說家靈魂的心靈引導者，用她的文字訴說著人們得不到「愛」時的痛苦。於是在故事終了的剎那，你不得不對人生多了幾分「看透感」：原來，我們心裡的那些痛苦、報復與自我折磨的慾望，不是因為「憤恨」，而是起於對「愛的失落」。這或許是我們在情感世界中最珍貴且深刻的一種覺察了。

推理小說荒謬驚悚嗎？不，它其實很寫實。它幫我們說出心裡的苦、怨、醜陋的慾望，於是，我們可以重新學習愛了。

一頁華爾滋 Kristin（影評人）

從有記憶以來，閱讀克莉絲蒂最迷人之處往往不在真正的凶手是誰，而是在於「Why」（為什麼）與「How」（如何進行），在於人性與心理描摹的故事肌理。依循其書寫脈絡，會發覺不只是邏輯清晰、布局縝密、著重細節，她總能完美掌握敘事節奏，書中人物彷彿真實存在般鮮明躍然紙上，讀者情緒會隨精準文字保持流轉、跳動、收放，掩卷時並無太多真相水落石出的暢快，反倒淡淡的惆悵化為餘韻襲上心頭，原來還是種種意料之外，卻屬情理之中的人性盲目使然。私以為，那成就了克莉絲蒂的推理故事之所以無比迷人的主因之一。

冬陽（推理評論人）

雖然阿嘉莎．克莉絲蒂的作品並非我的推理閱讀啟蒙，卻是養成閱讀不輟的重要推手。首先，她無庸置疑是個說故事能手，打開我名為好奇的開關；其次是設計犯罪事件的巧妙多元，既日常又異常，凶手更是叫人意想不到。沒錯，我相信每個當讀者的都忍不住想破案，想早偵探一步識破詭計，或者像考試結束鈴響前一秒，瞎猜都要指著某個角色大喊「你就是犯人」！然後會忍不住作弊——不是翻到最後幾頁窺探真凶身分，而是往前翻查讓人起疑的段落、偵探顯然掌握重要線索的時刻，直到忍不住豎白旗投降，看神探（我知道啦，真正把我耍得團團轉的聰明人是作者）頭頭是道地分析我遺漏錯置的片片拼圖，終於看清真相全貌。這，就是偵探推理，我因此熟悉遊戲規則、沉醉在每一場迷人故事裡，成為這個類型書寫的俘虜，享受至今不疲的美好滋味。

石芳瑜（作家、永樂座書店店主）

布局細膩、處處留下線索，破案解說詳細，說明了這位安靜、害羞的推理小說女王心思縝密，且充滿想像力。密室殺人，完美犯罪，《東方快車謀殺案》不愧為古典推理小說的經典。再加上神祕的東方色彩，隨著火車抵達的迫切時間感，連非推理小說迷都會神經拉緊，讀完大呼過癮。

家庭主婦缺少人生經驗？處女座的阿嘉莎．克莉絲蒂充分展現她過人的寫作天分，靠得是從小開始的閱讀，以及對偵探小說的著迷。三十歲寫下第一本偵探小說《史岱爾莊謀殺案》的克莉絲蒂，在那個時代並不能說是「早慧」，但寫作生涯五十五年中，共創作了八十部偵探小說，卻令人難以企及。這位害羞靦腆的小說女神，大概是相信只要有足夠的理由，每個人都有殺人的可能！

余小芳（暨南大學推理研究社指導老師、台灣推理作家協會常務理事）

學生時代加入推理社團，社課指定讀物便是經典作品《一個都不留》，成為我對克莉絲蒂的初步印象，自此沉浸於推理小說的世界。隔年寒假陪同學參與轉學考，在斜風細雨的走廊中，滿足讀完《東方快車謀殺案》。隨著歲月遠走，已昇華成趣味回憶。

踏入推理文學領域需要認識的作家，阿嘉莎．克莉絲蒂絕對名列其中，她的作品常有英國小鎮風光、莊園式的謀殺、設備豪華的交通工具等，還有特色鮮明的偵探活躍其中。書中少有血腥、暴力的橋段，布局巧妙且結構嚴密，手法純粹、知性，故事內容與人物性格融為一體，以高超的想像力結合說好故事的能耐，為推理小說開創新局面。克莉絲蒂推理全集重編改版，值得新舊讀者一起探索。

林怡辰（國小教師、教育部閱讀推手）

多年後，還是難忘第一次閱讀阿嘉莎・克莉絲蒂作品的感動和激動。

這套將近一世紀的作品，文筆流暢，邏輯縝密，過程中不斷與作者較量、猜出凶手，直到最後解答不禁佩服，蛛絲馬跡處處展現作者的精妙手法，於是又拿起另一部作品，再次沉溺在謀殺天后所編織的日常世界中的奇幻，無可自拔。犯罪動機和手法穿越時空限制，如今讀來合理且依舊令人感動，閱讀中趣味橫生，難怪成為後來諸多偵探小說的原型。

克莉絲蒂創作生涯中產出的八十部推理作品，至今多部躍上大銀幕，無怪乎被稱之為「經典」，喜愛推理偵探作品的人不可不讀，你會驚異於她在文字中施展的魔法！

張東君（推理評論家、科普作家）

我愛克莉絲蒂！這位在台灣有時會被稱為克奶奶的超級暢銷推理小說家，即使是自認沒讀過她的書的人，也都會在各種書籍或影視作品中看到對她致敬的片段。由於她喜歡旅行和冒險，那些經驗與體驗都成為書中的場景，因此閱讀她的作品時，不只是雀躍地跟著偵探推理，也有了虛擬的旅行體驗。或者當成旅遊導覽書，在出發去尼羅河、去英國鄉間、去搭船搭火車時，就塞一本克奶奶的作品到隨身背包中。

我還是大學新生時，就聽學姐說她哥哥經常看克奶奶的小說，而且邊看邊狂笑。於是我跟著效仿，在某次搭飛機之前買了第一本小說當旅伴，不只看得超開心，看完後還到處找尋書中出現的那種有兜帽的斗篷，當成出門時的必備用品。克奶奶的作品是跨越文字、國界的。只要看過一本，就會不停地追下去。還好，真的是還好只有八十本。何況這次是全新校訂的紀念珍藏版，當然不能錯過！

發光小魚（呂湘瑜）（文史作家、助理教授）

一部好的偵探小說，除了情節設計巧妙之外，還需要洞悉人性，如此方能合理地交代人物的言行舉止與動機。阿嘉莎．克莉絲蒂便是其中翹楚，她的作品不管是偵探、愛情小說或戲劇，必要元素都是謎題與人性。在寧靜無波的場景下暗潮洶湧，永遠都有意料之外，讀者的情緒也會隨著劇情的進行起伏糾結。克莉絲蒂觀察到時代的變化，將犯罪心理融入作品中，於是，看她的小說不只能得到解謎的快樂，同時對人性也能夠有所省思。

此外，克莉絲蒂豐富的人生歷練及旅行經歷，例如一九二二年的環球之旅、居住過也旅行過的巴黎和埃及，甚至是追隨考古學家丈夫前往的中東，都讓她的小說讀來更加充滿異國情調。如果你也愛旅行，不如就讓我們一同搭上那一班南法的藍色列車，或由伊斯坦堡出發的東方快車，跟著白羅鑽進一樁奇案，一嘗旅程中破解謎題的快感吧。

盧郁佳（作家）

國小時，家裡買了一套阿嘉莎．克莉絲蒂全集，從此成了我的毒品，在白癡課本將我的腦袋啃嚙成海綿般空洞時，撫慰受創的心靈，那時我仍對人心險惡一無所知。

數學課教你列算式，樂趣遠不如克莉絲蒂教你住宅平面圖、偷換時序的密室魔術，你從庭園長窗進房間，我從房門直通鄰房，他從走廊進房……從而學會故事是建構邏輯。她文風多變，時而《四大天王》中讓神探白羅向助手海斯汀大賣關子，眉頭緊皺，山雨欲來，預示天翻地覆，只能靠他拯救世界；時而用維吉尼亞．吳爾芙《自己的房間》中俏皮的語言，讓貧苦村姑安妮在《褐衣男子》中回憶南非出生入死的冒險，竟源於她耽讀村裡圖書館爛舊的冒險愛情小說，還有戲院每週末放映〈帕米拉歷險記〉，帕米拉每集從飛機跳落高空、搭潛艇、爬上摩天大樓，每次被黑幫老大抓到總不一刀斃命，卻老要用瓦斯毒死她，暗示續集又會逃出生天。

長大才發現，克莉絲蒂小說就是我的〈帕米拉歷險記〉：它以歌劇般輝煌龐大的天真陰謀、精細的人際觀察（一句話重音放在哪個字、從膝蓋鑑定女人的年齡等），召喚年輕讀者抱持浪漫精神投入未知的壯遊，瘋魔、衝撞、冒犯，傷痕累累毫無懼色。正如瓦斯在冒險片中太多、現實中卻太少；陰謀在現實中沒有克莉絲蒂寫得那麼複雜，但她刻畫的心理卻是現實中解謎的試金石。

賴以威（臺灣師範大學電機系副教授）

或許可以為經典下幾個定義：該領域的愛好者更都讀過；不是這個領域的愛好者，許多人也都聽過；影響後續的作品，在很多著作中都可以看到它的影子；值得反覆再三閱讀，每隔一陣子再讀都可以獲得閱讀的樂趣，有更多的體悟。我永遠記得第一次讀《東方快車謀殺案》時，被那宛如嚴謹設計數學謎題的鋪陳、推進給深深吸引、震撼。從這幾個角度來說，克莉絲蒂的推理小說被稱之為「經典」，可說是當之無愧。

謝哲青（作家、旅行家、知名節目主持人）

克莉絲蒂小說的魅力在於透過每個角色的對白，藉由不斷的說話來表現人物的個性，以彰顯其人格特質中一些無法被忽略的事實。我們從他們的言語、講話的過程和字裡行間，竟然就能知道誰是兇手。

我從克莉絲蒂的小說學到很多，除了推理小說有趣的事實之外，最重要的是，我在工作的職場跟人應對的時候，如何從語言和對話裡去捕捉某些隱而不顯的事實。許多人們欲蓋彌彰的東西，無論心事也好、祕密也好，克莉絲蒂都會用文學的手法，讓你理解語言的奧妙和魅力。

克莉絲蒂的書寫會讓你覺得彷彿自己也在現場，你可以從聽到的對話當中，學會如何理解人心的一些小技巧，這是小說家最出色、最偉大的地方。我們必須學習傾聽別人說話——這些人講話是真誠的嗎？他想要跟你分享什麼資訊？這些資訊可靠嗎？——這是我在閱讀推理小說時，最大的收穫和理解。

阿嘉莎·克莉絲蒂大事記

1890		• 九月十五日出生於英格蘭德文郡托基鎮。
1894	4 歲	• 開始在家自學，父母親、姐姐教導閱讀、寫作、算術和彈鋼琴。
1895	5 歲	• 家中經濟走下坡，舉家搬至法國，學會流利的法語。
1905	15 歲	• 在巴黎寄宿學校學鋼琴和聲樂，但生性極度害羞，未成為職業鋼琴家，最終回到英國。
1907	17 歲	• 陪同母親前往埃及調養身體，對社交活動充滿興趣，但尚未對日後感興趣的埃及古物點燃熱情。 • 回英國後繼續寫作、參與業餘戲劇表演。
1908	18 歲	• 寫出第一篇短篇小說〈麗人之屋〉，同時也寫出第一部愛情小說《白雪黃漠》，以筆名向出版社投稿，但屢遭退稿。
1912	22 歲	• 與英國皇家軍官亞契·克莉絲蒂（Archibald Christie）熱戀。 • 八月爆發第一次世界大戰，亞契奉派到法國作戰。
1914	24 歲	• 耶誕夜結婚，亞契隨即返回戰場。克莉絲蒂參與紅十字會工作，在醫院擔任護士和藥劑師，因此對藥理和毒物非常熟悉，造就後來多部推理小說情節都以毒藥殺人。
1916	26 歲	• 開始嘗試寫推理小說，寫出第一部小說《史岱爾莊謀殺案》，主角偵探赫丘勒·白羅的靈感，來自於大戰期間英國鄉間的比利時難民營。本書歷經數家出版社退稿後，終獲柏德雷·海德（The Bodley Head）圖書公司的出版機會，之後並簽下另五本小說的合約。
1919	29 歲	• 前一年亞契返回英國，八月生下女兒露莎琳。

1920	30 歲	• 出版《史岱爾莊謀殺案》。
1922	32 歲	• 出版第二部小說《隱身魔鬼》，主角是夫妻檔偵探湯米和陶品絲。 • 與亞契至南非、澳洲、紐西蘭、夏威夷和加拿大等國旅行十個月，在南非得到《褐衣男子》的靈感。
1923	33 歲	• 三月出版第三部小說《高爾夫球場命案》，白羅再度登場。
1926	36 歲	• 四月母親過世，克莉絲蒂陷入憂鬱。 • 六月在「威廉・柯林斯父子出版社」出版《羅傑艾克洛命案》。 • 八月亞契因外遇提出離婚，十二月初一次爭吵後，克莉絲蒂離家棄車失蹤，消息登上全國新聞。
1927	37 歲	• 一月在悲痛心情中寫出《藍色列車之謎》，第一次創造出聖瑪莉米德村，即後來瑪波小姐居住的村子。 • 分居期間在雜誌刊登以白羅為主角的短篇小說，後來集結出版《四大天王》。 • 十二月在雜誌刊登短篇小說〈週二夜間俱樂部〉，瑪波小姐初登場，後來收錄在一九三二年出版的短篇小說集《十三個難題》。
1928	38 歲	• 十月正式離婚，仍保留「克莉絲蒂」姓氏。 • 秋天搭乘「東方快車」前往土耳其的伊斯坦堡，再轉往伊拉克首都巴格達，參觀考古現場烏爾，認識考古學家伍利夫婦（Leonard and Katharine Woolley）。
1930	40 歲	• 二月應伍利夫婦之邀再訪烏爾，認識考古學家麥克斯・馬龍（Max Mallowan），九月於英國愛丁堡結婚。這段婚姻開啟克莉絲蒂旺盛的創作生涯，兩人到中東考古現場的旅行為許多作品帶來靈感。

		• 婚後克莉絲蒂開始維持固定的寫作行程。十月出版《牧師公館謀殺案》，是第一部以瑪波小姐為主角的小說。 • 出版第一部以「瑪麗・魏斯麥珂特」（Mary Westmacott）為筆名的《撒旦的情歌》，並陸續發表了五部非犯罪小說。
1932	**42 歲**	• 出版《危機四伏》。
1934	**44 歲**	• 出版《東方快車謀殺案》，是白羅海外辦案三部曲之一，故事靈感來自中東的旅行經歷。一九七四年第一次改編成電影大獲好評。
1936	**46 歲**	• 出版《美索不達米亞驚魂》，白羅海外辦案三部曲之二。
1937	**47 歲**	• 出版《尼羅河謀殺案》，白羅海外辦案三部曲之三，故事背景是年輕時與母親同遊的埃及。一九七八年第一次改編成電影大受歡迎。
1939	**49 歲**	• 二次大戰期間，克莉絲蒂在大學學院醫院擔任義務藥師，學習到最新的毒藥知識，對於推理小說寫作大有助益。 • 出版《一個都不留》，是克莉絲蒂最著名作品之一。
1941	**51 歲**	• 出版《密碼》，呈現出克莉絲蒂對戰爭的看法。 • 出版《豔陽下的謀殺案》。
1942	**52 歲**	• 出版《藏書室的陌生人》、《五隻小豬之歌》等名作。
1944	**54 歲**	• 以「瑪麗・魏斯麥珂特」為筆名出版第三部作品《幸福假面》，被美國書評人發現是克莉絲蒂的作品，讓她從此失去匿名創作的自在樂趣。

1950	60 歲	• 獲選為皇家文學學會的會員。
1953	63 歲	• 出版《葬禮變奏曲》。
1956	66 歲	• 一月獲頒大英帝國爵級大十字勳章（GBE）。 • 十一月以「瑪麗．魏斯麥珂特」為筆名出版《愛的重量》，是這個筆名的最後一部作品。
1958	68 歲	• 成為「偵探作家俱樂部」主席。
1960	70 歲	• 馬龍獲頒大英帝國爵級大十字勳章。
1961	71 歲	• 獲得艾克塞特大學頒發榮譽文學博士學位。
1968	78 歲	• 馬龍獲封為爵士，克莉絲蒂亦被稱為馬龍爵士夫人。
1971	81 歲	• 獲頒大英帝國爵級司令勳章（DBE），獲封為女爵士。
1973	83 歲	• 出版最後一部創作《死亡暗道》，亦為湯米和陶品絲最後一次辦案。
1974	84 歲	• 最後一次公開露面，出席電影《東方快車謀殺案》首映會。
1975	85 歲	• 八月六日，白羅成為有史以來第一次在《紐約時報》頭版刊出訃聞的小說主角，宣傳九月即將出版的《謝幕》，這也是白羅最後一次辦案。
1976	86 歲	• 一月十二日去世。 • 十月出版《死亡不長眠》，瑪波小姐的最後一次辦案。

克莉絲蒂推理原著出版年表

1920 史岱爾莊謀殺案 The Mysterious Affair at Styles（神探白羅系列）
1922 隱身魔鬼 The Secret Adversary（神探湯米＆陶品絲系列）
1923 高爾夫球場命案 The Murder on the Links（神探白羅系列）
1924 白羅出擊 Poirot Investigates（神探白羅系列）
1924 褐衣男子 The Man in the Brown Suit（神探雷斯上校系列）
1925 煙囪的祕密 The Secret of Chimneys（神探巴鬥主任系列）
1926 羅傑艾克洛命案 The Murder of Roger Ackroyd（神探白羅系列）
1927 四大天王 The Big Four（神探白羅系列）
1928 藍色列車之謎 The Mystery of the Blue Train（神探白羅系列）
1929 七鐘面 The Seven Dials Mystery（神探巴鬥主任系列）
1929 鴛鴦神探 Partners in Crime（神探湯米＆陶品絲系列）
1930 牧師公館謀殺案 The Murder at the Vicarage（神探瑪波系列）
1930 謎樣的鬼豔先生 The Mysterious Mr. Quin（神探鬼豔先生系列）
1931 西塔佛祕案 The Sittaford Mystery
1932 十三個難題 The Thirteen Problems（神探瑪波系列）
1932 危機四伏 Peril at End House（神探白羅系列）
1933 十三人的晚宴 Lord Edgware Dies（神探白羅系列）
1933 死亡之犬 The Hound of Death
1934 三幕悲劇 Three Act Tragedy（神探白羅系列）
1934 李斯特岱奇案 The Listerdale Mystery
1934 帕克潘調查簿 Parker Pyne Investigates（神探帕克潘系列）
1934 東方快車謀殺案 Murder on the Orient Express（神探白羅系列）
1934 為什麼不找伊文斯？ Why Didn't They Ask Evans?
1935 謀殺在雲端 Death in the Clouds（神探白羅系列）
1936 ABC 謀殺案 The A.B.C. Murders（神探白羅系列）
1936 底牌 Cards on the Table（神探白羅系列）
1936 美索不達米亞驚魂 Murder in Mesopotamia（神探白羅系列）

1937　巴石立花園街謀殺案 Murder in the Mews（神探白羅系列）
1937　尼羅河謀殺案 Death on the Nile（神探白羅系列）
1937　死無對證 Dumb Witness（神探白羅系列）
1938　白羅的聖誕假期 Hercule Poirot's Christmas（神探白羅系列）
1938　死亡約會 Appointment with Death（神探白羅系列）
1939　一個都不留 And Then There Were None
1939　殺人不難 Murder Is Easy/Easy to Kill（神探巴鬥主任系列）
1940　一，二，縫好鞋釦 One, Two, Buckle My Shoe（神探白羅系列）
1940　絲柏的哀歌 Sad Cypress（神探白羅系列）
1941　密碼 N Or M?（神探湯米＆陶品絲系列）
1941　豔陽下的謀殺案 Evil Under the Sun（神探白羅系列）
1942　五隻小豬之歌 Five Little Pigs（神探白羅系列）
1942　藏書室的陌生人 The Body in the Library（神探瑪波系列）
1942　幕後黑手 The Moving Finger（神探瑪波系列）
1944　本末倒置 Towards Zero（神探巴鬥主任系列）
1945　死亡終有時 Death Comes as the End
1945　魂縈舊恨 Remembered Death（神探雷斯上校系列）
1946　池邊的幻影 The Hollow（神探白羅系列）
1947　赫丘勒的十二道任務 The Labours of Hercules（神探白羅系列）
1948　順水推舟 Taken at the Flood（神探白羅系列）
1949　畸屋 Crooked House
1950　謀殺啟事 A Murder Is Announced（神探瑪波系列）
1951　巴格達風雲 They Came to Baghdad
1952　殺手魔術 They Do It with Mirrors（神探瑪波系列）
1952　麥金堤太太之死 Mrs. McGinty's Dead（神探白羅系列）
1953　黑麥滿口袋 A Pocket Full of Rye（神探瑪波系列）
1953　葬禮變奏曲 After the Funeral（神探白羅系列）

1954　未知的旅途 Destination Unknown
1955　國際學舍謀殺案 Hickory, Dickory, Dock（神探白羅系列）
1956　弄假成真 Dead Man's Folly（神探白羅系列）
1957　殺人一瞬間 4:50 from Paddington（神探瑪波系列）
1958　無辜者的試煉 Ordeal by Innocence
1959　鴿群裡的貓 Cat Among the Pigeons（神探白羅系列）
1960　哪個聖誕布丁？ The Adventure of the Christmas Pudding（神探白羅系列）
1961　白馬酒館 The Pale Horse
1962　破鏡謀殺案 The Mirror Crack'd from Side to Side（神探瑪波系列）
1963　怪鐘 The Clocks（神探白羅系列）
1964　加勒比海疑雲 A Caribbean Mystery（神探瑪波系列）
1965　柏翠門旅館 At Bertram's Hotel（神探瑪波系列）
1966　第三個單身女郎 Third Girl（神探白羅系列）
1967　無盡的夜 Endless Night
1968　顫刺的預兆 By the Pricking of My Thumbs（神探湯米＆陶品絲系列）
1969　萬聖節派對 Hallowe'en Party（神探白羅系列）
1970　法蘭克福機場怪客 Passengers to Frankfurt
1971　復仇女神 Nemesis（神探瑪波系列）
1972　問大象去吧 Elephants Can Remember（神探白羅系列）
1973　死亡暗道 Postern of Fate（神探湯米＆陶品絲系列）
1974　白羅的初期探案 Poirot's Early Cases（神探白羅系列）
1975　謝幕 Curtain: Hercule Poirot's Last Case（神探白羅系列）
1976　死亡不長眠 Sleeping Murder（神探瑪波系列）
1979　瑪波小姐的完結篇 Miss Marple's Final Cases（神探瑪波系列）
1991　情牽波倫沙 Problem at Pollensa Bay
1997　殘光夜影 While the Light Lasts

國家圖書館出版品預行編目（CIP）資料

破鏡謀殺案 / 阿嘉莎・克莉絲蒂（Agatha Christie）著；吳宇宏譯. -- 二版.-- 臺北市：遠流出版事業股份有限公司, 2023.10
面；　公分. -- (克莉絲蒂繁體中文版20週年紀念珍藏；45)
譯自：The Mirror Crack'd from Side to Side
ISBN 978-626-361-255-6(平裝)

873.57　　112014627

克莉絲蒂繁體中文版 20 週年紀念珍藏 45

破鏡謀殺案

作者 / 阿嘉莎・克莉絲蒂
譯者 / 吳宇宏

主編 / 陳懿文、余式恕　校對 / 呂佳眞
封面、內頁設計 / 謝佳穎　排版 / 連紫吟、曹任華
行銷企劃 / 舒意雯　出版一部總編輯暨總監 / 王明雪

發行人 / 王榮文
出版發行 / 遠流出版事業股份有限公司
地址 / 104005臺北市中山北路一段11號13樓
電話 / (02)2571-0297　傳眞 / (02)2571-0197　郵撥 / 0189456-1
著作權顧問 / 蕭雄淋律師

2003年5月1日 初版一刷
2023年10月1日 二版一刷
定價 / 新臺幣380元 (缺頁或破損的書，請寄回更換)

ISBN 978-626-361-255-6

遠流博識網 http://www.ylib.com E-mail: ylib@ylib.com
遠流粉絲團 https://www.facebook.com/ylibfans